ALEX BEER

FELIX BLOM –
DER SCHATTEN VON BERLIN

Von Alex Beer bereits erschienen

Die Kriminalinspektor-Emmerich-Reihe:
Der zweite Reiter · Die rote Frau · Der dunkle Bote · Das schwarze Band · Der letzte Tod

Die Isaak-Rubinstein-Reihe:
Unter Wölfen · Unter Wölfen – Der verborgene Feind

ALEX BEER

FELIX BLOM – DER SCHATTEN VON BERLIN

KRIMINALROMAN

LIMES

MIX
Papier | Fördert gute Waldnutzung
FSC® C014496

Penguin Random House Verlagsgruppe FSC® N001967

2. Auflage 2023

Dieses Werk wurde vermittelt durch die
Literaturagentur Kai Gathemann GbR.

Redaktion: Regine Weißbrod
Umschlaggestaltung und -motiv: © Johannes Wiebel | punchdesign,
unter Verwendung von Motiven von stock.adobe.com
(schab, bluepen, ilolab, Thomas Jablonski, Michal),
Colin Thomas / bookcoversphotolibrary.com und
World History Archive / Alamy Stock Photo
KW · Herstellung: DiMo
Satz, Druck und Bindung: GGP Media GmbH, Pößneck
Printed in Germany
ISBN 978-3-8090-2764-5

www.limes-verlag.de/

Aus der Berliner Gerichtszeitung vom 4. März 1879

, Die auf dem St. Hedwigs-Kirchhofe befindliche Capelle und die darunter belegene Leichenhalle ist in der Nacht vom 28. Februar zum 1. März mittels Nachschlüssels, resp. Dietriche geöffnet, in der Capelle das Tabernakel erbrochen und von einem in der Sakristei stehenden Candelaber aus Zink ein Arm gewaltsam abgebrochen worden. Der Arm fand sich auf dem Altartisch vor. Ferner wurde das dort befindliche Erbbegräbniß der Familie R. gleichfalls durch Nachschlüssel geöffnet, von dem darin freistehenden Sarge der Holzdeckel abgeschraubt und hinuntergeworfen und sodann am Kopfende der Leiche der Zinksarg, welcher sich in dem Holzsarg befand, so weit aufgeschnitten, daß man bequem mit der Hand in den Sarg hineingreifen konnte; die Leiche ist jedoch, wie am folgenden Morgen festgestellt wurde, unberührt geblieben, und aus dem Erbbegräbniß nichts gestohlen worden. Spuren, welche auf die Thäter leiten, sind bis jetzt nicht bekannt geworden. Die etwa vorhandenen Fußspuren sind vom Schneefall verdeckt, und es läßt sich daher nicht einmal feststellen, von wo aus die Einbrecher in den Kirchhof eingedrungen sind.

Die auf dem St. Hedwigs-Kirchhofe befindliche Kapelle und die darunter gelegene Leichenhalle ist in der Nacht vom 28. Februar zum 1. März mittels Nachschlüssels, resp. Dietriche geöffnet, in der Kapelle das Tabernakel erbrochen und von einem in der Sakristei stehenden Kandelaber aus Zink ein Arm gewaltsam abgebrochen worden. Der Arm fand sich auf dem Altartisch vor. Ferner wurde das dort befindliche Erbbegräbnis der Familie R. gleichfalls durch Nachschlüssel geöffnet, von dem darin freistehenden Sarge der Holzdeckel abgeschraubt und hinuntergeworfen und sodann am Kopfende der Leiche der Zinksarg, welcher sich in dem Holz-*

sarg befand, so weit aufgeschnitten, dass man bequem mit der Hand in den Sarg hineingreifen konnte; die Leiche ist jedoch, wie am folgenden Morgen festgestellt wurde, unberührt geblieben, und aus dem Erbbegräbnis nichts gestohlen worden. Spuren, welche auf die Täter leiten, sind bis jetzt nicht bekannt geworden. Die etwa vorhandenen Fußspuren sind vom Schneefall verdeckt, und es lässt sich daher nicht einmal feststellen, von wo aus die Einbrecher in den Kirchhof eingedrungen sind.

* *Familiengrab*

1

Schneeflocken wirbelten wild tanzend durch die Luft und verpassten der Stadt einen feuchtkalten Anstrich. Mit hochgezogenen Schultern, die Hände tief in den Taschen seiner groben Wolljacke vergraben, stemmte sich Christian Kamerling dem Wind entgegen und eilte durch die Nacht.

Es war nicht sein erster Einbruch. Wie immer hatte er sich gut vorbereitet, dennoch war er dieses Mal nervös. Nervös und angespannt. Mit jedem Schritt ging sein Puls schneller. Die Kiste, die er aufbrechen musste, war eine besondere Herausforderung, und zwar nicht im guten Sinn.

Fröstelnd bog er in die Liesenstraße und blies warmen Atem in seine Fäuste. Je näher er dem Stadtrand kam, desto finsterer und einsamer wurde die Umgebung. Die Anzahl der Häuser, Zäune und Lichter nahm ab, und auch die der Menschen, zumindest die der lebenden.

Hier begann das Reich der Toten.

Als der Raum auf den innerstädtischen Friedhöfen knapp geworden war, hatten die Kirchengemeinden begonnen, ihre Verstorbenen vor den Toren der Stadt zu begraben.

Juden, Protestanten, Muslime … sie alle waren ihm einerlei. Aber Katholiken … Katholiken fand Kamerling zum Fürchten. Sie glaubten an den Teufel, verzehrten den Leib Christi und dekorierten ihre Kirchen mit den Bildern gefolterter Männer und Frauen. Und ausgerechnet einen solchen Katholiken musste er nun heimsuchen.

Beim Gottesacker der Pfarrei St. Hedwig angelangt, tastete Kamerling die massive Mauer ab, die das Gelände umschloss. »Komm schon«, murmelte er ungeduldig und nickte zufrieden, als seine Finger auf Hüfthöhe eine Lücke zwischen zwei Ziegelsteinen fanden. Er schob einen Fuß hinein, schwang seinen Seesack über die Schulter und zog sich hoch.

»Verdammt«, murrte er, als er sich an einer spitzen Kante das Hosenbein aufriss. Kamerling hatte nie verstanden, warum Friedhöfe umzäunt waren. Es war ja nicht so, als müsste man irgendjemanden daran hindern, von dort abzuhauen.

Auf der anderen Seite angelangt, kroch ihm beim Anblick der vielen Grabsteine und Kreuze, die sich in der Dunkelheit vor ihm ausbreiteten, ein Schauer über den Rücken. Erzählungen von Wiedergängern und Untoten fielen ihm ein. Ein leises Rascheln neben sich ließ Kamerling zusammenzucken. Er fuhr herum, doch es war nur der Wind gewesen, der mit den Zweigen eines Baums gespielt hatte. Mit wild pochendem Herzen huschte er den schneebedeckten Weg entlang durch die Stille. Nirgendwo flackerten Kerzen, und auch das schiefe kleine Haus des Totengräbers, das etwas abseits stand, wirkte verlassen. Entweder saß der Kerl in einer gemütlichen Gaststube und wärmte sich an heißem Grog und einem üppigen Busen, oder er schlief. Beide Optionen sollten ihm recht sein. Hauptsache, er blieb ungestört.

Kamerling eilte zur zentral gelegenen Friedhofskapelle, einem runden Backsteingebäude, an dessen Rückseite sich ein quadratischer Anbau befand. Dieser war sein eigentliches Ziel.

Vor der Eichenholztür hielt er inne und drehte sich um. Der Schneefall war inzwischen so dicht und stark, dass er seine Fußspuren innerhalb kürzester Zeit zudecken würde. »Gut so«, murmelte er.

Mit klammen Fingern schloss Kamerling die Pforte auf, trat ein und fand sich in einem kleinen Vorraum wieder, in dem es nach einem Gemisch aus Weihrauch, altem Holz und Kalkmörtel roch. Er klopfte sich den Schnee von der Schiebermütze, blies abermals Atem in seine Fäuste, zog anschließend eine Packung Schwefelhölzer aus dem Seesack und versuchte eines davon zu entfachen.

Als es ihm endlich gelang, zündete er die mitgebrachte Lampe an, hob sie in die Höhe und sah sich um. Dann suchte er in seiner Tasche nach einem weiteren Schlüssel. Es waren insgesamt drei an der Zahl, die er heute Nacht verwenden würde.

Er ignorierte die weiß getünchte, metallbeschlagene Tür, hinter der sich, wie er in Erfahrung gebracht hatte, die sogenannte Sakristei befand, und wandte sich einer unscheinbaren braunen Pforte zu, die tief in die dicke Steinmauer eingelassen war. Das, was sie verborgen hielt, war tausendmal wertvoller als die Schätze, die die Priester im Nebenraum horteten. Kamerling öffnete das Schloss und setzte einen Fuß auf die steinerne Wendeltreppe, die von hier in die Krypta führte. Die Flamme in seiner Laterne zeichnete groteske Schatten an die Wände. Obwohl er nicht gläubig war, bekreuzigte er sich. Dann stieg er langsam in die Tiefe.

Dort herrschte Grabesstille, im wahrsten Sinn des Wortes. Nur aus weiter Ferne ließ sich das Tosen des Windes erahnen. Und es war frostig. Die Kälte hier schien durchdringender zu sein als jene im Freien und kroch tiefer in die Knochen – bis ins Mark.

Kamerlings größtes Problem war jedoch nicht die Temperatur, es war die Räumlichkeit an sich. Eine Art Friedhof unter der Kapelle, der wohl unheimlichste Ort, den er sich auszumalen vermochte. Es fiel ihm schwer, nicht Reißaus zu nehmen.

»Alles wird gut«, murmelte er leise. Der Klang seiner Stimme beruhigte ihn, weswegen er weitersprach. »In wenigen Minuten ist die Sache wieder im Reinen.«

Sobald diese verfluchte Mission erfüllt war, würde er zum *Spreewirt* gehen, einen Platz vor dem Kamin suchen und sich ein paar Hochprozentige hinter die Binde kippen. Vor dem Feuer sitzend würde er sich an diesen Moment erinnern und lachen.

Er zog den letzten Schlüssel aus seiner Jackentasche und betrachtete ihn. Er war filigraner als die beiden zuvor. Ein besonderer Schlüssel für ein besonderes Schloss.

Leise seufzend musterte Kamerling die schmalen Türen, die sich rings um ihn herum befanden. Türen, hinter denen Grabkammern lagen. Er leuchtete die Metallschilder an, die Auskunft gaben, wer in der jeweiligen Gruft bestattet worden war, bis er jenes der Familie Rohland gefunden hatte.

Die Rohlands waren ein altes Kaufmannsgeschlecht, wie es im Buche stand: strebsam, reich und generös – besonders dann, wenn es ihnen einen Vorteil verschaffte. Sie hatten Geld für den Bau dieser Kapelle gestiftet und im Gegenzug die Erlaubnis erhalten, ihre Angehörigen in der Krypta zu bestatten. Wohlhabende Menschen wurden nicht draußen im Freien beerdigt, wo ihre Gräber Wind und Wetter ausgesetzt waren. Sie durften die ewige Ruhe gut geschützt im Trockenen verbringen.

Geld regierte die Welt – die der Lebenden und die der Toten. »Wahrscheinlich sogar das Jenseits«, murrte er, während er den Schlüssel in das Schloss steckte und umdrehte.

Mit leisem Knarren öffnete sich die Tür.

Alles in ihm sträubte sich dagegen, das dahinterliegende Gewölbe zu betreten. Seine Großmutter war überzeugt, dass Tote, deren Ruhe man störte, zu Wiedergängern wurden, die den ungebetenen Besucher verfolgen würden.

Bis in alle Ewigkeit.

Aber es musste sein. Er atmete tief ein und schritt in die Grabkammer. Dort roch es modrig und erdig mit einem Hauch von Schimmel. Er stellte seinen Seesack und die Lampe auf den Boden, zündete die Kerzen an, die in einer Halterung an der Wand steckten, und sah sich um.

Die Gruft war niedrig und eng, die Mauern bestanden aus grob behauenem Stein, der Boden aus gestampftem Lehm. Gegenüber der Tür hing ein mannshohes Kruzifix, darunter standen auf einer Art Podest fünf Eichensärge. Einer davon sah neuer und weniger verstaubt aus als die anderen. Auch war er der einzige, auf dem welke Lilien und ein Rosenkranz aus schwarzen Perlen lagen.

Kamerling entzifferte die Plakette, die darauf angebracht war: *Eduard Rohland (* 1802 – † 1879)*.

Das war er. Der Mann, dessentwegen er gekommen war.

Plötzlich strich ihm ein kalter Lufthauch über die Wange, und er glaubte ein Geräusch hinter sich zu vernehmen. Er schnellte herum, hob die Laterne auf und hielt sie in die Höhe. Seine Hand bebte. Licht und Schatten erschufen Bewegungen, wo keine waren.

Oder etwa doch?

Obwohl es eiskalt war, begann Kamerling zu schwitzen.

»Ist da jemand?«, fragte er mit heiserer Stimme und lauschte.

Nichts.

Eilig zog er sein Werkzeug aus dem Seesack und legte es auf das Podest. Er musste sich beeilen, bevor seine Sinne ihm weitere Streiche spielten. So schnell es ihm mit seinen zitternden Händen möglich war, löste er die festsitzenden Schrauben aus dem Holzdeckel von Eduard Rohlands Sarg.

Mit angehaltenem Atem hob er ihn hoch, wobei er ihm aus den klammen Händen rutschte und mit einem ohrenbetäubenden Knall auf den Boden schlug. »Herr im Himmel«, entfuhr es ihm. Er fasste sich ans Herz, trat an die Tür und lauschte. Hatte jemand den Lärm gehört?

Offenbar nicht. Wer denn auch? Außer ihm war niemand hier – zumindest niemand mit einem Puls.

Kamerling ging zurück, schaute in den Sarg und stöhnte auf. »Verdammt«, fluchte er. Ihm blickte nämlich nicht Herr Rohland entgegen, sondern ein weiterer Sarg. Eine massive, mattgraue Kiste, die – wenn er sich nicht täuschte – aus Zink gefertigt war. Hektisch ließ er die Fingerspitzen über die raue Oberfläche gleiten und suchte verzweifelt nach einer Möglichkeit, das vermaledeite Ding aufzumachen. Gab es denn nirgendwo ein Schloss oder einen Riegel?

Nein, dieses Behältnis war nicht dafür gedacht, jemals wieder geöffnet zu werden.

Er nahm sein Werkzeug und machte sich am Kopfende des Zinksargs zu schaffen. Als Kamerling das widerspenstige Metall endlich durchdrungen hatte, strömte ihm ein süßlich fauliger Geruch entgegen, und er musste ein Würgen unterdrücken. Schnell wickelte er seinen Schal über Mund und Nase. Angewidert weitete er das Loch, bis es groß genug war, dann hielt er inne.

Er schloss die Augen und steckte langsam die Hand in die Öffnung. Darin ertastete er edlen Stoff, schob die Finger darunter, fühlte weiter und fand endlich, wonach er gesucht hatte.

Erleichterung durchfuhr ihn. Kamerling zog seinen Schatz aus dem Sarg, packte seine Sachen ein, nahm die Laterne und huschte aus der Grabkammer. Er konnte es nicht erwarten, diesem Ort zu entkommen. Den Korn beim *Spreewirt* hatte er sich wahrlich verdient.

So schnell es ihm bei den schlechten Lichtverhältnissen möglich war, durchquerte er die Krypta und setzte gerade einen Fuß auf die unterste Stufe der Treppe, als hinter ihm ein Geräusch erklang.

Wie angewurzelt blieb er stehen.

Großmutters Geschichte von den Untoten tauchte wieder in seinen Gedanken auf. Er wollte fliehen, davonrennen, so schnell ihn seine zitternden Beine trugen, doch er war starr vor Schreck. Sein Herz schlug ihm bis zum Hals. Und höher. »Ist da jemand?«

»Aber ja«, sagte eine heisere Stimme. »Ich habe auf dich gewartet.«

Kamerling hielt den Atem an, drehte sich langsam um und starrte in die Dunkelheit.

»Gib ihn mir«, fackelte der ungebetene Gast, bei dem es sich um einen Mann aus Fleisch und Blut handelte, nicht lange herum.

»Verschwinde!« Kamerling ließ den Seesack von seiner Schulter gleiten, beugte sich darüber und tastete nach seinem Werkzeug.

Doch er war nicht schnell genug.

Der andere huschte flink und lautlos wie eine Raubkatze auf ihn zu. Als der Fremde endlich in den Lichtkegel der Laterne trat, konnte Kamerling erkennen, dass der Kerl einen massiven Kandelaber in der Hand hielt. Ehe er sichs versah, sauste der schwere Lüster auf ihn nieder.

Alles wurde schwarz.

2

Der Morgen war äußerst unwirtlich. Wieder einmal. Graupelkörner prasselten gegen die Fensterscheibe, Wind pfiff durch alle Ritzen, und der Himmel war mit dicken grauen Wolken verhangen. Dieser Winter war einer der längsten und härtesten, die Berlin in den letzten Jahrzehnten erlebt hatte. Seit Wochen herrschte heftiger Niederschlag, immer wieder peitschten orkanartige Windstürme durch die Stadt, und der Frost fraß sich gnadenlos durch das Mauerwerk.

»Wir brauchen mehr Feuerholz.« Felix Blom gähnte, rieb die Hände aneinander und schob ein paar Holzscheite in den gusseisernen Ofen, der im hinteren Teil der Detektei stand. Ein Anflug von Wärme breitete sich in dem kleinen Raum aus, begleitet von leisem Knistern und Knacken. Die Luft erfüllte sich mit dem Geruch von Rauch und Harz. »Außerdem benötigen wir neue Flugblätter und Visitenkarten. Das könnte mit dem Geld knapp werden.« Er strich seinen Gehrock glatt, schlang seinen Schal enger um den Hals und schritt in die Kammer, die an das Büro anschloss. »Verdammte Kälte«, murmelte er. »Heute Nacht sind mir die Haare am Kissen angefroren, und ich kann mich nicht erinnern, wann ich das letzte Mal meine Zehen gespürt habe.«

Seine Geschäftspartnerin, Mathilde Voss, schenkte dem Gezeter keine Beachtung. Sie starrte in ein großes, mit Regenwasser gefülltes Gurkenglas, in dem sich ein Blutegel wand. »Er ist hektisch«, erklärte sie. »Und er schwimmt oben. Das bedeutet, noch mehr schlechtes Wetter.« Sie stellte das hausgemachte Barometer auf den Schreibtisch, bückte sich, hob einen Karton voller Stofffetzen auf und stellte ihn neben den kleinen Blutsauger.

»Ein Königreich für ein paar Sonnenstrahlen und eine Handvoll zahlungskräftiger Kunden.« Blom kratzte sich am Kinn. Dann füllte er missmutig Kaffeebohnen in eine hölzerne Mühle und hielt Mathilde die halbleere Blechdose vor die Nase. »Der Kaffee ist bald alle, genau wie das Holz, und gegen den hässlichen Wasserfleck an der Decke haben wir auch noch nichts unternommen.« Er setzte sich und murmelte irgendetwas Unverständliches in seinen Dreitagebart.

Mathilde wandte sich dem windschiefen Fensterrahmen zu. »Was ist los? Warum so miese Laune? Ist gestern Abend was passiert?« Mit stoischer Gelassenheit stopfte sie die Fetzen in Löcher und Ritzen, durch die eisige Luft drang. »Du warst doch in der Oper? Oder etwa nicht? Üblicherweise bist du danach immer ganz glückselig.«

Blom klemmte die Mühle zwischen seine Knie und begann ruckartig den Kaffee zu mahlen. »Ich habe die Schnauze voll davon, pleite zu sein, mich reinschummeln zu müssen und dann auf irgendeinem billigen Platz zu stehen. Gestern wurde *La Traviata* gegeben. Ich habe so gut wie nichts davon mitbekommen. Nicht nur dass ich kaum etwas gesehen habe, ich habe auch fast nichts gehört, weil die Leute neben mir ständig die Klappe offen hatten. Bei *Addio del passato* haben sie über die Kaninchenplage im Humboldthain geredet. Kannst du dir das vorstellen? Während auf der Bühne Violetta in den Armen ihres Liebsten stirbt, diskutieren diese Banausen über Karnickel.«

Mathilde zündete eine Kerze an und hielt die Flamme vor den Fensterrahmen, um herauszufinden, ob es noch immer hereinzog. »Wart nur ab, wenn das Geschäft endlich gut läuft, kannst du dir wieder Plätze in der Loge leisten. Und Champagner obendrauf.«

Die ehemalige Prostituierte und der einstige Meisterdieb hatten sich vor rund acht Monaten zusammengeschlossen und versuchten seither mehr schlecht als recht, mit einer Privatdetektei Geld zu verdienen.

»Dein Wort in Gottes Ohr.« Blom kontrollierte, ob die Bohnen bereits fein genug gemahlen waren. »Was steht heute auf dem Plan?« Er erhob sich und zückte ein rot-weiß kariertes Taschentuch. Dieses legte er über eine abgesplitterte Porzellankanne, formte mit den Fingern eine Mulde und schüttete das Kaffeepulver hinein.

Mathilde fröstelte und schlang ihren grob gestrickten violetten Wollschal eng um ihren Oberkörper. »So wie bereits gestern und vorgestern haben wir auch heute nicht viel zu tun, fürchte ich.« Sie blickte hinaus in den Hof, der mit einer dicken Schneeschicht bedeckt war. Der Hackklotz und der Brunnen glichen pudrigen Hügeln in einem Meer aus Weiß, das auch den Krempel, der sich in einer Ecke stapelte, unter sich begraben hatte. Dort, wo üblicherweise schmutziges Chaos herrschte, wirkte alles sauber und aufgeräumt. Eigentlich ein schöner Anblick, der – sollte der Blutegel recht behalten – noch einige Tage lang erhalten bleiben würde. Niemand ging bei diesem Wetter freiwillig vor die Tür.

»Was wissen wir über den entlaufenen Hund von Herrn Thiele?«, fragte Blom.

»Der ist von allein zurückgekommen.«

»Und was ist mit der Observierung des Grafen Hochmeister? Du weißt schon – wegen des angeblichen Techtelmechtels mit der Köchin.«

Mathilde seufzte. »Seine Gattin hat den Auftrag an Kühn und Zandelow vergeben.«

»Was? Wieso? Das darf ja wohl nicht wahr sein!« Blom öffnete das Fenster und schaufelte Schnee vom Sims in einen zerbeulten Kochtopf. »Ausgerechnet denen.« Er stellte den Pott auf den Ofen und sah zu, wie die weiße Pracht langsam schmolz. »Diese verdammten Kerle haben wahrscheinlich Lügengeschichten über uns in die Welt gesetzt, um uns den Auftrag abspenstig zu machen.«

Mathilde drehte sich zu ihm. »Ich fürchte, da waren keine unlauteren Mittel im Spiel. Ich denke, es war Kühn und Zandelows großes, warmes Büro in bester Lage mit seinen ledernen Fauteuils und Marmortischen, das die Frau Gräfin mehr überzeugt hat als unsere Referenzen.«

Blom ließ seinen Blick durch den kargen Raum schweifen. »Ich habe es so satt …«, setzte er an. Sein Lamento fand ein plötzliches Ende, als die Tür aufgerissen wurde.

Der Wind blies klirrend kalte Luft herein, eine dick vermummte Frau erschien in einer Wolke aus Schnee. Sie war in einen grauen Mantel aus grobem Wollstoff gehüllt und hatte einen abgenutzten schwarzen Hut auf dem Kopf. Auch die Schnürstiefel und fingerlosen Handschuhe, die sie trug, hatten zweifelsohne schon bessere Zeiten gesehen.

»Guten Morgen, Frau Brenke.« Mathilde lächelte ihr zu und deutete auf einen Sessel.

Die Frau schloss die knarrende Tür, knöpfte ihren Mantel auf und nahm den Hut ab. Ihr Gesicht war verhärmt und fahl, tiefe Falten hatten sich um ihren Mund und auf ihrer Stirn eingefurcht. Sie wirkte angespannt und nervös. »Haben Sie die Brosche gefunden?«, kam sie sofort auf den Punkt. Ihr Blick flog zwischen Blom und Mathilde hin und her.

»Das haben wir in der Tat.« Blom schob ein weiteres Holzscheit in den nimmersatten Ofen, stocherte mit dem Schürhaken in dem Feuer herum und nickte zufrieden, als der geschmolzene Schnee endlich zu kochen begann.

Frau Brenkes Gesicht erfüllte sich mit Leben. »Wo war sie denn?«

»Im Pfandleihhaus.«

»Im Pfandleihhaus?«, wiederholte Frau Brenke ungläubig und setzte sich.

»Ihre Dienstherrin scheint ein paar Probleme finanzieller Natur zu haben.« Mathilde nahm eine Zigarre aus einem kleinen Kistchen, das auf dem Schreibtisch stand, und zündete sie an. Bittersüßer Rauch erfüllte die Luft. »Probleme, die sie vor ihrem Gatten geheim halten möchte.«

Brenkes Augen weiteten sich. »Die Frau Baronin …«

»Die Frau Baronin ist offenbar nicht so edel und wohltätig, wie sie sich nach außen gibt.«

Frau Brenke wusste offenbar nicht, was sie erwidern sollte. »Sie selbst hat …?«, stammelte sie. »Sie hat ihre eigene Brosche versetzt? Und als ihr Mann …?«

»Als ihr Mann danach fragte, behauptete sie, das Schmuckstück sei gestohlen worden und hat Ihnen die Tat in die Schuhe geschoben.«

Frau Brenke schien fassungslos. »Wie? … Wie war es Ihnen möglich, das herauszufinden?«

»Die Antwort auf diese Frage ist recht simpel: Wir sind gut. Die besten.« Blom nahm den Topf vom Ofen und goss das heiße Wasser langsam über den gemahlenen Kaffee, wobei ein gluckerndes Geräusch zu hören war.

»Sie haben jetzt zwei Möglichkeiten«, erklärte Mathilde. »Sie können zur Polizei gehen und die Geschichte zur Anzeige bringen …« Sie öffnete eine Schublade und zog einen

Umschlag hervor. »Oder Sie konfrontieren die alte Hexe mit dem, was wir herausgefunden haben, und verlangen eine Entschuldigung und Ihre Stellung zurück.« Sie schob das Kuvert über den Tisch. »Darin finden Sie alle nötigen Beweise.«

Mit offenem Mund starrte Frau Brenke auf den Umschlag.

»Was auch immer Sie unternehmen ...« Blom goss Kaffee ein. »Ihre Unschuld ist bewiesen, Ihr tadelloser Ruf wiederhergestellt.«

Frau Brenke lächelte und wirkte plötzlich um Jahre jünger. »Danke«, sagte sie mit belegter Stimme. »Vielen Dank.« Sie nahm die Beweismittel und erhob sich. »Ohne Sie wäre ich ruiniert gewesen. Ohne Ihre Hilfe hätten die Kinder ...« Ihre Stimme brach. Sie griff in ihre Tasche und zog einen zerknitterten Fünfmarkschein und ein paar schmutzige Münzen daraus hervor. Das Geld legte sie auf den Tisch und blickte die beiden Detektive verlegen an. »Ich weiß, das ist zu wenig«, erklärte sie. »Aber ich habe im Moment nicht mehr. Die Kleinen brauchen dringend neue Schuhe und Fritz seine Medizin. Ich verspreche, ich begleiche den Rest meiner Schuld, sobald ich meine Stellung zurückbekommen habe und mein Mann wieder gesund ist.« Sie fasste sich mit der rechten Hand ans Herz. »Ich werde mir etwas einfallen lassen.«

»Schon gut.« Mathilde schob das Geld zurück.

Frau Brenke schien nicht zu verstehen.

»Der Winter wird sich noch länger nicht verabschieden.« Mathilde blickte zu dem Gurkenglas, in dem der Blutegel noch immer von schlechtem Wetter kündete. »Sehen Sie zu, dass Ihr Mann sich erholt und die Kinder etwas Warmes in den Magen bekommen.«

Frau Brenkes Augen glänzten feucht. »Sind Sie sicher?«

Blom starrte auf die halbleere Kaffeedose und die letzten Holzscheite. »Nun ja …«, setzte er an, doch Mathilde ließ ihn nicht ausreden.

»Ja, das sind wir.«

»Sie sind ein Segen«, sagte Frau Brenke mit tränenvoller Stimme. »Ohne Sie wäre ich verloren gewesen und mit mir Fritz und die Kleinen.«

»Vielleicht könnten Sie ja …«, setzte Blom an, doch Mathilde bedeutete ihm zu schweigen, indem sie unauffällig einen Finger auf die Lippen legte.

Sie führte Frau Brenke zur Tür. »Alles Gute.« Sie blickte ihr nach, bis die Frau im Schneegestöber verschwunden war.

»Was sollte das denn?«, fragte Blom, als Mathilde die Tür wieder geschlossen hatte. Er öffnete eine Schublade, kramte eine zerbeulte Blechkassette daraus hervor und blickte hinein. »Verdammt, Mathilde«, schimpfte er. »Wir haben gerade mal fünfzig Mark übrig. Wenn das so weitergeht, werden wir Holz aus dem Plänterwald holen, den Kaffee mit Wegwarte strecken und den Gürtel noch enger schnallen müssen.«

Mathilde rieb sich die Augen. »Frau Brenke hat fünf kleine Kinder, ihr Mann leidet an Tuberkulose. Ich habe es nicht übers Herz gebracht, ihr etwas zu berechnen. Die arme Frau hat es schon schwer genug.«

Blom schaute nachdenklich und nickte schließlich. »Da magst du wohl recht haben.« Er zog seine Schnupftabakdose aus der Tasche, öffnete sie, überlegte es sich aber wieder anders und steckte sie zurück. »Sieht aus, als müssten wir unseren Tabak rationieren.« Er deutete auf das hölzerne Kistchen, in dem sich Mathildes geliebte Zigarren befanden.

Mathilde ließ die Schultern sinken. »Ich bringe es einfach nicht fertig, diesen armen Menschen ihr letztes Geld abzuknöpfen.«

»Ich verstehe dich ja, aber wenn wir im Schuldenturm landen, hat auch niemand was davon.«

»Das ist wohl wahr.« Mathilde strich sich eine Haarsträhne hinters Ohr und setzte sich.

Blom nahm einen Schluck Kaffee und verbrannte sich die Zunge. »Verdammt!« Er schlug mit der Faust auf den Tisch und starrte ins Leere.

Mathilde sah ihn erschrocken an. »Tut mir leid, Felix. Wirklich. Nächstes Mal werde ich …«

»Schon gut.« Blom blickte auf und schaute sie an. »Es sind nicht nur die Detektei, die Oper und das Geld. In der Wohnung zieht es, ich habe schlecht geschlafen, bin komplett verspannt, und Auguste …«

»Auguste.« Mathilde rümpfte die Nase. »Daher weht also der Wind. Was ist es dieses Mal? Ist sie traurig, weil du nicht mit ihr zu Borchardt gehst? Oder enttäuscht, weil du sie nicht ins Theater begleitest?«

»Schlimmer.« Blom kaute auf seiner Unterlippe herum.

»Na, jetzt bin ich aber mal gespannt.«

»Ich hatte es so satt. Die Heimlichtuerei, das dumme Geschwätz der Leute, das Getuschel hinter unseren Rücken … Darum wollte ich Nägel mit Köpfen machen, wenn du verstehst.«

Mathilde schüttelte den Kopf.

»Ich wollte unsere Verbindung legitimieren, klare Verhältnisse schaffen. Also habe ich bei ihrem Vater um Augustes Hand angehalten.«

Mathilde, die wohl schon ahnte, wie die Sache ausgegangen war, seufzte. »Lass mich raten: Er war nicht sonderlich begeistert.«

»Er hat ihr untersagt, mich zu heiraten, und ihr sogar verboten, mich weiterhin zu sehen. Er meint, dass der Umgang mit mir ihren Ruf schädigt und dass unsere Verbindung ohnehin keine Zukunft hat, weil ich seiner Tochter kein standesgemäßes Leben bieten kann. Um uns zu trennen und jedweden Kontakt zwischen uns zu unterbinden, schickt er sie nach Wien, wo sie sich um ihre Tante kümmern soll.« Blom setzte sich aufrecht hin. »Und weißt du was? Ich verstehe ihn. Sieh mich doch nur an.« Er breitete die Arme aus. »Auguste ist im Grand Hotel aufgewachsen, inmitten gediegener Gesellschaft und aller Annehmlichkeiten, die man sich nur denken kann. Ich hingegen bin ein armer, abgetakelter Exhäftling und kann für keine Frau, geschweige denn für eine Familie sorgen. Wenn das so weitergeht, bin ich nicht mal mehr in der Lage, mich selbst zu ernähren.« Er starrte in den Kaffee, als könne er in dem tiefschwarzen Gebräu eine Lösung für seine Probleme finden. »Denkst du manchmal daran …« Er zögerte und schluckte. »Du weißt schon … Daran, wieder in dein altes Leben zurückzukehren?«

Mathilde riss die Augen auf. »Zurück in Madame Loulous Bordell? Auf gar keinen Fall!« Sie schauderte. »Allein bei dem Gedanken an manchen Freier wird mir ganz anders.« Sie wandte den Blick ab und sah aus dem Fenster. »Bestien«, murmelte sie.

»Aber du hattest Geld und ein komfortables Heim«, sinnierte Blom. »Du musstest dir keine Gedanken darüber machen, wie Essen auf den Tisch kommt, wie du deine Stube wärmst oder ob du dir Zigarren leisten kannst.«

Mathilde zuckte mit den Schultern. »Natürlich vermisse ich einiges, aber glaub mir: Kein Luxus auf der Welt kann Würde und Selbstbestimmtheit aufwiegen.« Sie hielt inne und legte den Kopf schief. »Warte mal. Du denkst doch wohl nicht etwa daran, in alte Gewohnheiten zu verfallen und wieder lange Finger zu machen?«

Blom kratzte sich am Kopf. »Nun«, druckste er herum. »Um ehrlich zu sein, manchmal schon.«

»Felix, das kann doch wohl nicht dein Ernst sein, oder?«

»Manche Menschen schwimmen im Geld. Sie besitzen mehr, als sie in hundert Leben ausgeben könnten. Das sind Männer und Frauen, die nie für ihr Vermögen gearbeitet haben. Der Adel, der Klerus, die Kaufmannsdynastien«, begann er aufzuzählen. »Die haben nie einen Finger krumm gemacht, haben lediglich geerbt oder ihre Untergebenen ausgebeutet. Ich verstehe nicht, was so schlimm daran sein soll, ihnen ein bisschen was von ihrem Reichtum abzuknöpfen. Es ist ja nicht so, als würde ich arme Leute wie Frau Brenke ausnehmen.«

»Das Leben ist ungerecht.« Mathilde zuckte mit den Schultern. »Trotzdem können wir nicht einfach unsere eigenen Regeln aufstellen. Die Polente weiß, dass du der Schatten von Berlin warst. Wenn irgendwo ein gefinkelter Einbruch passiert, ist denen sofort klar, an welche Tür sie klopfen müssen.«

»Da hast du wohl recht.« Blom starrte auf seine Hände.

»Sag mal ...« Mathilde kniff die Augen zusammen und musterte ihren Kompagnon. »Kann es sein, dass das Stehlen und das Einbrechen dir fehlen?«

Blom zog die Schultern hoch und betrachtete die Schnupftabakdose. »Jeder von uns hat seine Schwächen«, gab er sich zerknirscht. »Im Gegensatz zu anderen Lastern kostet das Stehlen aber nichts.«

»Das würde ich so nicht unterschreiben. Im schlimmsten Fall kostet es die Freiheit.«

Blom seufzte.

Mathilde tätschelte ihm die Hand. »Es wird sich schon alles finden. Wir sind noch immer irgendwie über die Runden gekommen. Und die Sache mit Auguste wird sich auch einrenken. Wirst schon sehen. Wahre Liebe kann auf Dauer nichts trennen.«

»Wollen wir es hof…« Bloms Worte wurden von einem hektischen Klopfen übertönt. Noch ehe er oder Mathilde reagieren konnten, wurde die Tür aufgerissen und die alte Frau Hinze streckte ihren Kopf herein. »Herr Voss!«, rief sie aufgebracht.

Mathilde rümpfte die Nase. »Wie oft soll ich Ihnen denn noch sagen, dass nicht er, sondern ich die Chefin …«

Die alte Frau ließ sie nicht ausreden. »Ham Se schon jehört? Es is furchtbar. Schrecklich. Een Skandal.« Sie deutete nach draußen.

»Was ist ein Skandal?« Blom stand auf, bat sie herein und schloss die Tür hinter ihr.

»Raus. Wir müssen raus«, erklärte sie, wobei sie so schnell sprach, dass sie sich beinahe verhaspelte. »Mit Sack und Pack. Wir ham bis zum Ende des Monats.«

»Haben Sie die Miete nicht bezahlen können?«, fragte Mathilde. »Da gibt es doch sicher eine Lösung.«

»Nee, Se vastehn det falsch.« Frau Hinze schnaufte. »Es jeht nicht um die Miete. Wir müssen alle raus. Alle Bewohner des Krögels. Ooch Sie.«

»Wir?«

Frau Hinze nickte. »Eben war een elejanter Schnösel im Haus. So'n eitler Fatzke. So'n Immobilienheini. Der Krögel … unser Krögel … soll abjerissen werden, plattjemacht, um Platz zu schaffen für nen schicken Neubau.«

Mathilde ließ sich auf den Sessel fallen und blies eine Locke aus ihrer Stirn. »Das können die nicht machen. Gegen so was muss es doch ein Gesetz geben.«

»Jesetze sind für reiche Leute. Nicht für solche wie unsereins.« Frau Hinze schnaubte. »Außerdem sajen die, es müsse sein. Det Wohnen hier sei jefährlich und jesundheitsjefährdend.« Sie blickte zwischen Blom und Mathilde hin und her. »Worauf warten Se? So tun Se doch wat!«

»Wir?« Blom runzelte die Stirn.

»Ja, jenau. Immerhin sind Se doch Herr Voss. Von der Detektei Voss.« Sie hielt Blom eines ihrer Flugblätter vor die Nase. »*Wir lösen Probleme*«, steht da. »Also machen Se ma. Lösen Se!«

Mathilde verdrehte die Augen. »Frau Hinze«, schimpfte sie. »Wie oft soll ich Ihnen denn noch sagen, dass er nicht Herr Voss ist.«

Doch die Alte hörte ihr nicht zu. Mit verkniffenen Zügen stapfte sie nach draußen und schlug die Tür hinter sich zu.

Blom und Mathilde schauten einander an. »Immer wenn man denkt, es könne nicht schlimmer werden«, sagte Blom, »haut einem das Schicksal noch eine rein.«

»Vielleicht hat Frau Hinze irgendetwas falsch verstanden«, versuchte Mathilde etwas Hoffnung zu verbreiten.

»Wie auch immer.« Blom gönnte sich nun doch eine Prise Schnupftabak. »Wir müssen uns etwas einfallen lassen.« Er seufzte, als er Mathildes kritischen Gesichtsausdruck sah. »Keine Sorge. Etwas Legales.«

3

Vor Kälte zitternd zündete er sich eine weitere Zigarette an, drückte sich tiefer in die Mauernische und trat ungeduldig von einem Bein aufs andere. Noch immer konnte er kaum glauben, was vor ein paar Stunden auf dem Friedhof von St. Hedwig geschehen war.

Sein Plan war einfach gewesen, denn einfache Pläne waren meist die besten. Schlicht und schnörkellos, ohne komplizierte Manöver und komplexe Abläufe, hatten seine Vorhaben stets reibungslos funktioniert. Zumindest bis heute. Denn dieses Mal hatten unvorhergesehene Umstände sein Unterfangen durchkreuzt, oder besser gesagt: Ein fieser kleiner Kerl hatte es getan.

Der Fremde war ihm zuvorgekommen, hatte Christian Kamerling niedergeschlagen und war mit der Beute abgehauen – und zwar direkt in ein stadtbekanntes Bordell namens Schwarzer Kater. Wie es schien, wollte der Fremde seinen Triumph feiern.

Unvermittelt musste er grinsen. Die gute Laune würde dem Kerl bald vergehen. Irgendwann musste er den Schwarzen Kater nämlich wieder verlassen und dann würde er ihn abpassen und sich das zurückholen, was er dringend brauchte. Er zog an seiner Zigarette und fixierte die Eingangstür. Noch einmal würde er sich die Beute nicht durch die Lappen gehen lassen.

Koste es, was es wolle.

Vorsichtig beugte er sich nach vorn und blickte in die lange schmale Gasse, die den ehrwürdigen und somit völlig unzutreffenden Namen Königsmauer trug. Alles war ruhig, mehr noch, wirkte wie ausgestorben, ganz anders als früher.

Noch vor wenigen Jahren war hier unglaublich viel los gewesen – und zwar zu jeder Tages-, Nacht- und Jahreszeit. Ob bei strömendem Regen oder strahlendem Sonnenschein, die Königsmauer war stets ein Garant für Trubel und Vergnügen gewesen. In mehr als der Hälfte der über fünfzig Häuser hatten sich Bordelle befunden, die restlichen Gebäude hatten verrufene Spelunken und wilde Spielhöllen beherbergt. Damals hatten üppige Kronleuchter hinter gestickten Gardinen und roten Vorhängen gefunkelt. Musik, Gelächter und das Klingen von Gläsern hatte aus den Etablissements getönt. Schöne Mädchen in durchsichtigen Kleidern hatten in den Türen gestanden und versucht, die vorbeigehenden Männer mit ihrer kessen Anmache zu bezirzen.

Heute war von dem einstigen Glanz kaum etwas übrig. Seitdem Hurenhäuser offiziell verboten waren, flankierten abgebröckelte Fassaden und blinde Fensterscheiben den Weg, der von Schlaglöchern übersät war, eines tiefer als das andere. Einzig der Schwarze Kater und das benachbarte Etablissement, das den passenden Namen Scharfes Eck trug, trotzten dem Niedergang des einst so schillernden Rotlichtviertels.

Er rauchte und lauerte, versuchte, die eisige Kälte zu ignorieren, und grübelte. Denn es gab da zwei Fragen, die ihn schwer beschäftigten: Woher wusste der Fremde von dem Schatz? Und woher wusste er von Kamerling?

***

Christian Kamerling fühlte sich noch immer benommen. Sein Kopf schmerzte, seine Schläfen pochten. Er fasste sich an die Stirn und tastete über die Schwellung, die sich dort gebildet hatte.

Bei dem Gedanken an das, was in der Krypta geschehen war, fröstelte er. Dieser fiese kleine Mistkerl hatte ihn niedergeschlagen, beraubt und dann einfach dort unten liegen gelassen. Das Schwein hatte wohl gedacht, er wäre über den Jordan gegangen, doch die Drecksau hatte die Rechnung ohne seinen Dickschädel gemacht. Er war nämlich schnell wieder zu sich gekommen und hatte sich an die Fersen des anderen geheftet. Fußabdrücke im frisch gefallenen Schnee hatten ihm den Weg in Richtung Königsmauer gewiesen. Dort hatten sie sich mit anderen vermischt, doch das war kein Problem. Es gab nur einen Grund, diese schmale, krumme Gasse zu betreten. Man wollte sich vergnügen – und das war derzeit nur in zwei Etablissements möglich.

Er hatte sich daher in einem leerstehenden Haus versteckt und beobachtete seither durch die schmutzige Fensterscheibe die Türen des Schwarzen Katers und des Scharfen Ecks. In einem der beiden Bordelle musste der Kerl stecken – und mit ihm die Beute.

Erneut fasste Kamerling sich an die Stirn. Woher wusste das Schwein von dem Schatz? Er rieb seine Augen und atmete schwer. Angst kroch in ihm hoch, denn es gab da noch etwas, das ihm Kopfzerbrechen bereitete: Vom Friedhof hatte eine weitere Spur fortgeführt.

Wem gehörte sie? War diese Person etwa auch hinter dem Schatz her? Und wenn ja, wo war dieser Mensch jetzt? Befand er sich vielleicht ganz in der Nähe?

***

Er hatte sich gerade eine weitere Zigarette angesteckt, als der Fremde mit einem selbstgefälligen Lächeln auf den schmalen Lippen aus dem Schwarzen Kater trat.

Genüsslich kratzte sich der Kerl im Schritt, gähnte ausgiebig und beobachtete die Atemwolke, die sich langsam in der klirrend kalten Luft auflöste.

Er fasste in seine Tasche, strich über den hölzernen Griff seines Messers und das kalte Metall des Schlagrings und setzte an, aus seinem Versteck zu treten. Vor lauter Schreck zuckte er zusammen, als auf der gegenüberliegenden Straßenseite schwungvoll ein Fenster geöffnet wurde.

Eine rotgelockte Schönheit streckte ihren Schopf hervor. »Komm bald wieder, mein Hübscher«, rief sie dem Fremden zu. »Du weißt schon, wie ich das meine.«

Da wurde auch im Haus daneben ein Fenster aufgerissen. »Abwechslung macht das Leben süß«, rief eine Brünette mit Zigarettenspitze zwischen den rosa leuchtenden Lippen. »Komm lieber zu mir, du Prachtkerl.« Sie beugte sich so weit nach vorn, dass er ihr dralles Dekolleté sehen konnte. »Am besten jetzt gleich. Eine schnelle Nummer vor dem Frühstück macht dich munter. Ich zeig dir mal, woher der Doppelte Rittmeister seinen Namen hat.«

Weitere Fenster öffneten sich, und verschiedene Frauen boten ihre Dienste an. Offensichtlich war es derzeit sogar den abgebrühtesten Nutten zu kalt, um draußen auf Freierfang zu gehen, weswegen sie versuchten, aus ihren warmen Zimmern heraus Kunden anzulocken.

»Entscheid dich schnell, bevor mir die Nippel abfrieren.«

Verschwindet, formten seine Lippen lautlos. Für das, was er vorhatte, konnte er keine Zeuginnen gebrauchen.

Der Fremde lachte. »Ich muss was Dringendes erledigen«, rief er den Frauen zu. »Aber ich komme in einer

Stunde zurück. Dann werde ich euch allen einen Besuch abstatten, meine Täubchen.« Er warf ihnen Kusshände zu, drehte sich einmal um die eigene Achse und deutete eine Verbeugung an. »Macht euch bereit.«

Die Weibsbilder lachten und schlossen die Fenster, der Fremde schlug den Kragen seiner Jacke hoch und stapfte durch den frisch gefallenen Schnee.

Die Jagd konnte beginnen.

Er wartete kurz, stellte sicher, dass keine der Frauen mehr auf die Straße blickte, dann zog er sich den Schal über Mund und Nase und begann, dem Fremden zu folgen.

***

Die Uhr der nahe gelegenen Marienkirche schlug gerade neun Mal, als der Mistkerl, der ihn in der Krypta niedergeschlagen und ausgeraubt hatte, aus dem Schwarzen Kater trat. Er war es, ganz eindeutig. Das Schwein hatte nämlich ein Feuermal auf der Wange, das Christian Kamerling im Schein der Laterne kurz gesehen hatte. Der Kerl plänkelte mit den Huren herum, grinste schief und ging schließlich davon.

Kamerling wartete, gab ihm ein paar Meter Vorsprung und trat schließlich aus dem leer stehenden Haus. Der Himmel war von einem düsteren Grau, eiskalter Wind fegte durch die Gasse. Just in dem Augenblick, als er die Verfolgung aufnehmen wollte, löste sich auf der gegenüberliegenden Straßenseite ein dunkler Schatten aus einer Toreinfahrt und heftete sich an die Fersen des vermaledeiten Räubers.

Die zweite Fußspur.

Ein weiterer Verfolger.

Wer waren die beiden Kerle? Worauf hatte er sich da nur

eingelassen? Kamerling schauderte. Wie hatte die ganze Sache nur derart aus dem Ruder laufen können?

Er fröstelte, überlegte kurz, alles abzublasen, sah aber ein, dass das nicht möglich war. Nicht, wenn er noch länger in Berlin bleiben wollte.

***

Er schlich dem Fremden hinterher. Der ging schnellen Schrittes über den Alexanderplatz in Richtung Friedrichshain. Auch hier hatte das schlechte Wetter die Straßen geleert. Keine Huren, Bettler oder Tagediebe lungerten herum, nirgendwo promenierten Spaziergänger, und nicht ein einziger Drehorgelspieler wartete auf Publikum. Wer es sich erlauben konnte, blieb drinnen, in einer gemütlichen Stube, einem geheizten Bureau oder zumindest einem windgeschützten Unterschlupf. Hier draußen herrschten Zustände, bei denen man keinen Hund vor die Tür schickte.

Perfekte Gegebenheiten für sein Vorhaben. Denn ein zweites Mal durfte er nicht scheitern. Zu wichtig war sein Vorhaben, zu bedeutend seine Mission.

Der Wind frischte noch weiter auf, rauschte durch die Kolonnaden, die die Königstraße säumten, und heulte, wenn er auf die ionischen Doppelsäulen entlang des Wegs traf.

Der Fremde beschleunigte seine Schritte, eilte zu einem Bretterzaun, hinter dem eine Baustelle lag, und kletterte flink wie ein Wiesel darüber.

»Sehr gut«, murmelte er und folgte dem drahtigen kleinen Mann mit ein paar Metern Abstand. Das Labyrinth aus ungefähr zwei Meter hohen Mauern war der perfekte Ort, um den Mistkerl auszuschalten. Die Arbeiten waren durch das Wetter zum Erliegen gekommen, niemand würde hier sein, und selbst wenn sich irgendjemand, warum auch immer, hierherverirrte, boten die halbfertigen Wände einen optimalen Sichtschutz.

Er kontrollierte den Sitz seines Schals, folgte seinem Opfer hinein in den steinernen Wald und konnte sein Glück kaum fassen, als der Fremde direkt vor einer Mauer stehen blieb, ihm den Rücken zuwandte und an seinem Hosenschlitz herumnestelte. Leises Plätschern und ein erleichtertes »Ahhh« erklangen.

Er griff nach seinem Messer und schlich vorsichtig an den Mann heran. Behutsam setzte er einen Fuß vor den anderen, wobei trotz aller Vorsicht ein leises Knirschen ertönte.

»Was soll das?«, schimpfte der Fremde, ohne sich umzudrehen. »Kann man hier nicht mal mehr in Ruhe pissen?« Er knöpfte die Hose zu und fuhr herum.

Schweigend streckte er die Hand aus.

Der Kerl gab sich irritiert. »Mensch, was soll das? Was willst du von mir?« Er starrte ihm ins Gesicht und legte den Kopf schief.

Anstatt zu antworten, machte er einen weiteren Schritt auf den Fremden zu und präsentierte sein Messer. Schnee rieselte auf sie beide nieder. Aus der Ferne war ein Knacken zu vernehmen, gefolgt vom Heulen des Windes. »Gib ihn mir«, sagte er.

Der Fremde brauchte offenbar ein paar Augenblicke, bis er verstand. »Nur über meine Leiche«, murmelte er mit zusammengekniffenen Zähnen.

Er dachte kurz nach, wog das Für und Wider ab und rief sich in Erinnerung, was auf dem Spiel stand. »Das kannst du haben«, sagte er schließlich.

***

Mit einem unguten Gefühl im Bauch war Christian Kamerling den beiden Fremden hinterhergehastet. Er musste die Beute um jeden Preis wiederbeschaffen. Doch wie sollte er das anstellen? Ihm graute davor, Gewalt anzuwenden. Er war ein Dieb und Einbrecher, aber kein brutaler Schläger.

Kamerling war den zwei Männern bis zu einer Baustelle gefolgt. Vorsichtig war er über den Zaun geklettert, der das Gelände umgab, und den Fußspuren durch das steinerne Labyrinth hinterhergeschlichen.

»Nur über meine Leiche«, hörte er jetzt jemanden zischen und blieb stehen. Er erkannte die Stimme. Das war der Mann, der ihn überfallen hatte. Die beiden befanden sich offenbar nur wenige Meter vor ihm hinter einer Mauer.

Kamerling überlegte. Am besten, er wartete, bis sie sich gegenseitig windelweich prügelten, sodass er den Überraschungseffekt nutzen und als lachender Dritter aus der Sache herausgehen konnte. Behutsam machte er ein paar Schritte nach vorn, bis er an der Mauerkante angekommen war, und lauschte.

»Das kannst du haben«, sagte eine raue Stimme. Es folgten ein erstickter Schrei und ein leises Gurgeln.

Kamerlings Herz begann zu rasen, er wusste, dass gerade etwas Schreckliches passiert war, und ihm war auch klar, dass er sich so schnell wie möglich vom Acker machen sollte. Doch irgendeine selbstzerstörerische, völlig unvernünftige innere Stimme drängte ihn, einen Blick um die Ecke zu wagen.

Nur ganz kurz, nur um zu verstehen, was hier los war. Mit angehaltenem Atem schob er den Kopf nach vorn.

Er hatte mit vielem gerechnet, aber nicht mit solch einem verstörenden Anblick. Panisch drehte er sich um und rannte so schnell wie möglich davon.

4

Zum ersten Mal seit Tagen zeigte sich die Sonne, wenn auch nur schüchtern. Für ein paar Augenblicke drangen ihre schwachen Strahlen zwischen zwei Wolken hindurch und brachten den gefrorenen Bach, der zu seiner Rechten verlief, zum Glitzern.

Kommissar Heinrich Schlesinger konnte dieser Schönheit jedoch nicht viel abgewinnen. Er stakste durch knöcheltiefen Schnee, wobei feuchte Kälte seine Hosenbeine hochkroch. Auch seine ledernen Schnürschuhe wurden von Schritt zu Schritt nasser, während eisige Luft durch die groben Nähte seiner dünnen senfgelben Leinenjacke zog. Er war erst am Abend zuvor in Berlin angekommen und hatte noch keine Zeit gefunden, adäquate Kleidung zu besorgen. Es war Pech, gleich heute zu einem Außeneinsatz gerufen zu werden. Noch dazu auf freiem Feld.

Hätte der Kerl nicht in einer Gaststube ermordet werden können? Oder in einer windgeschützten Ecke irgendwo in der Innenstadt?

Schlesinger hatte vergessen, wie unwirtlich die deutschen Winter sein konnten. Dennoch ließ er sich nichts von seinem Ungemach anmerken. Jammern machte die Sache nicht besser, zudem wollte er an seinem ersten Tag bei der Berliner Polizei einen guten Eindruck hinterlassen. Ihm war bewusst, dass er es mit einem Haufen altgedienter Haudegen zu tun haben würde, einer eingeschworenen Mannschaft, die ihm – dem Neuen, dem Fremden – mit Misstrauen begegnen würde.

Der Skandal im vergangenen Jahr hatte ein schlechtes Licht auf die Kriminalabteilung geworfen, weswegen nach langem Hin und Her der Entschluss gefasst worden war, deren Leitung nicht intern nachzubesetzen, sondern jemanden von außerhalb anzuheuern. Einen unbestechlichen, unkorrumpierbaren Kämpfer. Jemanden, der sich nicht von Gefühlen leiten ließ.

Einen geborenen Häscher.

Ihn.

Nach drei Jahren als Großwildjäger in Äquatorialafrika hatte ihn der Ruf ereilt, seinem Land ein weiteres Mal zu dienen – dieses Mal nicht als Soldat, sondern in seinem ehemaligen Beruf als Kriminalist. Die Anfrage der Berliner Polizei war genau zum rechten Zeitpunkt gekommen. Er hatte alles erlegt, was es zu erlegen gab. Die Vorstellung, nun die ultimativen Bestien zu jagen, nämlich Mörder, hatte ihn gereizt – auch wenn es bedeutete, die Wärme Loangos gegen das Sauwetter in Berlin zu tauschen, sowie die afrikanische Gastfreundschaft gegen die deutsche Zurückhaltung und Unhöflichkeit.

In den Genuss von Letzterer war er bereits an diesem Morgen gekommen. Als er zum Dienst im Polizeipräsidium angetreten war, drückte ihm ein grimmig dreinblickender Kerl ein Stück Papier in die Hand. Kein *Guten Morgen*, kein *Herzlich willkommen*, kein *Wie schön, Sie kennenzulernen*. Nur eine mürrische Miene, ein undefinierbares Raunzen und ein Zettel mit einer Adresse.

Zu dieser war er gefahren. Hinaus aus der dicht besiedelten Stadt in einen Kiez, in dem die Gebäude spärlich gesät waren. Die Reihen der Mietskasernen hatten sich gelichtet, zwischen ihnen waren immer häufiger Schuttansammlungen und Sandgruben aufgetaucht, bis der Kutscher schließlich vor einer Baustelle angehalten hatte.

Schlesinger hatte das unebene Gelände betreten und folgte nun den Fußspuren im Schnee bis zu einem Rohbau. Er fröstelte und spürte, wie seine Nase zu rinnen begann.

Hinter einer rohen Ziegelmauer stand eine Handvoll Polizisten. Mit den Rücken zu ihm bildeten sie einen Halbkreis um etwas, das vor ihnen auf dem Boden lag. Allesamt trugen sie warme Mäntel und festes Schuhwerk. Sie wirkten vertraut miteinander, wenige Worte reichten ihnen aus, um sich zu verständigen.

Heinrich Schlesinger räusperte sich.

Die Männer waren derart versunken, dass sie nicht reagierten.

»Guten Tag«, sagte er daraufhin laut.

Endlich drehten sie sich zu ihm um. Ihr Gemurmel verstummte, sie starrten ihn an.

Schlesinger glaubte zu wissen, was in ihren Köpfen vor sich ging. Sie fragten sich, wer dieser sonderbare Mann war, mit seiner sonnenverbrannten Haut, der wulstigen Narbe am Hals und den viel zu dünnen Kleidern.

»Hier gibt es nichts zu sehen. Mach Meter!«, raunte ihm ein Hüne zu.

Schlesinger fixierte ihn, ohne eine Miene zu verziehen. In Situationen wie diesen war es wichtig, seine Position zu behaupten.

»Hörst du schlecht?« Der Hüne löste sich aus der Gruppe und trat einen Schritt auf ihn zu. »Du hast hier nichts verloren.«

»Oh doch, das habe ich.« Er sprach ruhig und unaufgeregt. »Ich bin Kommissar Heinrich Schlesinger.«

Die Nennung seines Namens ließ die düsteren Mienen noch finsterer werden. Der Hüne betrachtete Schlesingers durchnässte Schuhe, während die anderen sein Gesicht musterten.

»Herzlich willkommen«, erklang da plötzlich eine freundliche Stimme. »Wie schön, Sie kennenzulernen.« Ein älterer Herr mit akkurat getrimmtem Schnurrbart und Zwicker auf der Nase schob sich zwischen zwei uniformierten Männern hindurch, eilte auf ihn zu und streckte ihm die Hand entgegen. »Professor Liman«, stellte er sich vor. »Ich leite die Anatomie.« Er warf einen Blick auf Schlesingers unpassende Garderobe, kommentierte sie aber nicht. »Wir haben Sie nicht so früh erwartet.«

»Die Reise verlief ohne Zwischenfälle«, gab Schlesinger knapp zurück.

»Das Wetter in Afrika ist sicher freundlicher als hier.«

»Nicht nur das Wetter.« Er blickte zu dem Hünen.

Dieser gab ein Grunzen von sich. »Bruno Harting«, sagte er, wobei er sein Missfallen nicht verbergen konnte. »Ich bin dann wohl Ihr neuer Assistent.« Widerwillig reichte er ihm seine Pranke.

Schlesinger ergriff und schüttelte sie mit festem Druck. »Womit haben wir es zu tun?«

Harting trat einen Schritt zur Seite und gab den Blick auf den Tatort frei. Vor ihnen lag ein Mann auf dem Boden, dessen weit aufgerissene Augen ins Nichts starrten. Er hatte zerzauste rotblonde Locken, trug einfache Kleidung, und auf seiner Wange zeichnete sich ein Feuermal ab, dessen Form an ein Ahornblatt erinnerte. Doch das war nicht das Auffallendste an der Leiche.

»Zwei Jungs haben ihn gefunden«, erklärte einer der Polizisten. »Die beiden waren auf dem Weg in die Schule und haben eine Abkürzung über die Baustelle hier genommen.«

»War wohl das letzte Mal, dass sie das getan haben«, kommentierte ein anderer mit einem gehässigen Unterton in der Stimme.

Schlesinger sah sich um und leckte sich mit der Zungenspitze über die Oberlippe. Die Luft hier schmeckte nicht sauber und rein wie in Afrika, sondern nach Rauch und Ruß. »Es gibt nur wenige Wohnhäuser und Geschäfte in unmittelbarer Nähe«, konstatierte er das Offensichtliche. »Bei dem Wetter bleibt außerdem jeder, der es sich erlauben kann, drinnen im Warmen. Auf Zeugen können wir wohl kaum hoffen.«

»Das Opfer wurde mit großer Wahrscheinlichkeit hier getötet«, übernahm Professor Liman das Wort. Er deutete auf eine Vielzahl feiner Blutspritzer, die sich über die Mauer verteilten. »Und anschließend verstümmelt.« Er zeigte auf den Hals der Leiche, der über der Kehle horizontal aufgeschlitzt worden war. Die Zunge des Toten hatte jemand durch diese klaffende Wunde hindurch gezogen, sodass sie unterhalb des Kinns heraushing und aussah wie eine kurze, fleischige Krawatte.

Schlesinger nahm wahr, dass die Anwesenden gespannt auf seine Reaktion warteten, weswegen er seinen Blick bewusst lange auf die Leiche richtete, obwohl er sich längst alle Details eingeprägt hatte. Dabei zeigte er keinerlei Regung.

»Wie heißt der sonderbare Kerl noch mal?«, flüsterte einer der uniformierten Polizisten, die ein wenig abseits standen. »Er sieht aus wie ein Bratapfel und ist angezogen, als wenn gerade Hochsommer wäre.«

»Das ist Heinrich Schlesinger«, raunte sein Kollege. »Der

neue Chef. Sein Vater hat mit Guido von Madai studiert, dem Polizeipräsidenten.«

»Das erklärt einiges«, murrte ein anderer. »Vetternwirtschaft. Während sich unsereins hocharbeiten muss.«

»Ich habe gehört, er soll gut sein. War anscheinend der jüngste Kriminalkommissar Frankfurts. Gerissen, gewieft und ein harter Hund. Er hat irgendwas angestellt und wurde daraufhin in die Wüste geschickt. Oder, besser gesagt, hat er sich einer Expedition der Afrika-Gesellschaft angeschlossen und sich bis jetzt im Dschungel verkrochen … oder in einem Sumpf … oder was auch immer es dort gibt.«

»Egal, er wird jedenfalls niemals in Kommissar Cronenbergs Fußstapfen passen.«

Schlesinger tat, als hätte er von dem despektierlichen Gespräch nichts mitbekommen. »Der Tote hat tiefe Schnitte in den Handflächen, und seine Jacke ist an den Unterarmen aufgeschlitzt«, erklärte er. »Das lässt darauf schließen, dass vor seinem Tod ein Kampf stattgefunden haben muss. Über der Schläfe ist die Haut abgeschürft. Ich denke, der Täter hat ihn gepackt und gegen die Mauer gestoßen.«

»Das sehe ich genauso«, stimmte Liman zu. »Durch den Aufprall muss er bewusstlos oder zumindest benommen gewesen sein. Anschließend hat der Mörder ihm die Kehle durchschnitten und sich an der Leiche zu schaffen gemacht. Sehen Sie …« Er schob die Zunge ein paar Zentimeter zur Seite. »Sie wurde samt der Speiseröhre ausgelöst und herausgezogen.«

»Mein Schwager ist Jäger«, brachte sich Kommissar Harting ein. »Beim Ausweiden von Rehwild gibt es einen ganz ähnlichen Schnitt.«

»Der Schnitt, den Sie meinen, verläuft senk- und nicht waagrecht«, korrigierte Schlesinger. Er ging in die Hocke und inspizierte die Kleidung des Toten. »Seine Jacke steht weit offen, die Taschen seiner Hose wurden nach außen gestülpt.«

»Er wurde aber nicht ausgeraubt, wenn Sie darauf hinauswollen.« Bruno Harting präsentierte ein Portemonnaie. »Das lag neben ihm. Da ist eine Stange Geld drinnen.«

»Und auch ein Hinweis auf seine Identität?«

»Leider nicht.«

Schlesinger erhob sich und spannte die Muskeln an, um das Bibbern zu unterdrücken. Die Kälte war tief in seine Knochen gekrochen. »Hatten Sie schon mal mit etwas Ähnlichem zu tun?« Er deutete auf den übel zugerichteten Leichnam.

Die Männer schüttelten die Köpfe.

»Ausgeklügelte und geplante Morde kommen in Berlin nur selten vor«, erklärte Liman. »Wenn es zu Tötungen kommt, geschehen sie fast immer in Notwehr, oder sie werden von Einbrechern begangen, die überrascht wurden. Die Mehrzahl der Berliner Verbrecher schreckt vor Blut und Gewalt aber zurück.«

»Nun, dieser hier tut es offenbar nicht.« Schlesinger streckte den Rücken durch und sah den Männern reihum in die Augen. »Wir sollten den Kerl finden, bevor er noch weiteren Leuten eine Krawatte verpasst.«

5

Mathilde wischte mit ihrem Schal über die beschlagene Fensterscheibe und starrte auf die Hofeinfahrt, als könne sie durch schiere Willenskraft neue Kunden anlocken. Währenddessen gab ein verglühendes Scheit im Ofen ein letztes Knacken von sich. »Wenn Frau Hinze recht hat … wenn wir am Ende des Monats tatsächlich delogiert werden, dann brauchen wir Geld.« Sie drehte sich um. »Schon eine Idee, wie und wo wir auf die Schnelle einen lukrativen Fall an Land ziehen können?«, fragte sie Blom, der seit einer geschlagenen halben Stunde hinter dem Schreibtisch saß und grübelte.

Er hatte die Füße auf den Tisch gelegt, die Hände hinter dem Kopf verschränkt, und starrte auf die morschen Balken und den Wasserfleck an der niederen Decke. »Wir beide sind nicht das Problem«, begann er. »Wir leisten gute Arbeit und können eine bessere Aufklärungsquote vorweisen als die meisten unserer Konkurrenten. Wir sind schnell, effizient und diskret. Und wir ergänzen uns gut. Mein Wissen über die Verbrecherwelt, zusammen mit deiner Menschenkenntnis und deinem Charme – das ist eine unschlagbare Kombination.« Er setzte sich aufrecht hin. »Das Problem sind unsere Auftraggeber. Sie sind allesamt arm wie die Kirchenmäuse. Sie haben zwar jede Menge Probleme am Hals, können es sich aber nicht leisten, für deren Beseitigung ein angemessenes Honorar zu bezahlen.«

Mathilde ging zum Ofen, legte Holz nach und musterte mit besorgtem Blick die wenigen verbleibenden Scheite. Sie würden nicht mehr lange damit auskommen. »Für diese glorreiche Erkenntnis hast du eine halbe Stunde lang ein Loch in die Luft gestarrt?«

Blom ging nicht auf ihre zynische Bemerkung ein. »Was wir brauchen, sind Kunden mit Zaster«, führte er weiter aus. »Kunden aus der Oberschicht. So wie jene, die damals nach dem Artikel im *Berliner Tageblatt* zu uns gekommen sind.«

»Der Ansturm auf unsere Detektei ist so schnell abgeebbt, wie er begonnen hatte.« Mathilde seufzte. »Das haben wir doch schon hundert Mal durchgekaut. Die reichen Leute tragen ihre Sorgen lieber zu ihresgleichen. Dorthin, wo sie sich zu Hause fühlen. Sie suchen die Detekteien in der Friedrichstadt auf, wo die Türen goldene Knäufe haben und die Decken mit Stuck versehen sind.« Sie griff nach einer Zeitung und begann Seiten herauszureißen. Diese zerknüllte sie, steckte sie in den Ofen und fachte mithilfe eines Blasebalgs das Feuer erneut an. »Mit solchem Luxus können wir nicht aufwarten. Im Gegenteil.« Sie deutete um sich. »Ich sag's nicht gern, aber der Immobilienkerl hat recht. Es ist mittlerweile eine Gefahr für Leib und Leben, sich hier aufzuhalten. Das Haus verfällt von Tag zu Tag mehr. Sehen wir den Tatsachen ins Auge: Wir wohnen und arbeiten in einem der verwahrlosten Teile Berlins. Von dem Aufschwung und der Modernisierung, die den Rest der Stadt erfasst hat, ist hier nichts zu merken. Wenn wir wirklich …« Sie schluckte und sprach nicht weiter.

»Wenn wir wirklich was …?«

»Wenn wir wirklich hier rausmüssen, werden wir uns allerdings auch nichts Besseres leisten können.«

»Rausmüssen ...«, murmelte Blom gedankenverloren und riss die Augen auf. »Du hast mich auf eine Idee gebracht.« Er beugte sich über den Tisch und nahm Mathilde die Zeitung aus der Hand.

»Was soll das?«

»Wenn der Berg nicht zum Propheten kommt, muss der Prophet zum Berg gehen«, erklärte er kryptisch.

Mathilde runzelte die Stirn. »Ich kann dir nicht folgen.«

»Überleg doch mal. Wir haben Flugblätter verteilt, Plakate aufgehängt und Annoncen aufgegeben.« Blom gönnte sich eine Prise Schnupftabak und lächelte. »Die längste Zeit haben wir darauf gewartet, dass die zahlungskräftige Klientel zu uns findet. Aber offenbar schreckt unsere Adresse im Krögel sie zu sehr ab. Wir sollten also zu ihnen gehen.«

»Wie stellst du dir das vor? Willst du etwa in die reichen Stadtteile fahren, wahllos an Türen klopfen und hoffen, dass zufällig ein Detektiv von Nöten ist?«

»Aber nein, natürlich nicht.« Blom strich den Überrest der Zeitung glatt und schlug sie auf. »Ich werde dorthin gehen, wo viele wohlhabende und einflussreiche Leute sind, und mich unauffällig unter sie mischen. Das sollte mir problemlos gelingen, immerhin war ich lange genug einer von ihnen. Zumindest in der Theorie. Ich werde die Augen und Ohren offen halten, herausfinden, wer unsere Dienste benötigen könnte, und mich darum kümmern, dass wir dann den Fall kriegen.«

Mathilde legte den Kopf schief und zwirbelte eine Haarsträhne. »Gar keine schlechte Idee. Das könnte tatsächlich funktionieren.« Sie nahm eine Zigarre aus dem Kistchen und zündete sie an. Ein zufriedener Ausdruck breitete sich auf ihrem Gesicht aus.

Blom begann die Annoncen zu studieren. »Matinee in der Nationalgalerie zur Beendigung der Dürer-Ausstellung …« Er schüttelte den Kopf. »Nein, die ist erst am Dienstag. Jubiläumsfeier der Ornithologen … Benefizkonzert zugunsten von Kriegerwitwen …«, las er leise vor. »Na bitte«, rief er plötzlich.

Mathilde stellte sich hinter ihn und blickte über seine Schulter. »Wohin müssen wir?«

Er deutete auf eine Ankündigung. »Ins Englische Haus.«

6

Zwei Mitarbeiter der Königlichen Anatomie wickelten den Toten in ein fleckiges braunes Leinentuch und trugen ihn auf einer Bahre zur Straße, wo bereits eine Kutsche wartete.

»Was glauben Sie?«, fragte Bruno. »Warum hat sich der Mörder die Mühe gemacht, die Zunge des armen Schweins in eine Krawatte zu verwandeln?«

»Das, mein werter Herr Harting, ist eine äußerst interessante Frage«, sagte Professor Liman. »Eine von vielen.«

Schlesinger nickte. »Gut möglich, dass die Antwort darauf der Schlüssel zur Lösung des Falls ist.«

»Körperliche Verstümmelungen gab es in allen Kulturen und Epochen«, begann Liman zu dozieren. »Häufig wurden sie zur Bestrafung diverser Vergehen angewendet, und zwar mit direktem Bezug zu der kriminellen Handlung. Gespiegelt sozusagen. Wissen Sie, was ich meine?« Er blickte in die Runde, und noch ehe jemand etwas sagen konnte, sprach er weiter. »Dieben wurde die Hand abgehackt, Verrätern die Zunge herausgeschnitten, Vergewaltiger wurden kastrie…«

»Was soll eine Zunge spiegeln, die man durch ein Loch im Hals zieht?«, unterbrach Bruno.

Liman zuckte mit den Schultern. »Das herauszufinden, ist Ihre Aufgabe. In der Zwischenzeit werde ich die Leiche untersuchen und Ihnen meine Erkenntnisse mit einem Boten übermitteln.« Er zwirbelte seinen weißen Schnurrbart und blickte zu Schlesinger. »Wissen Sie was, ich habe eine bessere Idee.« Seine Augen leuchteten. »Kommen Sie doch einfach gleich mit. Dann kann ich Ihnen meine Wirkungsstätte zeigen.« Der Stolz, der in seiner Stimme mitschwang, war nicht zu überhören.

Schlesingers Glieder schmerzten vor Kälte, sein Magen knurrte, und bleischwere Müdigkeit kroch durch seine Knochen. Er wollte in eine warme Gaststube, wollte einen heißen Grog und einen deftigen Braten und anschließend eine Mütze Schlaf. Ein verstohlener Blick zu Bruno und den anderen Polizisten ließ den Traum sogleich platzen. Die Männer musterten ihn aufmerksam. Da durfte er keine Schwäche zeigen. »Warum nicht?«, sagte er also, folgte Liman zur Straße und stieg mit ihm in die Kutsche. »Worauf warten Sie?«, rief er Bruno zu, der keine Anstalten machte, sich ihnen anzuschließen.

Sein neuer Assistent schien von dem Plan nicht sonderlich begeistert zu sein. Missmutig steckte er ein Stück Kautabak in den Mund und gesellte sich in mäßigem Tempo zu ihnen.

»Herr Harting kann der Anatomie nichts abgewinnen«, erklärte Professor Liman mit einem süffisanten Lächeln, während der Kutscher zweimal mit der Zunge schnalzte und sie mit einer Leiche im Gepäck durchs winterliche Berlin trabten.

Schlesinger blickte zum Fenster hinaus.

Dies war also seine neue Heimatstadt.

Er ließ die verschneiten Häuser und Straßen auf sich wirken und dachte zurück an Loango. Wie oft hatte er unter der sengenden Mittagshitze und den lästigen Moskitos gelitten. Wie oft sich über das Misstrauen der Einheimischen und den Starrsinn der Lastentiere geärgert. Rückblickend kamen ihm die afrikanischen Widrigkeiten plötzlich gar nicht mehr so schlimm vor.

»Möchten Sie?«, riss Professor Liman ihn aus seinen Gedanken.

»Wie bitte?«

»Ihr Magen.« Liman deutete auf Schlesingers Bauch. »So in etwa stelle ich mir das Knurren der Löwen vor, die Sie erlegt haben.« Der Professor hielt ihm eine Blechdose vor die Nase und öffnete sie. »Gutes deutsches Schwarzbrot mit Butter und Schinken. So etwas Herzhaftes haben Sie sicher schon lange nicht mehr gegessen. Bedienen Sie sich.«

Schlesinger ließ sich nicht zweimal bitten. Er langte zu, biss ab und nickte anerkennend. Zwar hatte er in den vergangenen Jahren den Geschmack von Maniok und Bananen zu schätzen gelernt, aber das hier war tatsächlich eine kulinarische Offenbarung.

»Kommissar Harting?« Liman bot auch Bruno eine Stulle an.

Dieser winkte ab. »Danke, aber ich weiß, was auf uns zukommt. Da ist ein leerer Magen durchaus von Vorteil.«

Liman gab ein Schnauben von sich. »Eines Tages werden Sie unsere Arbeit zu würdigen wissen.«

»Ihre Resultate schätze ich bereits jetzt.« Bruno schob seine Melone Richtung Nacken und kratzte sich am Kopf. »Es sind nur Ihre Methoden, die mich anwidern. Und das Odeur Ihrer Arbeitsstätte.«

Just in diesem Moment blieb die Kutsche mit einem Ruck vor einem hohen, schmiedeeisernen Zaun stehen, hinter dem eine Vielzahl von kahlen Linden wie stramme Soldaten Spalier standen. Durch ihre Äste blitzte ein gelb-roter Backsteinbau, bei dessen Anblick Bruno schauderte. »Dort drinnen werden tote Menschen zu Studienzwecken gehäutet und entfleischt. Ein Schlachthof für Leichen,« erklärte er, als er den irritierten Blick von Schlesinger bemerkte.

Dieser schob sich den Rest der Stulle in den Mund und kaute mit stoischer Gelassenheit. »Was muss, das muss«, sagte er schließlich.

Liman quittierte diese Feststellung mit einem euphorischen Nicken. »Ich sehe schon, wir beide werden gut miteinander auskommen.«

Bruno rümpfte die Nase, wischte sich mit dem Handrücken Tabaksaft aus dem Mundwinkel und stieg aus.

Schlesinger und Liman folgten ihm flotten Schrittes. Gemeinsam gingen sie durch ein breites Eisentor, während der Kutscher weiterfuhr, um die Leiche am Hintereingang abzuliefern.

»Hatten Sie in Loango zufällig mit Paul Güßfeldt zu tun?«, fragte der Professor, während sie über eine Auffahrt spazierten. »Ich habe gehört, er soll eine Koryphäe auf den Gebieten der Kartografie und Ethnologie sein.« Ohne eine Antwort abzuwarten, sprach er weiter. »Gedenken Sie, der Afrikanischen Gesellschaft Berlin beitreten? Ich verfüge über einen guten Draht zu deren Vorsitzendem. Wenn Sie wünschen, kann ich Sie miteinander bekannt machen.«

»Das wäre überaus freundlich.« Schlesinger ging nicht weiter auf das Angebot ein. Er hatte kein Interesse an der Forschung. Sein Herz schlug einzig und allein für die Jagd. »Eine imposante Wirkungsstätte haben Sie da«, lenkte er ab und deutete auf den eleganten Bau vor ihnen, der von Türmchen und Bogenfriesen geziert wurde.

»Sieht harmlos aus.« Bruno spuckte einen braunen Klumpen auf den Boden. »Ist es aber nicht.«

Sie stiegen über steinerne Stufen zum Eingangsportal und gingen durch ein marmorverkleidetes Vestibül in einen

Saal, in dem geschäftiges Flüstern zu hören war. Die Wände waren mit grüner Ölfarbe gestrichen, der Fußboden bestand aus rohem Asphalt und war mit einem Gefälle versehen, an dessen tiefstem Punkt alle möglichen Körpersäfte durch gusseiserne Röhren abflossen.

An mehreren Tischen standen Studenten, die das Innenleben von Leichen examinierten. Sie trugen lederne Schürzen über ihren dicken Pullovern, Nasen und Wangen waren von der Kälte gerötet, ihr Atem formte kleine Wölkchen.

»Und? Habe ich zu viel versprochen?« Bruno kaute leise schmatzend auf seinem Tabak herum. »Ich werde mich nie daran gewöhnen.«

»Ich weiß nicht, was Sie haben«, tadelte Liman ihn. »Bei diesen Temperaturen sind die Sektionen völlig harm- und geruchlos. Denken Sie an Ihren letzten Besuch im Sommer.« Demonstrativ nahm er einen tiefen Atemzug. »Kommen Sie«, winkte er Schlesinger zu. »Das müssen Sie sich ansehen.« Er öffnete eine ungefähr zwei mal zwei Meter große Luke im Boden, wobei seine Brust vor Stolz anschwoll. »Unsere Leichen werden durch einen eigenen Eingang angeliefert und im Stockwerk unter uns gelagert.«

Schlesinger gab vor, sich für die Ausführungen des Professors zu interessieren. In Wahrheit hoffte er aber, dass dessen Gerede bald ein Ende finden würde. Er wollte so schnell wie möglich mit den Ermittlungen loslegen.

Seit er den Tatort betreten hatte, verspürte er ein Kribbeln in der Magengegend, das er nur zu gut kannte: aufkeimendes Jagdfieber, wie damals im Busch. Alles in ihm drängte darauf, Spuren zu suchen und ihnen zu folgen. Er liebte es, sich unbemerkt anzupirschen, näher und immer näher zu kommen, bis zum Höhepunkt. Dem Augenblick, in dem er aus der Deckung trat, sich zu erkennen gab und zuschlug, noch ehe die Beute wusste, wie ihr geschah. Bei dem Gedanken daran durchfuhr ihn ein wohliger Schauer.

»… hydraulische Hebevorrichtung befördert die Toten direkt in den Präpariersaal«, plapperte Liman neben ihm munter weiter und klatschte plötzlich in die Hände. »Sehen Sie nur! So schauen Sie doch!« Energisch zupfte er an Schlesingers Ärmel und deutete in das Loch, aus dem nun leises Rattern zu hören war. »Et voilà.«

Wenige Augenblicke später tauchte der Tote wie aus dem Nichts auf. Er lag auf einer Bahre und sah noch immer so aus, wie sie ihn aufgefunden hatten: blass, blutverschmiert, die Zunge aus der klaffenden Wunde hängend.

Ein schmaler, groß gewachsener Mann eilte herbei und nahm die Leiche in Empfang.

»Doktor Wickersheimer«, stellte ihn Liman vor. »Führend auf dem Gebiet der Präparation und Konservierung. Er hat eine besondere Flüssigkeit entwickelt. Spritzt man diese in die Adern eines Toten, so verwest dieser nicht. Sie müssen nach der Sektion unbedingt …«

»Können wir bitte endlich loslegen?«, unterbrach Bruno.

Wickersheimer schob den Toten ans Fenster, wo das Licht am besten war.

»Holen Sie die Erstsemester dazu«, wies Liman an. »Sie sollen lernen, wie eine gerichtliche Leichenöffnung vonstattengeht.«

Kurz darauf standen gut zwanzig junge Männer mit mehr oder weniger neugierigen Blicken um die Bahre herum.

Liman streckte die Hand aus, Wickersheimer reichte ihm eine Schere und zog ein Notizbuch sowie einen Bleistift aus seiner Brusttasche.

Vorsichtig schnitt der Professor der Leiche die Kleider vom Leib. »Unbekannter Toter«, begann er zu diktieren.

»Männlich, zwischen zwanzig und dreißig Jahre alt.« Er blickte in die Mundhöhle des Toten, inspizierte dessen Achseln und tastete die Extremitäten ab. Dann untersuchte er die Hände des Mannes, dessen Anus und den grausam zugerichteten Hals. »Bei näherer Betrachtung erhärtet sich meine erste Diagnose vom Fund- respektive Tatort«, erklärte er schließlich, während Wickersheimer fleißig jedes Wort mitschrieb. »An der Leiche finden sich multiple Abwehrverletzungen, was vermutlich auf einen Kampf zurückzuführen ist. Ein sexuelles Motiv schließe ich aus. Der After und das umliegende Gewebe sind intakt. Der Tod trat durch massiven Blutverlust in Folge eines Kehlenschnitts ein.«

Währenddessen suchte Bruno in der Kleidung nach Hinweisen auf die Identität des Opfers. »Nichts«, sagte er, als er Schlesingers fragenden Blick bemerkte.

»Ich glaube, ich kenne den Mann«, rief da einer der Studenten, ein pickeliges Milchgesicht mit Bartflaum und Nickelbrille. Als alle Anwesenden sich ihm zuwandten, lief er rot an.

»Raus mit der Sprache. Wer ist der Kerl?«, fragte Bruno.

Der Student kratzte sich am Kopf. »Ich kenne seinen Namen nicht, aber ich bin sicher, dass ich ihn schon mal gesehen habe. Ich erinnere mich an den Fleck auf seiner Wange.«

Schlesinger trat neben ihn. »Denken Sie nach!«

Der junge Mann fasste sich an die Schläfen. »Es ist schon ein paar Wochen her«, überlegte er laut. »Es muss vor Weihnachten gewesen sein.« Er schnippte mit den Fingern und wandte sich an einen seiner Kommilitonen. »Rudolfs Polterabend. Erinnerst du dich?«

Sein Freund grinste schief. »Verschwommen.«

Leises Gelächter erklang.

»Wir waren in diesem Tingel-Tangel. Wie hieß die Kaschemme gleich noch mal.«

»Räuberhöhle?«

»Genau.« Der Student deutete auf die Leiche. »Dieser Mann hat in der Räuberhöhle gearbeitet«, verkündete er mit einem triumphierenden Lächeln.

Schlesinger drehte sich zu Bruno. »Kennen Sie dieses Lokal?«

Bruno nickte.

Das Kribbeln in Schlesingers Magen wurde stärker. Sie hatten einen ersten Hinweis. Kälte und Müdigkeit waren verflogen.

Die Jagd konnte beginnen.

7

Blom ging in seine winzige, heruntergekommene Einzimmerwohnung, die sich im ersten Stock befand, während sich Mathilde in ihre private Kammer begab, die direkt an das Büro anschloss. Beide zogen ihre beste Kleidung an und trafen sich eine halbe Stunde später im Innenhof.

Normalerweise herrschte hier reges Treiben. Das desolate Haus, in dem über einhundert Menschen lebten, platzte aus allen Nähten, weswegen sich ein großer Teil des Alltags im Hof abspielte. Wäsche wurde aufgehängt und Teppiche geklopft. Zerlumpte Kinder tobten, Hunde kläfften, Holz wurde gehackt, Wasser gepumpt und Klatsch und Tratsch ausgetauscht. Heute war von dem üblichen Tohuwabohu nichts zu spüren. Die Kälte und die Furcht vor der Delogierung schienen das Gebäude samt seiner Einwohner in Schockstarre versetzt zu haben.

»Oh là là.« Blom pfiff durch die Zähne. »Sehr hübsch.«

Tatsächlich sah Mathilde äußerst adrett aus. Unter einer kurzen Pelzjacke trug sie ein langes, smaragdgrünes Kleid aus Popeline und einen dazu passenden Samthut, der von einer neckischen Straußenfeder geziert wurde.

»Du kannst dich aber auch sehen lassen.« Sie nickte anerkennend, woraufhin sich Blom einmal um die eigene Achse drehte. »Die Aufmachung habe ich mir für besondere Anlässe aufgespart. Ich ziehe das sonst nur an, wenn ich Auguste treffe oder in die Oper gehe.« Er trug ein weißes

Leinenhemd mit hohem Kragen, eine Halsbinde aus zinnoberrotem Samt, eine Hose mit Streifenmuster und darüber einen eleganten Gehrock. Außerdem hatte er sich rasiert, einen Zylinder aufgesetzt und seinen Gehstock mit dem Knauf in Form eines Löwenkopfs mitgenommen. »Sieh uns einer an.« Er lächelte. »Wie wirklich feine Leute.«

Der Anflug von guter Laune wurde durch einen Schneeball zunichtegemacht, der Blom an der Schläfe traf. Lautes Lachen erklang. Eine Gruppe von Kindern blickte aus einem Fenster im zweiten Stock und machte lange Nasen.

Blom wischte sich den Schnee aus dem Gesicht und kontrollierte den Sitz seines Zylinders. »Na wartet!«, rief er und reckte die Faust in die Höhe. »Euch werd ich Beine machen!«

»Lass doch die Knirpse«, beschwichtigte Mathilde, während sie sich einen langen Kapuzenumhang aus nachtschwarzem Samt überwarf. »Sie sitzen seit Wochen in der kleinen Wohnung fest, weil sie keine warme Kleidung haben, um draußen zu spielen. Gegessen haben sie bestimmt auch noch nichts.«

Blom musste an früher denken. An die Nächte, in denen er vor Hunger nicht hatte schlafen können, und die vielen Schulstunden, die er versäumt hatte, weil er und seine Geschwister zusammen nur ein Paar Schuhe besaßen, sodass jeweils nur einer von ihnen den Unterricht besuchen konnte. Er ließ die Hand sinken, lächelte den Kindern zu und bot Mathilde seinen Arm. »Gehen wir es an.«

Das sogenannte Englische Haus, ein Lokal, das von der feinen Berliner Gesellschaft gerne zur Ausrichtung von Veranstaltungen aller Art genutzt wurde, war hell erleuchtet. Vor dem Eingang reihten sich Kutschen, aus denen elegant gekleidete Herrschaften stiegen. Aus dem Inneren des Etablissements waren Walzerklänge von Johann Strauss zu hören.

»Wir schleichen uns auf eine Hochzeitsfeier?« Mathilde deutete auf die Sträußchen aus Schneeglöckchen und Schleierkraut, die manche Herren am Revers befestigt hatten.

Blom nickte. »So ein Fest eignet sich ganz ausgezeichnet für unsere Zwecke. Alle sind angeheitert und gut gelaunt. Die Gäste der Braut vermuten, du gehörst zum Bräutigam, und umgekehrt. Wirst schon sehen, das funktioniert immer.«

Als Blom einem Mann hinterherblickte, aus dessen Westentasche eine dicke goldene Uhrkette baumelte, zischte Mathilde: »Denk nicht mal dran.« Tatsächlich hatten Bloms Hände beim Anblick der Preziose zu kribbeln begonnen und sie hätten wie von selbst gewusst, wie vorzugehen war. Mit Zeige- und Mittelfinger hätte er eine Art Schere gebildet und diese in die Tasche geschoben, wobei er natürlich eine der wichtigsten Regeln der Diebeskunst angewendet hätte:

> ***Vom Körper weg:*** *Wann immer man heimlich in eine fremde Tasche fasst, ganz egal, in beziehungsweise an welcher Art von Kleidungsstück sie sich befindet, ist es wichtig, mit der Hand an der Innenseite des Stoffs entlangzugleiten und diesen dabei vom Körper weg nach außen zu ziehen.*

Mathilde hakte sich bei Blom unter, und gemeinsam gingen sie zum Eingang des Englischen Hauses, wo ein bulliger Glatzkopf den Einlass kontrollierte.

Mathilde schenkte ihm ein Lächeln und einen Augenaufschlag. »Was für ein Freudentag«, hauchte sie.

Der Türsteher nickte, musterte die beiden und ließ sie eintreten.

Augenblicklich wurden sie von Kerzenschein, süßem Blumenduft und den Klängen eines Streichquartetts umfangen, das mittlerweile den Frühling aus Vivaldis *Vier Jahreszeiten* zum Besten gab.

Blom zog unauffällig eine gelbe Rose aus einem Bukett und heftete sie sich ans Revers.

»Was hatte ich gesagt?«, zischte Mathilde.

»Es ist doch nur eine Blume. Das kann man schwerlich als Diebstahl bezeichnen, Euer Ehren.« Blom zwinkerte ihr zu.

Mathilde schnalzte mit der Zunge. »Gut. Aber du lässt die Finger von allem, was glänzt und mehr als einen Pfennig wert ist.« Sie stellte sich etwas abseits neben ein Fenster, verbarg einen Teil ihres Gesichts hinter einem Fächer und begann, die Gäste zu mustern. »Keiner von denen sieht aus, als würden ihn schwere Sorgen plagen«, sagte sie nach einiger Zeit. »Ganz im Gegenteil.«

»Alles nur Fassade.« Blom nahm sie an der Hand, schlenderte mit ihr durch die illustre Gästeschar und studierte Gesichter. Wann immer er einen interessanten Gesprächsfetzen aufschnappte, blieb er stehen, spitzte die Ohren und versuchte, so viel wie möglich von der Unterhaltung mitzuhören.

»Wer heiratet freiwillig im Winter?«, raunte eine Frau ihrer Begleitung zu.

»Das Brautpaar hatte keine Wahl«, flüsterte ihre Freundin hinter vorgehaltener Hand. »Das ist keine Hochzeit, sondern höchste Zeit. Du weißt, was ich meine.« Beide kicherten.

Blom und Mathilde bummelten unauffällig weiter. Rauchwölkchen kräuselten sich in großen und kleinen Ringen und schwebten über den Gästen. Gläser klirrten, von allen Seiten waren angeregte Konversationen zu vernehmen.

»... Sozialdemokraten ... ein ganz übles Pack«, maulte ein Herr mit Backenbart und Pfeife. »Gut, dass Bismarck jetzt endlich hart durchgreift.«

Blom steuerte einen Kellner an, der ein Tablett mit Häppchen balancierte, blieb aber stehen, als er sah, wie eine kleine, füllige Frau beim Sprechen ausladend gestikulierte. »Diphtheritis«, berichtete sie. »Die gesamte großherzogliche Familie. Das kommt davon, dass die sich allesamt zur Begrüßung auf die Lippen küssen. Nicht auf die Stirn oder die Wangen, sondern auf den Mund.« Sie machte ein schmatzendes Geräusch. »Nicht mal die Franzosen, dieses sonst so unhygienische Volk, frönt dieser Unsitte.«

»Schade«, murmelte Blom. »Nur Diphterie.« Er versuchte den Kellner wieder auszumachen, und schlängelte sich mit Mathilde elegant durch eine Gruppe von dickbäuchigen Herren mit Monokeln und langen Uhrenketten. Dabei hielt er die Ohren offen. »... vergangene Woche das neue Nilpferd im Zoologischen Garten angeschaut. Eine herrliche Kreatur ...«, schnappte er auf. »... die Türen aus Wittenberg, an die Luther seine Thesen schlug, zieren nun die Bartholomäuskirche in der Friedenstraße ...«

Am anderen Ende des Saals angekommen, tat Mathilde, als wolle sie den Sitz von Bloms Halsbinde kontrollieren. »Die sind alle fröhlich und guter Dinge«, raunte sie ihm dabei ins Ohr. »Keiner von denen hat ein ernsthaftes Problem. Wir sollten uns nach einem anderen Jagdrevier umsehen.«

»Wohl wahr.« Blom seufzte. »Wenn ich mir, bevor wir gehen, noch ein paar Häppchen und ein Glas Champagner schnappe, würdest du das als Diebstahl werten?«

Mathilde überlegte. »Nennen wir es Mundraub.«

»Um Gottes willen«, lispelte da ein Herr unweit von ihnen. »Wie schrecklich! Der arme Eduard. Das darf doch nicht wahr sein.«

Sie blickten sich um. Eine Gruppe hatte sich um eine hochgewachsene Dame geschart. Sie hingen ihr förmlich an den Lippen und machten betroffene Gesichter. So unauffällig es nur ging, näherten sich Blom und Mathilde.

»Die arme Wilhelmine«, sagte der Herr. »Was meint die Polizei?«

»Bislang nicht viel.« Die hochgewachsene Dame fuhr mit der Hand durch die Luft, als wolle sie ein lästiges Insekt verscheuchen. »Seit sie herausgefunden haben, dass nichts gestohlen wurde, scheinen sie das Interesse an dem Fall verloren zu haben.«

»Polizei ... alles Dilettanten«, murrte der Herr.

Das war ihr Stichwort. Blom strich seinen Gehrock glatt und räusperte sich. »Bitte verzeihen Sie, aber wir kamen nicht umhin, Ihre Unterhaltung mitanzuhören.« Er zeigte sein gewinnendstes Lächeln, fasste in seine Tasche und zauberte eine Visitenkarte daraus hervor. »Vielleicht können wir Ihnen zu Diensten sein.«

Der Herr nahm die Karte entgegen. »Detektei Voss«, las er vor. »Nachforschungen jedweder Art. Verlässlich, prompt und diskret.«

»So ist es.« Schnell zupfte Blom dem Mann die Karte aus den Fingern, ehe dieser die Adresse der Detektei wahrnehmen konnte. »Wir haben bereits eine Vielzahl von Fällen gelöst, bei denen die Polizei mit ihrem Latein am Ende war.«

»Höchst interessant.« Die Aufmerksamkeit der Gruppe wandte sich Blom und Mathilde zu.

»Erzählen Sie doch mal«, forderte eine kleine Frau mit einer Himmelfahrtsnase. »Was war Ihr pikantester Auftrag?«

»Darüber müssen wir leider Stillschweigen bewahren. Diskretion wird bei uns großgeschrieben«, erklärte Mathilde.

»Aber so viel sei verraten: Wir hatten mit vielen wichtigen Leuten zu tun. Unsere Dienste sind gefragt, bis hinauf in die allerhöchsten Kreise«, flunkerte Blom und blickte in die Runde. »Sollte also jemand von Ihnen ein Problem haben, das es dringend zu lösen gilt ...«

Die kleine Frau sah sich verschwörerisch um. »Sind Sie etwa beruflich hier? Oder gehören Sie zu den Gästen des Bräutigams?«

»Wo auch immer der Schuh drückt – wir sind gerne für Sie da«, lenkte Mathilde ab. »Nur keine falsche Scheu.«

Die hochgewachsene Dame in der Mitte musterte erst Blom, dann Mathilde. »Nun ja ... Warum eigentlich nicht? Mein Name ist Dorothee Thiele«, stellte sie sich vor.

»Meinst du nicht, du solltest zuerst mit Wilhelmine sprechen?«, fragte der lispelnde Herr.

»Wilhelmine ist mit den Nerven am Ende. Vielleicht ist es besser, wenn ich die Angelegenheit in die Hand nehme.« Sie räusperte sich und wandte sich Blom zu. »Es geht um meine Schwester ... oder, besser gesagt, um ihren Gatten ... ihren verstorbenen Mann. Eduard hatte vor ein paar Tagen einen Schlaganfall.«

Blom nickte. »Und Sie vermuten, dass es bei seinem Tod nicht mit rechten Dingen zugegangen ist?«

»Aber nein. Wo denken Sie hin.« Frau Thiele zupfte ihre Handschuhe zurecht. »Der gute Eduard war im achtundsiebzigsten Lebensjahr und lange Zeit krank gewesen. Sein Tod war bei Gott keine große Überraschung. Es geht um das, was danach geschah.« Sie seufzte. »In der vergangenen Nacht wurde sein Grab geschändet. Irgendein pietät- und gottloses Individuum ist in die Familiengruft eingedrungen und hat Eduards Sarg aufgebrochen.« Bevor jemand etwas sagen konnte, hob sie die rechte Hand in die Höhe. »Ich weiß, was Sie gleich fragen werden, und die Antwort lautet: Nein. Es wurde nichts gestohlen.«

»Das ist wahrlich interessant«, sagte Mathilde.

»Die arme Wilhelmine ...« Dorothee Thiele schluckte. »Die Ärmste ging heute in aller Herrgottsfrüh zum Friedhof, um ihrem Eduard einen Besuch abzustatten, und fand den Sarg aufgebrochen vor.«

Die Umstehenden raunten und schüttelten die Köpfe.

»Alles war noch da«, sprach Frau Thiele weiter. »Eduards Siegelring, die Manschettenknöpfe, der gute Anzug ... Er lag genauso da, wie sie ihn bestattet hatte. Nun ja, vielleicht nicht mehr ganz so frisch.« Sie fächelte sich Luft zu. »Die arme Wilhelmine hat einen schlimmen Schock erlitten.«

»Was ist mit der Polizei?«, fragte Blom. »Sie haben erwähnt, dass sie nicht viel Interesse an dem Fall zeigt.«

»Die Polizei ist derart damit beschäftigt, Jagd auf die Sozialdemokraten zu machen, dass ihnen eine simple Grabschändung nicht wichtig erscheint. Vor allem eine, bei der nichts gestohlen wurde.«

»Wenn es nicht darum ging, etwas zu rauben, muss das Motiv persönlicher Natur gewesen sein«, sagte Mathilde. »Hatte Ihr Schwager Feinde?«

»Eduard?« Frau Thiele winkte ab. »Aber nein. Wo denken Sie hin? Der Gute war der netteste Mann, den man sich vorstellen kann. Freundlich, ruhig, besonnen und konfliktscheu. Ein echter Bücherwurm obendrein. Er war früher Universitätsprofessor für Archäologie. Mit seinen ausufernden Geschichten von Ausgrabungen, Scherben, Münzen und ähnlich verstaubten Dingen konnte er einen in den Schlaf reden. Abgesehen davon war er aber sehr beliebt.«

»Wie sieht es mit dem Nachlass aus?«, versuchte Blom eine andere Spur auszumachen. »Fühlte sich da vielleicht jemand übergangen?«

Frau Thiele schüttelte den Kopf. »Eduards Eltern und Geschwister sind längst tot. Seine Ehe blieb kinderlos, weswegen Wilhelmine alles geerbt hat.« Sie lächelte. »Die Gute wird wohl einiges den Dienstboten geben und den Rest an wohltätige Organisationen spenden.«

»Eduard war wirklich ein Herz von einem Menschen«, erklärte die kleine Frau mit der Himmelfahrtsnase. »Es gibt keinen Grund, weswegen jemand …« Sie fasste sich ans Herz. »Allein die Vorstellung …« Ihre Stimme brach, und ihre Oberlippe begann zu beben.

Der lispelnde Herr legte den Arm um sie. »Bitte, Liebling, reg dich nicht auf.« Er wandte sich an Dorothee Thiele. »Ich denke, es kann nicht schaden, Herrn und Frau Voss zu engagieren. Wer auch immer das Grab des armen Eduard geschändet hat … Er muss gestellt und bestraft werden.«

Zustimmendes Gemurmel erklang.

Dorothee Thiele drehte sich zu Blom und Mathilde. »Wenn Sie noch Kapazitäten frei haben …«

»Wir sind zwar äußerst gut gebucht«, log Blom, »doch bei so einem interessanten Fall können wir schwerlich Nein sagen.«

»Unser Tagessatz …«, kam Mathilde zum Wesentlichen.

Frau Thiele winkte ab. »Geld spielt keine Rolle. Finden Sie den Täter, und schicken Sie mir die Rechnung.«

Mathilde lächelte. »Es ist in unserem Metier üblich, einen Vorschuss zu verrechnen.«

»Sind hundert Mark genug?« Frau Thiele fasste in die beutelförmige Tasche, die an ihrem Gürtel befestigt war. »Ich fürchte, ich habe nicht mehr dabei.« Sie gab Mathilde das Geld und überreichte Blom ihre Karte. »Der Name meines Schwagers war Professor Eduard Rohland. Sein Grab befindet sich in der Krypta auf dem St.-Hedwig-Friedhof.«

»Gibt es sonst noch etwas, das wir über Herrn Rohland wissen sollten?«

Frau Thiele überlegte. »Er hat früher an der Friedrich-Wilhelms-Universität gelehrt, mit Schwerpunkt klassische Antike. Besonders der Mythos um die Stadt Troja hatte es ihm angetan.«

»Und Cognac«, fügte der lispelnde Mann hinzu. »Er liebte Cognac.«

»Vor drei Jahren hat er sich bei einem Sturz die Hüfte gebrochen«, erzählte die Frau mit der Himmelfahrtsnase. »Seither hat er kaum mehr das Haus in der Bernburger Straße verlassen.«

Mit einem Mal ging ein Raunen durch die Menge. Alle Köpfe wandten sich der Tür zu.

Die frischgebackenen Eheleute hatten den Saal betreten.

Bei der Braut handelte es sich um eine elfenhafte blonde Frau. Sie trug ein einfaches, bodenlanges Spitzenkleid, das ihr die Anmutung einer griechischen Göttin verlieh. Ihr Gesicht war rosig angehaucht, die blauen Augen strahlten, auf dem Haupt thronte ein Myrtenkranz.

Bei ihrem Anblick wurde Blom schwer ums Herz, und er musste unwillkürlich an Auguste denken. Er würde noch viele Berge in Bewegung setzen müssen, bis er sie zum Altar führen konnte. Wenn es überhaupt je so weit kommen würde. »Also gut«, sagte er zu Mathilde, »lass uns den Grabschänder finden.«

8

»Erzählen Sie mir alles, was Sie über diese Räuberhöhle wissen«, forderte Schlesinger.

Bruno, der seit dem Verlassen der Anatomie um einiges entspannter wirkte, steckte sich erleichtert, wie zur Belohnung, ein frisches Stück Kautabak in den Mund. »Die Räuberhöhle ist ein sogenannter Tingel-Tangel«, erklärte er. »Eine Art billiges Varieté. Sie liegt im Südosten, nahe der Elsässerstraße.« Er wickelte seinen Schal enger um den Hals und winkte eine Kutsche heran. »In diesem Viertel treiben sich zwielichtige Gesellen, leichte Mädchen und andere dubiose Gestalten herum. Aber nicht alles dort ist übel. Die sauren Gurken kosten zum Beispiel nur ein Drittel von dem, was man im eleganten Westen dafür hinblättern muss.«

Schlesinger nickte zufrieden. »Klingt, als könnten wir dort Fährte aufnehmen.«

»Fährte?«

»Spuren finden, Kommissar Harting. In unserem Metier geht es immer um Spuren.« Schlesinger stieg ein und ließ sich auf der abgewetzten lederbezogenen Sitzbank nieder.

Sie fuhren über die Marschallbrücke, am Brandenburger Tor vorbei bis zum Belle-Alliance-Platz und von dort aus am Landwehrkanal entlang gen Osten. Schlesinger war überrascht von der Vielfältigkeit Berlins. So wie es in Loango schroffe Klippen, sanfte Hügel, dichten Urwald, weites Grasland und tiefe Sümpfe gab, so existierten auch hier völlig unterschiedliche Gegenden neben- und miteinander. Auf Viertel voller herrschaftlicher Anwesen folgten eng bebaute Kieze, in denen sich niedrige Häuschen aneinanderdrängten. Weitläufige Parks wurden von Fabrikgeländen und Baustellen abgelöst, breite Alleen von schmalen, krummen Gassen.

In einem Stadtteil, der so grau und fahl wie der Himmel war, hielten sie an, bezahlten den Kutscher und stiegen aus. Die Gebäude schienen heruntergekommen, die wenigen Menschen, die durch die Straße huschten, wirkten ärmlich. Einzig eine fröhliche Melodie, die von irgendwoher tönte, milderte die düstere Stimmung. Schlesinger und Bruno folgten der Musik durch eine Toreinfahrt in einen schmutzigen Innenhof. Der Gesang wurde lauter.

»Das muss es sein.« Bruno öffnete eine Tür, über der ein Banner verkündete: *Wer nicht liebt Wein, Weib und Gesang, der bleibt ein Narr sein Leben lang.*

Eine Wolke aus Zigarettenrauch und Alkoholdampf hüllte sie zur Begrüßung ein. Vor allem aber drang ihnen Wärme entgegen.

Schlesinger fühlte, wie sie ihn umfing, seine Muskeln entspannte und seine Haut zum Kribbeln brachte.

Im Vorraum unterhielten sich fünf Frauen in auffallend bunten Kleidern. Sie kicherten und lachten und erinnerten an exotische Vögel. An der Wand hinter ihnen kündigte ein Plakat einen Damenringkampf an, eine Tafel daneben warb mit den Worten *Die besten Hinterteile von hier bis Paris* für eine Cancan-Aufführung.

Die beiden Kommissare schenkten dem Brimborium keine Beachtung und betraten den hallenartigen Hauptraum.

Obwohl es erst kurz nach Mittag war, herrschte bereits ausgelassene Feierabendstimmung. An den eng stehenden

Tischen saßen Männer vor Gläsern voller Pilsner, Weizenbier und Wermut. Ihre Aufmerksamkeit war auf die Bühne am Ende des Raums gerichtet, auf der eine junge Frau gerade die letzten Töne des fröhlichen Lieds sang, das die beiden Polizisten hereingelockt hatte. Unter tosendem Applaus und Gejohle verneigte sie sich und trat ab.

Schlesinger und Bruno ließen sich an einem freien Tisch in der vorletzten Reihe nieder und sahen sich um. »Und? Schon Fährte aufgenommen?«, fragte Bruno.

Ehe Schlesinger antworten konnte, stellte sich ein hübscher Rotschopf, der eine Art Dirndl trug, zwischen sie und lächelte. »Mahlzeit, die Herren.« Ihr Ausschnitt erlaubte tiefe Einsichten. Schlesingers Anblick schien sie zu irritieren, von Bruno hingegen zeigte sie sich angetan. »Na, du Prachtkerl, hast du vielleicht eine Kippe für mich?« Sie platzierte sich auf eine Art, die ihre Reize besonders gut zur Geltung brachte, und zwinkerte ihm zu.

»Nee, Schätzchen. Mit nem Sargnagel kann ich dir nicht dienen. Aber davon kannste was abhaben.« Er reichte ihr seine Kautabakdose.

Sie starrte auf die dunkelbraunen Klumpen, rümpfte die Nase, nahm dann aber doch zwei große Stücke und ließ sie in ihrer Schürze verschwinden.

Da kündete ein schrilles Läuten den nächsten Auftritt an. Eine der bunt gekleideten Frauen aus dem Vorraum stand nun auf der Bühne und grinste. »*Mein Schatz hat Haare wie Raps*«, begann sie zu krächzen. »*Und hat nur vier Gelüste: mein Geld und meine Brüste, das Messer und den Schnaps.*« Sie vollführte ungeschickte Tanzschritte und Drehungen. Offensichtlich hatte sie schon einen oder zwei im Tee.

»Was wollt ihr trinken?«, fragte die Kellnerin.

»Selterswasser«, bestellte Schlesinger.

»Selter?« Sie wirkte befremdet. »Wir haben passables Bockbier und frisches Grätzer.«

»Zwei Selter«, insistierte Schlesinger und kassierte dafür einen genervten Blick von Bruno. »Und für dich, was auch immer du trinken magst, Mädchen.«

»Das ist bestimmt kein Selter.« Eilig huschte die Kellnerin davon.

»Selter?« Bruno spuckte Kautabak auf den Boden, fasste in seine Brusttasche und zog einen Zahnstocher hervor, den er sich zwischen die Zähne klemmte.

»Wir haben gerade eine Jagd, ich meine eine Ermittlung, begonnen. Wir müssen einen kühlen Kopf bewahren.«

Die Kellnerin brachte das Gewünschte, zusammen mit einem großen Glas Wermut für sich selbst, und gesellte sich zu ihnen.

Während Bruno das Wasser anstarrte, als sei es Pferdepisse, trank Schlesinger sein Glas in einem Zug leer.

»Dein knuspriger Freund ist durstig«, gab sich die Kellnerin kokett. »Hat wohl zu lange in der Sonne gebrutzelt – wo auch immer er welche gefunden hat.«

Bruno ging nicht darauf ein. »Wir brauchen eine Auskunft über jemanden«, erklärte er. »Kleiner, drahtiger Kerl, rotblonde Locken. Hat ein Feuermal in der Form eines Ahornblatts auf der Wange. Kennst du den?«

Die Miene der Kellnerin verdüsterte sich. »Polente. Ich hätt es wissen müssen. Wer sonst bestellt Selter?«

Sie nahm ihr Glas und wollte aufstehen, doch Bruno fasste sie am Handgelenk. »Du hast meine Frage nicht beantwortet.«

»*Heißa, heißa, hopsasa!*« Die Frau auf der Bühne klatschte und animierte das Publikum, es ihr gleichzutun.

Der Erfolg war überschaubar.

Die Kellnerin trank den Wermut auf ex. »So einen kenn ich nicht.« Sie sah die Kommissare trotzig an. »Kann ich jetzt gehen?«

Schlesinger musterte sie. Mit ihren schlauen schwarzbraunen Augen, der langen, leicht gebogenen Nase und dem aufgeweckten Blick erinnerte sie ihn an eine Elster.

Elstern köderte man am besten mit funkelnden Objekten.

Er zog eine Münze aus seiner Tasche und hielt sie so ins Licht, dass der eingeprägte Reichsadler silbern glänzte. Dann nahm er das Geldstück zwischen Daumen und Zeigefinger, stellte es aufrecht auf den Tisch und schnippte es an, sodass es sich wie ein Kreisel um die eigene Achse drehte.

Die Kellnerin biss an. »Sönke. Der Mann, den Sie suchen, heißt Sönke Fries.« Sie fasste nach dem Silberling, griff aber ins Leere.

Schlesinger war schneller gewesen und hielt die Münze außerhalb ihrer Reichweite. »Erzähl uns mehr über ihn.«

Sie zuckte mit den Schultern. »Er hat früher hier gearbeitet.«

Die Sängerin hatte ihre Darbietung beendet und verließ unter spärlichem Applaus die Bühne.

»Früher? Was meinst du mit früher?«

»Bis Ende vergangenen Jahres.« Noch einmal versuchte sie, die Münze zu schnappen. Erneut ohne Erfolg. »Was ist mit Sönke?«

»Jemand hat ihm die Kehle durchgeschnitten«, erklärte Bruno. »Und seine Zunge in eine Krawatte verwandelt.«

Die Frau wurde kreidebleich. »Scheiße«, murmelte sie und nippte am leeren Glas. »Das klingt übel.«

Auf der Bühne hatte sich eine Art Magier in exotischem Gewand eingefunden. Er trug ein ausgefranstes, goldbesticktes Tuch über den schmalen Schultern, auf seinem

Haupt saß ein zerbeulter Fez. Mit ausladenden Gesten ließ er Papierschlangen durch die Luft schwirren und stopfte diese anschließend umständlich in eine Röhre aus Pappe. Mit einem lauten *Simsalabim* öffnete er den Behälter und zog eine Taube daraus hervor, die laut gurrend davonflatterte, wobei sie beinahe einen Gast streifte.

»Wer könnte Interesse daran gehabt haben, Sönke Fries aus dem Weg zu räumen?«, fragte Schlesinger. »Noch dazu auf derart brutale Weise?«

»Niemand.« Die Kellnerin wischte sich mit dem Handrücken über den Mund. »Sönke war ein netter Kerl. Witzig, immer nen guten Spruch auf den Lippen.« Sie zeigte auf den Magier. Der versuchte sich gerade an einem Kartentrick, der aber in die Hose ging, was mit Buhrufen quittiert wurde. »Dieser Dilettant ist Fritz. Sönke war sein Vorgänger und um Welten geschickter. Wenn er nicht auf der Bühne stand und zauberte, hat er als Türsteher oder Schankkraft gearbeitet, je nachdem, wo er gebraucht wurde. Alles ganz harmlos.«

»Harmlos ist an Orten wie diesem so gut wie gar nichts«. Brunos Augen schielten auf die Bierhumpen am Nebentisch. »Was hatte Sönke Fries auf dem Kerbholz?«

Sie zuckte mit den Schultern. »Nichts. Zumindest nichts, von dem ich wüsste.«

»Warum hat er aufgehört, hier zu arbeiten?«, fragte Bruno mit energischer Stimme.

»Er hat wohl was Besseres gefunden.«

»Und das wäre?«

»Keine Ahnung.« Sie ließ ihren Blick durch den Raum wandern. Offenbar hatte sie entdeckt, wonach sie Ausschau gehalten hatte: die Frau, die das derbe Couplet gesungen hatte. »Komm mal her!« Da Schlesinger einen Moment unaufmerksam war, schnappte sie sich die Münze. »Fragen Sie Mieze, die hat Sönke besser gekannt.«

Mieze sah aus der Nähe älter und verhärmter aus als auf der Bühne. Sie musterte Schlesinger. »Schmuck«, konstatierte sie, »aber 'n bisschen zu geröstet für meinen Geschmack. Will ja einen Mann, keine gebrannte Mandel.« Ihr Blick wanderte weiter zu Bruno, und ihre Miene hellte sich auf. »Aber der stramme Stier gefällt mir.« Sie ließ ihren Finger langsam und lasziv über seinen Oberarm gleiten, dann fiel ihr Blick auf das Selterswasser. »Mist!« Sie zog die Hand zurück, als hätte sie sich verbrannt. »Polente.«

»Sönke ist tot«, sagte der Rotschopf. »Jemand hat ihn abgemurkst.« Sie fuhr sich über die Kehle.

»Sönke? Hinüber? Meine Fresse.« Mieze griff nach dem Wermutglas der Kellnerin und wollte daraus trinken. Als sie merkte, dass es leer war, stellte sie es übellaunig zurück auf den Tisch. »Ich hab damals gleich prophezeit, dass diese neue Arbeit nichts Gutes sein kann.«

»Was für eine Arbeit war das?«, fragte Bruno. »Und wer wollte ihn tot sehen?«

»Keinen blassen Schimmer. Ich weiß nur, dass die neue Beschäftigung lukrativ sein musste. Er war vor ner Woche mal hier. Hat ordentlich gesoffen und Lokalrunden geschmissen.« Sie seufzte. »Armer Sönke. Dabei hatte er doch endlich eine neue Wohnung bezogen. Eine echte.«

Fritz gab unterdessen das Zaubern auf und versuchte, das Publikum mit einem Witz zu unterhalten. »*Und am achten Tag erschuf Gott die Dialekte. Alle Völkchen waren glücklich*«, erzählte er. »*Nur für den Berliner war kein Dialekt übrig …*«

»Eine echte Wohnung?«, fragte Schlesinger. »Gibt es auch unechte?«

»Mensch, wo hast du denn bisher gelebt?«, fragte Mieze. »Sönke war lange Zeit ein Trockenwohner. Hat für wenig Geld in Neubauten gehaust, in denen die Wände noch feucht warn. Aber jetzt hat er sich endlich was Richtiges leisten können.« Sie kaute auf der Unterlippe herum und überlegte. »In der Schönhauser Allee, bei Pfefferberg, wenn ich mich nicht täusche. Im letzten Hinterhaus, im dritten Stock.«

»Da wurde der Berliner ganz traurig und sagte: Jetzt habe ich gar keinen Dialekt bekommen.«

Bruno schob das unangetastete Selterswasser von sich und stand auf.

»Da sagte Gott: ›Macht nüscht, meen Kleener, quatschte halt wie icke hier!‹« Der Saal bog sich vor Lachen. Selbst Brunos Mundwinkel zuckten.

Schlesingers Miene blieb ungerührt. »Gehen wir.«

9

Der Gangsterboss Arthur Lugowski spazierte mit großen Schritten durch die Fabrikhalle, musterte mit wohlwollenden Blicken die riesige, vor sich hin zischende Anlage und nickte seinen Männern zu, die fleißig am Werkeln waren.

Er beobachtete, wie der hünenhafte Eduard »Ede« Atzerot ein paar Kisten durch das Tor hinaus ins Freie schleppte, diese auf die Ladefläche der bereitstehenden Lastenkutsche hievte und sich die Hände an der Hose abwischte. Der blatternarbige Horst Grossmann setzte sich auf den Kutschbock und fuhr davon, während Werner Lorenz und Tobias Nees Zahnräder schmierten und Detlev Zieman Packlisten kontrollierte.

Es waren gute Männer. Seine Männer. Und er war stolz darauf, solch eine starke Truppe zusammengestellt zu haben. Jeder von ihnen hatte besondere Talente, die von außerordentlicher Kraft über technisches Verständnis bis hin zu mathematischem Geschick reichten. Sie ergänzten sich gut und hatten es geschafft, in kürzester Zeit ein neues Werk aus dem Boden zu stampfen.

Das Geschäft lief gut, weitaus besser als erhofft – dennoch war Lugowski heute gereizt und angespannt, denn ein Gesicht war nirgendwo zu sehen. Das von Christian Kamerling.

Er fuhr durch sein dichtes drahtiges Haar, das wie immer wild von seinem Kopf abstand, da die vielen Wirbel und

Wellen sich selbst mit der dicksten Pomade nicht bändigen ließen, und blickte auf seine Taschenuhr. Es war bereits ein Uhr und die filigranen Zeiger drehten sich munter weiter. Er presste die Zunge gegen die oberen Schneidezähne und stieß einen lauten Pfiff aus. »Werner!«, rief er. »Auf ein Wort.«

Werner Lorenz, ein gedrungener Kerl Anfang vierzig mit leichtem Silberblick und einem ausgeprägten Grübchen am Kinn, blickte hoch und hob die Augenbrauen. »Was gibt's?«, fragte er.

Lugowski antwortete nicht, stattdessen zeigte er nach oben und ging aus der großen Werkhalle über eine schmale Treppe in den ersten Stock, wo sich sein Büro befand.

Lorenz folgte ihm, schloss die Tür hinter sich und lehnte sich mit dem Rücken an die Wand. »Was gibt's?«, wiederholte er.

»Kamerling.« Lugowski ließ sich hinter seinem Schreibtisch nieder, auf dem sich eine Vielzahl von Papieren stapelte. Dann holte er ein kleines Holzkistchen aus einer Schublade und entnahm ihm eine dicke Zigarre. »Er ist noch immer nicht aufgetaucht.«

Lorenz nahm seine Schiebermütze ab und kratzte sich am Kopf. »Das ist nicht gut«, murmelte er.

Lugowski schlug mit der Faust so fest auf den Tisch, dass Lorenz vor Schreck zusammenzuckte. »Natürlich ist das nicht gut«, brüllte er. »Das ist sogar alles andere als das.«

Lorenz zog den Kopf ein und blickte verunsichert auf seine Füße, die in groben Arbeitsschuhen steckten, deren Leder fleckig und abgerieben war. »Er wird bestimmt bald kommen«, erklärte er. »Es gibt sicher einen Grund, warum er sich verspätet.«

»Verspätet?« Lugowski hielt seine Taschenuhr in die Höhe. »Eine Stunde, vielleicht zwei … Das nenn ich Verspätung, aber der verdammte Kerl hätte schon gestern Abend wieder hier antanzen sollen.«

Lorenz zuckte mit den Schultern und setzte an, etwas zu sagen.

»Erst vertröstet mich der Mistkerl und stammelt irgendwas von einem sonderbaren Zwischenfall«, ließ Lugowski ihn nicht zu Wort kommen. »Dann bringt er Beteuerungen vor, gibt ausweichende Antworten und taucht schließlich ab.« Vor lauter Zorn war sein Gesicht rot angelaufen.

»Er ist sicher nicht ...«

»Ohne dich hätte ich ihm den Auftrag gar nicht gegeben. Du hast ihn rekrutiert«, wurde Lugowski wieder laut. »Du hast die Hand für ihn ins Feuer gelegt und mir versichert, dass er bereit für wichtigere Aufgaben ist. Und jetzt das!« Er schleuderte Lorenz seine Taschenuhr entgegen.

Der bewies gute Reflexe und fing sie auf. »Christian Kamerling ist ein anständiger Kerl. Ich kenne ihn schon seit der Schule.« Lorenz warf einen Blick auf das Ziffernblatt und seufzte leise. »Er war stets loyal, hat immer gute Arbeit geleistet und sich nie etwas zuschulden kommen lassen. Du warst doch auch immer sehr zufrieden mit dem, was er gemacht hat, oder?« Er sah Lugowski auffordernd an.

Der zündete seine Zigarre an, nahm ein paar Züge und grummelte schließlich etwas Unverständliches, das wohl eine Art von Zustimmung signalisieren sollte.

»Eben.« Lorenz legte die Taschenuhr vor Lugowski auf den Tisch und verschränkte die Arme vor der Brust. »Ich bin sicher, dass er bald auftauchen wird«, erklärte er, wobei er nicht wirklich überzeugt klang.

Lugowski blies Rauch aus und lehnte sich zurück. Seine Gesichtsfarbe normalisierte sich. »Schnapp dir Ede«, wies er an. »Fahrt zu Kamerling nach Hause. Wenn er dort nicht ist, dann sucht ihn in seiner Stammkneipe, seinem Lieblingsbordell … Fragt die Nachbarn, seine Familie, jeden der etwas über seinen Verbleib wissen könnte.«

Lorenz nickte und setzte seine Mütze auf.

»Findet ihn, sonst …« Der Rest des Satzes blieb wie eine unheilvolle Gewitterwolke im Raum hängen.

10

Die knorrigen alten Eichen, die den Weg vor dem Englischen Haus säumten, reckten ihre kahlen Äste dem Himmel entgegen, an dem graue Wolken dahinzogen. Felix Blom blickte schweren Herzens einer kleinen Kohlmeise hinterher, die in Richtung der nahen Kronenstraße flatterte, wo Auguste und ihr Vater lebten.

»Warum schaust du denn so betrübt drein?«, fragte Mathilde. »Hast du nicht gehört, was Frau Thiele gesagt hat? Geld spielt keine Rolle.« Vorsichtig, beinahe zärtlich faltete sie den Hundertmarkschein und steckte ihn in ihre kleine Handtasche.

Blom schob seine Sehnsucht beiseite. Er musste sich auf das Wesentliche konzentrieren, darauf, Geld zu verdienen. Viel Geld. »Na schön«, sprach er mehr zu sich selbst als zu Mathilde und eilte mit entschlossenem Schritt in Richtung Norden. »Beginnen wir mit den Ermittlungen.«

Schnee knirschte unter ihren Schuhen, während sie in ihren noblen Gewändern die Friedrichstraße entlang bis zur Spree liefen, die so gemächlich dahinfloss wie eh und je. Sie gingen über die Weidendammer Brücke, vorbei am Oranienburger Tor, immer weiter stadtauswärts.

»Dieser Herr Rohland hätte ruhig etwas zentraler seine letzte Ruhe finden können«, murrte Blom, durch dessen dünne Schuhsohlen sich eiskalte Nässe grub.

Mathilde betrachtete den feuchten Saum ihres Kleids.

»Wir dürfen nicht jammern.« Sie hob den Rock und ihren Umhang ein paar Zentimeter in die Höhe. »Mit dem Vorschuss können wir Holz, Kaffee und Essen kaufen. Dazu Schnupftabak und Zigarren. Und wenn wir den Fall lösen, kassieren wir ein fettes Honorar, das uns helfen wird, die Anzahlung für eine neue Unterkunft zu leisten. Vielleicht sogar für eine mit Stuck und Messingknäufen.«

Sie stapften weiter bis zur Liesenstraße, wo sich ein Friedhof an den nächsten reihte.

»Ein Gelächter, ein Jauchzen! Es lockt mich hinaus«, sang Blom leise. *»Was seh ich? Ein Leichenbegräbnis! ›Er hats überstanden‹, so rufen sie aus.«* Er betrachtete die Schilder an den schmiedeeisernen Toren und deutete auf eines, das den dahinterliegenden Gottesacker als jenen von St. Hedwig auswies.

Mit kundigem Blick begann er die Mauer zu untersuchen, die das Gelände umfasste. Anschließend nahm er sich das Schloss der Pforte vor.

»Und?«, fragte Mathilde. »Was geht dem Fachmann durch den Kopf?«

»Selbst für einen Amateur kein großes Hindernis«, konstatierte Blom. »Sowohl die Mauer als auch das Tor sind problemlos zu überwinden.«

Mathilde zündete eine Zigarre an und paffte dicke blaugraue Rauchkringel in die Luft. »Wenig verwunderlich. Das ist immerhin ein Friedhof und kein Juwelier. Üblicherweise bricht hier keiner ein.«

»Und schon gar nicht aus«, fügte Blom hinzu.

Der winterliche Gottesacker bot einen eindringlich schönen Anblick. Der Schnee bedeckte Sträucher und Gräber wie eine weiche weiße Decke. Der Wind wirbelte einzelne Flocken auf und ließ sie zu der traurigen Melodie tanzen, die eine einsame Amsel in der Ferne zum Besten gab.

Sie passierten eine dick eingemummelte Frau, die einen Kranz aus Tannenzweigen auf einem Grab niederlegte und eine Kerze anzündete. Sie schenkte der Zigarre, die in Mathildes Mundwinkel steckte, einen verächtlichen Blick, anschließend senkte sie den Kopf, faltete die Hände und versank im Gebet.

»Hast du Freunde oder Verwandte auf einem der Friedhöfe an der Liesenstraße liegen?«, fragte Mathilde.

Blom schüttelte den Kopf. »Meine Eltern sind in einem Armengrab in der Nähe des Halleschen Tors bestattet, und meine Geschwister …« Er schluckte und schwieg. Er sprach nicht gerne über seine Familie, da ihn die Erinnerung schmerzte. Seine geliebte Mutter war an der Tuberkulose gestorben, als er gerade mal acht Jahre alt gewesen war. Sein Vater hatte seine Trauer im Alkohol ertränkt und war am Kummer zugrunde gegangen. Der Gangsterboss Arthur Lugowski und seine Bande waren daraufhin zu Bloms Familie geworden. Sie hatten ihm alles beigebracht, was man brauchte, um in Berlins Unterwelt zu bestehen.

»Und deine Geschwister?«, hakte Mathilde nach.

»Ach, lass bitte.« Blom betrachtete das Grab des Brauereikönigs Johann Patzenhofer, das von zwei mannshohen Marmorstelen geziert wurde. »Wusstest du, dass Patzenhofer das dunkle Bier nach Berlin gebracht hat? Das ist grade mal zwanzig Jahre her. Vorher hat man hier nur Helles getrunken.«

»Immer wenn ich dich auf deine Vergangenheit anspreche, lenkst du ab.«

»Das sagt genau die Richtige.« Blom ging schneller in Richtung der zentral gelegenen Kapelle und atmete auf, als er einen gedrungenen Mann mit Halbglatze und Knollennase aus dem Rundbau kommen sah. Dieser trug eine schwarze Soutane mit dem typischen weißen Kragen der christlichen Priester. »Entschuldigung!«, rief er. »Verzeihen Sie!«

Der Mann hielt inne. »Wie kann ich Ihnen helfen?«

»Guten Tag.« Blom stellte sich und Mathilde vor. »Frau Dorothee Thiele schickt uns. Sie hat uns beauftragt herauszufinden, wer sich am Grab ihres Schwagers zu schaffen gemacht hat. Eduard …«

»… Rohland.« Der Priester bekreuzigte sich. »Eine schreckliche Sache.« Er fasste an ein einfaches, hölzernes Kruzifix, das um seinen Hals hing. »Wahrlich ein Sakrileg. Ich meine: Wer tut denn so was?«

»Um das herauszufinden, sind wir hier.« Mathilde überreichte ihm eine Visitenkarte. »Haben Sie etwas dagegen, wenn wir uns ein bisschen umsehen?«

»Mitnichten. Ich bin froh, wenn sich jemand der schrecklichen Sache annimmt. Die Herren von der Polizei haben nicht viel Interesse an dem Vorfall gezeigt und die Sache als Vandalismus abgetan.«

»Was glauben Sie, wer oder was dahintersteckt?«, fragte Mathilde.

»Nun, jedenfalls kein Vandalismus. Das ist offensichtlich.« Der Priester rollte mit den Augen. »Bis auf die Tatsache, dass jemand das Tabernakel aufgemacht hat, ist die Kapelle unberührt, genau wie der Friedhof, sämtliche Grabstätten sowie das Haus und der Schuppen des Totengräbers. Hätten sich Randalierer nicht eher dort ausgetobt als an einem einzelnen Sarg, der noch dazu hinter mehreren verriegelten Türen liegt?«

»Würden Sie uns Eduard Rohlands Grab zeigen?«

Der Priester blickte auf seine Uhr. »Ein paar Minuten kann ich tatsächlich entbehren. Kommen Sie!« Er führte sie um die Kapelle herum zu einem quadratischen Anbau und zog einen großen Schlüsselbund aus seiner Manteltasche.

Unauffällig legte Mathilde ihre Zigarre in eine Mauernische und hoffte, diese werde rasch ausgehen. Schließlich wollte sie später weiterrauchen.

»Ist die immer versperrt?« Blom deutete auf die Tür.

Der Priester nickte, während er das Schloss öffnete. »Dahinter befindet sich unter anderem die Sakristei. Darin werden wertvolle Kelche und liturgische Gewänder aufbewahrt.«

»Interessant.« Blom rieb sich das Kinn und musterte das Schloss, an dem weder Kratzer noch sonstige Einbruchspuren zu erkennen waren. »Wer außer Ihnen ist noch im Besitz eines Schlüssels?«

»Lediglich Herr Gunz, der Totengräber. Einer von uns beiden ist immer auf dem Gelände. Wenn die Angehörigen ihre Verstorbenen besuchen wollen, sperren wir auf.« Er entzündete den Docht einer Petroleumlampe, führte Blom und Mathilde in einen kleinen Vorraum, von dort durch eine weitere Tür und über eine schmale Treppe hinunter in die Krypta.

Die Detektive sahen sich in der schmucklosen, runden Halle um, deren Boden mit einfachen Steinplatten bedeckt war. Die gewölbte Decke ruhte auf schnörkellosen Granitsäulen.

»Was ist denn das?« Mathilde ging in die Hocke und strich über einen dunklen Fleck. »Ist das etwa Blut?« Sie rieb die Fingerspitzen aneinander und hielt sie erst ins Licht und dann unter ihre Nase.

»Ich bin noch nicht dazu gekommen, es wegzuwischen.« Der Priester stemmte die Hände in die Hüften und schnaubte. »Es muss ein Kampf stattgefunden haben.

Normalerweise steht im oberen Bereich ein Zinkkandelaber. Wir haben ihn heute Morgen hier unten gefunden. Einer seiner Arme war abgebrochen und lag blutverschmiert auf dem Altartisch.«

Mathilde studierte die Spuren und betrachtete den Verlauf der rotbraunen Spritzer und Schlieren. »Interessant.« Sie blickte zu Blom. »Scheint, als hätten sich die Eindringlinge um die Beute gestritten.«

»Beute ist ein gutes Stichwort«, warf Blom ein. »Frau Thiele meinte, es sei nichts gestohlen worden.«

»Das stimmt.« Der Priester zuckte ratlos mit den Schultern. »Vielleicht haben es sich die Einbrecher im Angesicht des Heilands anders überlegt.« Er öffnete eine der Türen, die rund um sie herum in die Mauer eingelassen waren, leuchtete hinein und deutete auf das große Kruzifix an der gegenüberliegenden Wand.

»Darf ich?« Blom nahm ihm die Lampe aus der Hand und betrat die Kammer. Ein muffiger Gestank hing in der Luft, durchzogen von etwas süßlich Fauligem. Rasch wurde klar, wo die Quelle des strengen Geruchs lag: in einem aufgebrochenen Sarg. Kälte verlangsamte zwar den Verwesungsprozess, war aber nicht in der Lage, ihn aufzuhalten.

»Herr Scharrenberg, der Bestatter, wird heute Abend vorbeikommen, um den Schaden zu beheben«, erklärte der Priester, der draußen stehen geblieben war.

Blom leuchtete Wände und Boden ab, inspizierte das Türschloss und die intakten Särge. Schließlich wandte er sich dem Zinksarg zu, an dem sich der Eindringling zu schaffen gemacht hatte. »Er hat ein Loch gebohrt, das gerade groß genug ist, dass man eine Hand hineinstecken kann.« Er hielt die Laterne so, dass ihr Licht in die Öffnung fiel. Schwarzer Stoff wurde sichtbar, eine Schulter samt Revers.

»Gott sei Dank nicht sein Gesicht«, flüsterte Mathilde, die neben ihn getreten war.

Blom wandte sich an den Priester. »Sind Sie absolut sicher, dass nichts gestohlen wurde? Vielleicht irgendwelche Grabbeigaben?«

Der Mann schüttelte vehement den Kopf. »Im katholischen Glauben sind solche Dinge nicht üblich.« Er deutete nach oben. »Außerdem wäre es doch viel einfacher gewesen, die Sakristei auszuräumen.«

»Es ging also nicht darum, etwas zu stehlen«, fasste Mathilde zusammen. »Aber welches Motiv hatte der Eindringling denn sonst? Warum sollte jemand erst in die Krypta einbrechen und dann in die Gruft?«

»Einbrechen …« Blom trat an die Tür der Grabkammer. »Wenn man es ganz genau nimmt, wurde gar nicht eingebrochen.« Er sah den Priester eindringlich an. »Die Schlösser weisen keine Kratzer, Absplitterungen oder andere Spuren auf, die auf ein gewaltsames Eindringen hindeuten.«

Der Priester riss die Augen auf. »Was wollen Sie damit andeuten? Sie meinen doch wohl nicht, dass Herr Gunz oder ich hinter der Sache stecken? Ich versichere, nein, ich schwöre Ihnen, dass ich die Totenruhe von Herrn Rohland nicht gestört habe.« Zur Bestätigung küsste er das Kruzifix, das um seinen Hals hing. »Und für Herrn Gunz lege ich auch die Hand ins Feuer.«

»Schon gut. Ich wollte Ihnen nichts unterstellen«, beruhigte Blom den Geistlichen.

»Der Fall scheint kniffliger als gedacht«, sagte Mathilde.

Sie leuchteten noch einmal alles ab, und als sie sicher waren, nichts übersehen zu haben, folgten sie dem Priester zurück nach oben, traten hinaus ins Freie und atmeten die kalte Luft ein. »Wir würden dennoch gern mit Herrn Gunz sprechen«, sagte Blom.

Der Pfarrer, der nicht mehr ganz so freundlich schien wie anfangs, deutete auf einen Busch, hinter dem Qualm aufstieg. »Dort.« Er räusperte sich. »Ich muss mich jetzt dringend um meine Agenden kümmern. Gott zum Gruß.«

Blom und Mathilde sahen dem Mann nach, wie er davonstapfte. Mathilde schnappte sich ihre Zigarre, entzündete sie aufs Neue und zog mehrmals stark daran. »Machen wir weiter.«

Hinter einem Holunderstrauch fanden sie einen großen, kräftigen Mann mit Stiernacken. Trotz der Kälte trug er nur eine Hose und ein dünnes Hemd, dessen Ärmel hochgekrempelt waren. Er starrte auf eine Art Lagerfeuer, mit dessen Hilfe er wohl versuchte, den Frost aus dem Boden zu treiben.

»Herr Gunz?«

Der Mann drehte sich um. »Wer will das wissen?«

»Voss«, stellte sich Mathilde vor. »Von der Detektei Voss. Mein Kompagnon und ich sind hier, um den Vorfall in der Krypta zu untersuchen. Sie haben sicher davon gehört.«

»Und wie ich das habe.« Gunz legte Kohlebriketts nach und betrachtete zufrieden, wie sie von der Glut angesteckt wurden. »Die Witwe hat heute Morgen derart laut geschrien, dass ich fürchtete, sie würde all die Leute aufwecken, die ich in den letzten Jahren mühsam verscharrt habe.«

Blom trat näher ans Feuer und hielt die Handflächen darüber. Mathilde tat es ihm gleich.

»Was halten Sie von der Sache?«, fragte Blom.

Der Totengräber kratzte sich am Schädel. »Ich denke, es war ein Perverser. Vor ein paar Jahren, drüben auf dem

Friedhof der Französisch-Reformierten Gemeinde, da hat einer eine Leiche ausgebuddelt und alle möglichen Sauereien damit angestellt. Sie wissen schon …« Er blickte zu Mathilde und dann zurück zu Blom. »Die Dame sollte sich lieber die Ohren zuhalten.«

Mathilde stemmte die Hände in die Hüften. »Glauben Sie mir, ich habe im Lauf meines Lebens schon schlimmere Dinge gehört.«

»Wäre es für einen Perversen nicht einfacher, einen Toten auszugraben, anstatt in die Krypta einzubrechen?«, kam Blom zurück auf den Punkt.

»Ganz im Gegenteil.« Gunz deutete auf das Feuer. »Was glauben Sie, was ich hier tue? Der Boden ist mindestens einen halben Meter tief gefroren. Ich muss das Erdreich mühsam auftauen und anschließend Schicht für Schicht abtragen. Es dauert ungefähr drei Tage, ein Grab auszuheben, oder mehr. Deswegen finden derzeit so gut wie keine Begräbnisse statt.« Mit einem schmutzigen Taschentuch wischte er sich Schweiß aus dem Gesicht. »Wenn es jemanden nach totem Fleisch gelüstet, ist die Krypta die einfachste Variante. Zumindest bis nach dem Frost.«

»Zur Befriedigung solcher Begierden gibt es Freudenmädchen und Strichjungen, die sich totstellen«, erklärte Mathilde. »Da muss man keine Türschlösser knacken und Särge aufstemmen.«

»Auch die Leichenhalle der Charité wäre eine einfachere Möglichkeit«, fügte Blom hinzu.

Gunz griff nach der Spitzhacke, die neben ihm an einem Grabstein lehnte, und stocherte damit in dem Feuer herum. »Was weiß ich …« Er zuckte mit den Schultern. »Tote sind mein tägliches Brot, aber mit solchen Dingen kenne ich mich nicht aus. Will ich auch nicht. Pfui Teufel.«

»Sicher? Es ist nämlich so, dass ...« Blom betrachtete die massiven Oberarme des Mannes, trat einen Schritt nach hinten und räusperte sich. »Die Türschlösser weisen keine Einbruchspuren auf.«

Es dauerte ein paar Augenblicke, bis Gunz kapierte. »Sie glauben doch wohl nicht etwa, dass der Herr Vikar ...« Er riss die Augen auf. »Nein, Sie vermuten, dass ich ...?« Seine Miene verdüsterte sich, und er richtete sich zu seiner vollen Größe auf. »Denken Sie etwa, ich wäre ein perverses Schwein? Glauben Sie das?«

Blom wich einen weiteren Schritt zurück.

Mathilde hob beschwichtigend die Hände. »Möglicherweise hat jemand Ihre Schlüssel gestohlen«, versuchte sie den Totengräber zu beruhigen.

Gunz antwortete nicht. Stattdessen zog er den Saum seines Hemds nach oben und gab den Blick auf einen Schlüsselbund preis, der mit einer dicken Kette an seiner Hose befestigt war. »Den hüte ich wie meinen Augapfel«, erklärte er mit grollender Stimme.

»Und nachts? Wenn Sie schlafen?«

»Dann hängt er an einem Nagel neben meinem Bett. Wer auch immer in die Krypta eingedrungen ist – er hat dafür ganz gewiss nicht meine Schlüssel benutzt.«

Blom überlegte. »Sind in den vergangenen Tagen Fremde hier aufgetaucht?«

Gunz sah ihn an, als hätte Blom nicht mehr alle Tassen im Schrank. »Der Friedhof ist ein öffentlicher Ort. Hier herrscht ein andauerndes Kommen und Gehen.«

»Und in der Krypta?«

Der Totengräber legte ein weiteres Mal Briketts nach. »Die alte Frau Havas ist hier gewesen«, begann er aufzuzählen. »Frau von Borstorff, deren Mann in der Gruft daneben liegt, der Sargmacher, der Bestatter und ein Herr vom Bauamt.«

»Vom Bauamt?«

»Ja, er wollte das altertümliche Mauerwerk inspizieren.«

»Lassen Sie mich raten.« Blom kniff die Augen zusammen. »Sie haben dem Herrn die Türe geöffnet, und er hat eine gewisse Zeit allein in der Krypta verbracht. Kann das sein?«

»Und wenn schon.« Die Miene des Totengräbers verdüsterte sich weiter. »Hätte ich blöd daneben rumstehen sollen, während er Steine abklopft und Mörtel untersucht?«

»Wie hat der Mann ausgesehen?«

»Keine Ahnung.« Gunz zuckte mit den Schultern. »Er war ungefähr in Ihrem Alter, hatte ein Allerweltsgesicht, trug eine dicke Jacke, einen Schal und eine Mütze.« Er wandte sich wieder seiner Arbeit zu und machte damit klar, dass das Gespräch für ihn beendet war.

Blom und Mathilde staksten zwischen den Gräbern zurück zur Kapelle. »Hast du vielleicht ein Streichholz dabei oder eine Hutnadel?«, fragte Blom. »Irgendetwas Langes, Schmales?«

Mathilde nahm ihre Kopfbedeckung ab, zog die Pfauenfeder aus dem Hutband und reichte sie ihm. »Wird es die auch tun?«

Blom betrachtete den Federkiel und nickte. »Warte hier. Ich bin gleich wieder da.« Er eilte zu dem Anbau, durch den man in die Krypta gelangte.

Nur wenige Augenblicke später kam er wieder zurück. »Wir müssen zu Mo«, rief er im Gehen.

11

»Zum alten Mo? Dem Tantelmacher?«, fragte Mathilde.

Blom deutete anstelle einer Antwort auf den Kiel der Pfauenfeder. »Sieh nur.«

Mathilde paffte den Rauch der wiederangefachten Zigarre in die Luft, kniff die Augen zusammen und betrachtete den schmutzig weißen Rückstand, der auf dem Federkiel zu erkennen war. »Ist das …«

»… Wachs.« Blom kramte seine Schnupftabakdose aus der Manteltasche und gönnte sich eine Prise seines geliebten Old Paris von Fribourg & Treyer. »Das habe ich aus dem Schlüsselloch gekratzt.« Er nieste und rieb sich über die Oberlippe. »Ich denke, der Täter hat sich unter dem Vorwand, vom Bauamt zu sein, in die Krypta geschummelt. Dort hat er Abdrücke genommen und später Nachschlüssel angefertigt – oder sie anfertigen lassen.«

»Verstehe.« Mathilde nickte. »Und niemand kennt sich mit Nachschlüsseln so gut aus wie Mo.«

Von der Liesenstraße war es nicht weit bis ins Scheunenviertel, in dem der berühmt-berüchtigte Moses Löwenthal, genannt Mo, eine Werkstätte betrieb. Der alte Schlosser war Berlins unangefochtener Tantelmeister. Niemand auf der ganzen Welt fertigte so gute Nachschlüssel wie er. Kein Wunder, hatte der alte Mann doch Jahrzehnte darauf verwendet, das Innenleben Tausender von Schlössern zu studieren.

Die Gegend war geprägt von putzigen alten Häusern. Darin lebten in erster Linie jüdische Einwanderer aus dem Osten sowie die Arbeiter, die in den nahen Borsigwerken Dampflokomotiven zusammenbauten. Und noch etwas war typisch für die Gegend: die vielen Kneipen, die mit Reklametafeln und Laternen versuchten, Gäste anzulocken. Schilder in allen Farben des Regenbogens waren an verwitterten Fassaden angebracht und mit einladenden Inschriften versehen. Edler Wein und bestes Bier wurden genauso angepriesen wie die Bedienung durch wunderschöne Damen und preiswerte Mahlzeiten. Die Qualität schwankte freilich, und die Versprechungen wurden nicht immer eingehalten, dennoch verströmten die Wirtschaften dieses Kiezes ein ganz eigenes, unverwechselbares Flair.

Als eine mit Gepäck beladene Kutsche an ihnen vorbeifuhr, blickte Blom dem Gefährt sehnsüchtig hinterher.

»Ich weiß genau, woran du denkst«, zischte Mathilde.

Blom seufzte, dachte an den Kracherfahrt-Trick und ging weiter.

Kracherfahrt (auch Goleschächten genannt): *Dabei lauert man an strategisch klugen Verkehrspunkten, bis eine vollbeladene Kutsche vorbeifährt. Dann schwingt man sich unbemerkt auf den hinteren Teil des Gespanns und schneidet die dort befestigte Beute ab. Dabei handelt es sich meist um Reisekoffer, aber auch um Kisten und Pakete von Frachtwagen.*

Blom und Mathilde blieben vor einem Kellerlokal stehen, aus dem gedämpfte Musik, Gelächter und der Geruch von Gebratenem drangen.

»Wir könnten uns Bier und Buletten gönnen«, schlug Blom vor.

»Erst die Arbeit, dann das Vergnügen.« Mathilde stieg die Stufen bis zum Eingang hinunter und öffnete die Tür, an der ein Glöckchen vom Kommen und Gehen kündete.

Warme Luft schlug ihnen entgegen. Die Schänke, die mit ihrer gewölbten Decke und der urigen Einrichtung aus dunklem Holz an einen bürgerlichen Bierkeller erinnerte, war proppenvoll. Eng gedrängt saßen die Gäste auf rustikalen Bänken, vor ihnen auf den schweren Holztischen standen Flaschen und Krüge sowie Teller voller Pasteten und Rouladen.

Erst auf den zweiten Blick offenbarte sich die wahre Natur des Gasthauses. Hinter dem Tresen hing ein lebensgroßes Porträt des Kaisers, auf das jemand einen Pfeil geschossen hatte, der nun in der Nasenspitze Seiner Majestät steckte. Im Gebälk hauste der Holzwurm, der Boden war mit einem öligen Film überzogen, und in die Wandvertäfelung waren Bilder von Geschlechtsteilen und Obszönitäten geritzt worden. Eine ganze Galerie von Schweinkram, die über die Jahre angewachsen war.

Blom und Mathilde schlängelten sich zwischen verschwitzten Leibern hindurch bis zum Ausschank, hinter dem ein muskulöser, stiernackiger Glatzkopf Bier zapfte. Die Ärmel seines Hemds waren hochgekrempelt, sodass man die großbusige Meerjungfrau sehen konnte, die auf seinen Unterarm tätowiert war.

»Haltet eure Wertsachen fest!«, brüllte er plötzlich. »Felix Blom ist im Haus.« Er brach in schallendes Gelächter aus und zwinkerte Mathilde zu. »Was kann ich für euch zwei Süßen tun? Bierchen?«

»Danke, Erik.« Mathilde schüttelte den Kopf und paffte die letzten Züge ihrer Zigarre. Den Stummel ließ sie zu Boden fallen, wo er sich zu einer Vielzahl von Krümeln, Zigarettenkippen und anderem Schmutz gesellte. »Später vielleicht. Erst müssen wir einen Fall lösen.«

Der Wirt stellte einen vollgefüllten Bierkrug auf ein Tablett neben sich und griff nach einem leeren Glas. »Spielt ihr etwa immer noch Detektive?«

Blom seufzte. »Von irgendwoher müssen die Moneten ja kommen.«

Erik nickte wissend. »Legales Leben ist ein hartes Leben.«

»Wem sagst du das?« Blom schielte sehnsüchtig auf die prallgefüllte Brieftasche, die sich unter der Weste eines leicht wankenden Herren abzeichnete.

»Wir wollen zu Mo«, kam Mathilde auf den Punkt.

»Mo?« Erik legte die von Schweiß glänzende Stirn in Falten. »Seid ihr etwa doch nicht legal unterwegs?«, fragte er in verschwörerischem Tonfall.

»Wir brauchen keinen Tantel«, erklärte Blom. »Lediglich eine Expertise. Ist er in seiner Werkstatt?« Er deutete auf die Hintertür, die in den Innenhof führte.

»Habt ihr es denn nicht gehört?« Erik zog seine Augenbrauen hoch. »Mo hatte einen Unfall. Ihm ist vor zwei Monaten ein Metallklotz auf die Hand gefallen und hat seine Finger in Brei verwandelt. Seither kann er keine Feinarbeit mehr machen.«

»Oh nein, wie schrecklich! Was tut er denn jetzt?«

»Frust schieben.« Erik deutete nach oben. »Er hockt in seiner Kammer unterm Dach und zerfließt in Selbstmitleid.« Er bückte sich und holte eine Flasche Rum unterm Tresen hervor. »Nehmt ihm die mit, für seinen Tee, und richtet ihm Grüße aus. Ich bring ihm später was zu futtern.«

»Ehrensache.«

»Eines ist somit schon mal klar«, sagte Mathilde, während sie über eine knarzende Treppe nach oben stiegen. »Mo hat den Nachschlüssel, mit dem in die Krypta eingebrochen wurde, wohl kaum angefertigt.«

»Um ehrlich zu sein, bin ich erleichtert, dass er nichts damit zu tun hat.« Blom klopfte an die windschiefe Tür der Dachkammer. »Ich bin heilfroh, wenn ich nicht gegen ihn, Lugowski oder sonst jemanden aus meiner Vergangenheit ermitteln muss.«

Aus dem Inneren der Wohnung war langsames Schlurfen zu hören. Es dauerte eine gefühlte Ewigkeit, bis die knarrende Tür endlich geöffnet wurde. Ein kleiner alter Mann mit störrischen weißen Locken blickte ihnen entgegen. Auf der Nase saß eine Brille, deren Gläser so dick wie die Böden von Bierkrügen waren.

»Shalom aleichem, Mo«, sagte Blom.

Der Tantelmacher, der seit ihrem letzten Zusammentreffen um ein gutes Jahrzehnt gealtert schien, blickte zu ihm hoch und lächelte. »Mein Lieblings-Goi und sein Täubchen. Wie scheen, dass ihr einen alten Krippel besuchen kommt.« Er trippelte zur Seite und ließ die beiden eintreten.

Die Dachkammer war geräumig, aber baufällig und vollgestopft mit Nippes und Krimskrams. Im Boden fehlten einige Dielen, durch einen Spalt zwischen zwei Ziegeln zog es derart herein, dass die vergilbten Landschaftsbilder, die Mo vermutlich aus Reiseführern ausgeschnitten und aufgehängt hatte, leise raschelten.

»Setzt eich.« Mo wickelte sich enger in die löchrige Decke, die er um die Schultern gelegt hatte, reichte ihnen je ein Kissen, deutete auf den kleinen gusseisernen Ofen in der Mitte der Kammer und versuchte, ein paar Holzscheite unter dem Bett hervorzukramen.

»Lass mich das machen.« Blom nahm ihm das Holz aus der Hand. »Hier, den soll ich dir von Erik geben.« Er überreichte ihm den Rum und feuerte ein.

»Biebele, Mädele, wie scheen, eich zu sehn.« Mo schlurfte zu einem Schrank, holte Gläser und füllte sie mit Tee aus einem Samowar, der leise in einer Ecke vor sich hin köchelte. »Und so fein seid ihr angezogen. Extra für mich?« Er goss einen ordentlichen Schuss Rum dazu und überreichte das Getränk seinen Gästen.

Blom ließ sich im Schneidersitz vor dem Ofen nieder, schlang die Finger um das Glas und nippte daran. »Wir haben von deinem Unglück gehört.«

Mo seufzte theatralisch und hob die rechte Hand, die mit einem dicken Verband umwickelt war. »Schlimme, schlimme Sache. Kann keine Tantel mehr machen.«

»Zumindest vorerst«, versuchte Mathilde ihn zu trösten. »Knochen können heilen.« Sie nahm einen Schluck von dem tiefschwarzen Tee und schenkte Mo ein Lächeln. »Das heißt also, die Nachschlüssel, die die Krypta auf dem St. Hedwigs-Friedhof geöffnet haben, stammen nicht von dir.«

»Nein, tun sie nicht.« Mos Augen blitzten interessiert. »Was ist in St. Hedwig geschehen?«

Blom erzählte von dem Einbruch und den unversehrten Türen. »Keine Kratzer, keine Dellen. Das wirkte sehr professionell.« Er reichte Mo die Pfauenfeder und deutete auf den Kiel. »In einem Schlüsselloch habe ich Wachsreste entdeckt. Weißt du, wer mit dieser Art von Material arbeitet?«

Mo kratzte ein bisschen von dem Wachs ab, zerrieb es zwischen den Fingerspitzen und roch daran. Dann kniff er die Augen zusammen und studierte die schmutzig weiße Substanz, als handelte es sich um eine geheimnisvolle

Kostbarkeit. Zu guter Letzt schmierte er ein bisschen davon auf den Ofen und beobachtete aufmerksam, wie es weich wurde und schmolz. »Gutes Wachs«, stellte er fest. »Optimale Konsistenz. Damit kann man perfekte Abdricke machen, fir perfekte Tantel.« Er reichte Mathilde ihre Feder. »So was gibt es nirgendwo zu kaufen. Das hat jemand selbst angefertigt.«

»Also kein Amateur«, ergänzte Mathilde.

Mo schüttelte den Kopf. »Auf keinen Fall.« Er grübelte. »Was wurde gestohlen?«

»Nichts. Die Schätze in der Sakristei waren unberührt«, sagte Blom. »Genau wie die Leiche von Herrn Rohland und die anderen Särge.«

»Ein interessantes Rätsel«, murmelte Mo in seinen spärlichen weißen Bart.

»Um es zu lösen, müssen wir herausfinden, wer den Einbruch begangen hat. Wen außer dir gibt es noch, der in der Lage ist, solch perfekte Nachschlüssel anzufertigen?«

Mo trank einen großen Schluck Tee und grübelte. »Kamerling«, sagte er schließlich. »Christian Kamerling. Er ist ein Einbrecher und der zweitbeste Tantelmacher der Stadt.« Er blickte auf seine verbundene Hand und seufzte. »Falsch. Jetzt ist er wohl der Beste, und ich bin nur noch ein armer alter Jude. Zu nichts mehr zu gebrauchen.« Sein Blick war derart traurig, dass Blom ganz schwer ums Herz wurde.

»Wie Mathilde bereits erwähnt hat: Knochen können heilen«, sprach er dem alten Mann Mut zu und tätschelte ihm den Oberarm. »Bis dahin kümmert sich Erik um dich, und wir werden auch nach dir schauen. Ehrenwort!«

Mathilde setzte sich neben Mo und schlang die Arme um ihn.

Mos Augen glänzten feucht. »Ich danke dir, mein Täubchen.« Er strich ihr mit der guten Hand über die Wange. »Dir auch, mein Lieblings-Goi.«

Blom lächelte zufrieden und besorgt gleichermaßen. »Kannst du uns noch mehr über diesen Kamerling erzählen?«

Mo überlegte. »Ich weiß nur, dass der Gauner ein Schlosser ist und von Lugowski rekrutiert wurde – jetzt, da ich nimmermehr arbeiten kann.«

»Arthur?« Blom riss die Augen auf. Der Name seines Mentors, der sich einst wie ein Vater um ihn gekümmert hatte, war der letzte, den er hören wollte.

Mo nickte. »Jeder ist wohl ersetzbar.«

12

Der Weg von der Räuberhöhle in die Schönhauser Allee führte durch ein Meer grauer Häuserfronten. Für Schlesinger wirkte eine wie die andere, er konnte die einzelnen Gebäude kaum unterscheiden. Auch die Männer und Frauen auf den Gehsteigen schienen ihm grau und gehetzt. Er dachte an den ausgelassenen Frohsinn der Menschen in Loango. »Trockenwohner«, sagte er. »Wie genau funktioniert das Prinzip?«

Bruno blickte drein, als hätte sein neuer Chef gerade eine sehr dumme Frage gestellt. »Billiger Kalkmörtel braucht drei Monate, bis er getrocknet ist. Mindestens. Und beim Aushärten setzt er zudem noch Wasser frei. Die reichen Immobilienbesitzer lassen darum arme Leute für wenig Geld in ihren Neubauten wohnen. Durch ihre Körperwärme und dadurch, dass sie einheizen, vertreiben die Hungerleider die Feuchtigkeit aus den frisch hochgezogenen Wänden.« Er steckte sich ein Stück Kautabak in den Mund. »Ist zwar hochgradig ungesund«, sagte er schmatzend. »Aber immer noch besser als gar kein Dach über dem Kopf.« Er starrte Schlesinger an. »Afrika also«, sagte er schließlich.

Schlesinger nickte.

»Warum?«, hakte Bruno nach. »Ist nicht gerade um die Ecke.«

»Die Jagd«, gab Schlesinger sich weiterhin wortkarg.

»Und sonst?«

»Tut nichts zur Sache.«

Noch ehe Bruno weiterbohren konnte, blieb die Kutsche mit einem Ruck vor einem riesigen Gebäudekomplex stehen. Der Häuserblock steckte offensichtlich in verschiedenen Bauphasen. Während der rechte Teil zwar noch unverputzt war, aber immerhin schon Fenster und Türen aufwies, bestand der linke aus nicht mehr als ein paar nackten roten Ziegelmauern.

»Laut Miezes Auskunft hat Sönke Fries im dritten Stock vom letzten Hinterhaus gelebt.« Schlesinger stieg aus und ging mit entschlossenem Schritt durch eine Toreinfahrt in den Innenhof. Von dort führte ein Durchgang in weitere Höfe, von denen einer enger und dunkler war als der vorherige.

»Was für ein Drecksloch«, murrte Bruno. »Wenn das so weitergeht, besteht Berlin bald nur noch aus menschenfeindlichen Mietskasernen. Aus Steinklötzen, in denen die nächste Generation von Verbrechern herangezüchtet wird.« Er spuckte aus. »Vielleicht sollte ich auch nach Afrika gehen.«

»Das sollten Sie«, sagte Schlesinger lapidar. »Es würde Ihnen bestimmt gefallen.«

Eine hagere Frau mit einem großen Korb im Arm schob sich an ihnen vorbei und öffnete eine Tür. Der Geruch von Kohlsuppe, Rauch und feuchten Kleidern strömte ihnen entgegen.

Bruno deutete auf eine beschlagene Fensterscheibe, hinter der das gelborangene Flackern eines Feuerkorbs zu sehen war. »Schauen Sie. So leben Trockenwohner. Die Schwindsucht lässt grüßen.«

Schlesinger trat nahe ans Fenster und blickte hindurch. Er konnte in der Mitte eines kargen Raums eine eiserne Schale voller Glut ausmachen, die wilde Schatten an die nackten Wände zeichnete.

»Sobald die Mauern trocken sind, müssen die armen Schweine raus, und die Wohnungen werden an Leute vermietet, die ordentlich dafür zahlen.« Bruno ging weiter bis zum Tor, das in das letzte Hinterhaus führte – das einzige, das bereits fertiggestellt war. »Vielleicht sollte man doch nicht so hart gegen die Sozialdemokraten vorgehen«, murrte er leise.

»Was meinten Sie?«

»Ach nichts.«

Schlesinger folgte Bruno über eine knarzende Holztreppe bis in den dritten Stock und beobachtete seinen Assistenten, wie dieser genervt auf die unzähligen Türen schaute, die sich auf beiden Seiten des endlos langen Gangs befanden. Ein armseliges Labyrinth. Poltern, Husten, Kindergeschrei und das Klappern von Töpfen drangen daraus hervor. »Mieze hatte nicht zufällig eine Wohnungsnummer parat?«

In dem Moment trat eine Frau mit einem roten, aufgedunsenen Gesicht auf den Flur. Sie trug eine schmutzige Küchenschürze über dem dicken Leib und einen stinkenden Abfalleimer in der Hand, aus dem ein paar faule Kartoffelschalen fielen.

»Wir suchen die Wohnung von Sönke Fries«, erklärte Schlesinger.

Die Frau musterte ihn und murrte etwas von wegen verdammte Ausländer. »Warum?«, fragte sie mit einem trotzigen Unterton.

»Darum.« Bruno hielt ihr seine Polizeiplakette unter die knollige Nase.

Die Miene der Frau hellte sich auf. »Ist ihm was zugestoßen?«, fragte sie mit kaum verhohlener Freude. »Ist er etwa tot?«

»War er so ein schlechter Nachbar?«, fragte Schlesinger.

»Aber nein, überhaupt nicht. Es ist nur so, dass vor drei Wochen im zweiten Stock eine Frau im Kindbett gestorben ist und letzten Mittwoch ein alter Mann im Erdgeschoss das Zeitliche gesegnet hat. Wie Sie sicher wissen, ereignen sich Todesfälle in neuen Häusern immer in Dreierserien.« Sie atmete erleichtert auf. »Sieht aus, als wäre ich aus dem Schneider.«

»Aus dem Schneider sind Sie erst, wenn Sie uns zeigen, wo Fries gewohnt hat«, erklärte Bruno. »Die Wünsche von Polizisten nicht zu erfüllen, bringt nämlich großes Unglück.«

»Über Ausländer zu schimpfen übrigens auch«, fügte Schlesinger hinzu.

Sie musterte sein braun gebranntes Gesicht und rümpfte die Nase. »Ganz hinten links.« Mit diesen Worten verschwand sie im Treppenhaus.

Die Ermittler gingen zu besagter Tür und Bruno fasste an die Klinke.

»Halt.« Schlesinger packte seinen Assistenten am Arm. »Irgendetwas ist hier faul.« Mit der freien Hand fasste er hinter sich und zog ein Messer aus dem Hosenbund. Dann deutete er auf das Türschloss, das offensichtlich aufgebrochen worden war, und anschließend auf sein Ohr. »Da ist jemand drin«, ließ er sich von den Lippen ablesen.

Bruno lauschte und nickte. Vorsichtig schob er die Tür einen Spaltbreit auf und griff nach seiner Pistole.

Gemeinsam schlichen sie in die Wohnung, die aus einem einzigen Raum bestand, der als Stube, Schlafzimmer, Abstellkammer und Küche diente. Das bisschen Licht, das durch das Fenster fiel, reichte aus, um totales Chaos erkennen zu lassen: Ein Tisch lag umgestürzt auf dem Boden, daneben ein zerbrochener Stuhl, herausgerissene Schubladen und eine umgekippte hölzerne Truhe, aus der schmutzige Wäsche quoll.

Schlesinger nickte in Richtung des schmalen Kleiderschranks, dessen Tür weit offen stand. »Wir wissen, dass Sie hier sind«, rief er. »Und wir sind bewaffnet. Kommen Sie mit erhobenen Händen hervor.« Seine Stimme war so kalt wie die Luft im Zimmer.

Nichts regte sich.

»Du hast gehört, was er gesagt hat.« Bruno trat einen Schritt auf den Schrank zu. »Mach keinen Ärger, wir wollen nur red…« Er kam nicht dazu, den Satz zu beenden, da ihm die Tür direkt ins Gesicht geschmettert wurde.

Ein Schatten sprang hervor und versuchte, auf den Flur zu entkommen.

Blitzschnell ging Schlesinger in die Knie und packte den Kerl am Knöchel.

Dieser strauchelte und knallte vornüber auf den Boden. Fluchend und Schmerzenslaute ausstoßend wollte er sich ins Gesicht fassen, doch Schlesinger hatte sich flink wie ein Wiesel auf ihn gesetzt und hielt seine Hände fest.

»Sind Sie in Ordnung, Harting?«, fragte er.

Bruno betastete Stirn und Nase. »Nur eine kleine Beule, nicht der Rede wert.« Er ging neben dem Kerl, der nicht aufhörte zu fluchen, in die Hocke und filzte ihn. »Wie heißt du?« Er zog ein Klappmesser und einen Schlagring aus dessen Hosentasche. »Und was zur Hölle hast du hier zu suchen?«

»Dasselbe könnte ich Sie fragen.« Der Eindringling, ein hagerer Kerl Mitte dreißig, mit rasiertem Schädel und schiefer Nase, spuckte Blut und ein Stück von einem gelben Zahn aus. »Ich wohne hier.«

»Einen Scheißdreck tust du.«

Als Schlesinger sicher war, dass der Kerl keine weitere Waffe bei sich trug, ließ er ihn los und erhob sich. »Das ist die Wohnung von Sönke Fries.«

»Eben.« Der Fremde setzte sich auf, wischte sich Blut vom Kinn und kontrollierte den Rest seiner Zähne. »Das bin ich.«

»Ach, wirklich? Und warum verstecken Sie sich dann vor uns? Und wer ist das arme Schwein, das nackt und kalt auf einer Bahre in der Königlichen Anatomie liegt?«

Der Fremde setzte an zu lachen, doch als er erkannte, dass Schlesinger nicht spaßte, wurde seine Miene ernst. »Scheiße«, fluchte er. »Fries ist tot?«

»Wir stellen hier die Fragen«, erklärte Schlesinger. »Also noch einmal: Wer sind Sie? Und was tun Sie hier?«

Der Kerl betastete sein Gesicht und seufzte. »Ich …«, setzte er an, redete aber nicht weiter.

»Raus mit der Sprache!« Bruno stand auf und stemmte die Hände in die Hüfte. »Unsere Verhörräume und Gefängnisse sind randvoll mit rotem Gesindel. Wir sind froh, wenn du uns nicht auch noch an den Arschbacken klebst. Sag uns, was wir wissen wollen, dann lassen wir dich vielleicht laufen.«

»Und wenn nicht?«

»Einbruch, Widerstand gegen die Staatsgewalt, tätlicher Angriff auf zwei Polizisten …«, zählte Schlesinger auf. »Das könnte Sie einige Jahre hinter Gitter bringen.«

»Mein Name ist Anton Arndt«, gab der Kerl endlich seinen Widerstand auf. »Ich bin hier, um Hinweise zu finden und das Pack dranzukriegen.« Er rieb sich über die aufgeplatzte Oberlippe. »Aber die Wohnung ist sauber. Es ist nicht hier.«

Bruno verpasste Arndt einen Klaps auf den Hinterkopf. »Red gefälligst in zusammenhängenden Sätzen.« Er klatschte in die Hände, sodass Arndt zusammenzuckte. »Was für ein Pack? Was ist nicht hier?«

»Das Geld. Sönke Fries hat im Hinterzimmer des Café Keck als Croupier gearbeitet und dort dem Glück ein bisschen auf die Sprünge geholfen«, packte Arndt endlich aus. »Er und die Leute, für die er tätig war, sind schäbige Betrüger. Die ziehen ne ganz fiese Masche ab und haben meinen Chef Länge mal Breite ausgenommen.«

»Und Ihr Chef ist wer?«, fragte Schlesinger.

Anstatt zu antworten, fummelte Arndt an seiner Lippe herum.

Erneut verpasste Bruno ihm einen Klaps.

»Schulte. Gustav Schulte.«

Bruno stieß einen Pfiff aus. »Schulte besitzt mehrere Firmen, die Gummi und Textilien herstellen.«

»Ich weiß«, sagte Schlesinger. »Ich war in Afrika, nicht auf dem Mond.« Er wandte sich Arndt zu. »Was genau tun Sie für Herrn Schulte?«

»Ich bin so was wie sein Mädchen für alles.«

»Du übernimmst also die Drecksarbeit«, sagte Bruno. »Wie viel hat Fries ihm abgenommen?«

»Zehntausend.«

Schlesinger pfiff durch die Zähne. »Das ist ein kleines Vermögen, aber jemand wie Schulte kann so eine Summe doch wohl verschmerzen.«

»Die Summe schon, aber nicht die Schmach«, erklärte Arndt. »Schulte verliert nicht gern.«

»Interessant.« Schlesinger blickte zu Bruno. »Wir sollten dem Herrn dringend einen Besuch abstatten.«

Gustav Schultes Anwesen befand sich in einem der vornehmsten Viertel Berlins, in direkter Nachbarschaft zum Tiergarten.

»Eigentlich wäre längst Feierabend«, murrte Bruno, während die Kutsche durch die Abenddämmerung in Richtung Westen fuhr. »Meine Frau wird mir die Hölle heißmachen, wenn ich sie wieder mal mit den Kindern und deren niemals enden wollendem Geplärr allein lasse.«

Schlesinger zeigte sich wenig bis gar nicht beeindruckt. »Eine der wichtigsten Regeln der Jagd besagt, dass man einer Spur folgen muss, solange sie frisch ist.«

Bruno lehnte sich zurück und musterte ihn. Er wurde partout nicht schlau aus seinem neuen Chef. »Sind Sie denn nach der langen Rückreise aus Afrika gar nicht müde? Ist Ihnen in den dünnen Sachen nicht kalt? Haben Sie keinen Hunger?«

»Müdigkeit, Hunger und Kälte sind Regungen, derer man problemlos Herr wird, wenn man sie einem höheren Ziel unterordnet«, erklärte Schlesinger. »Stellen Sie sich vor, Sie verfolgen die Spur eines mächtigen Waldelefanten oder die eines übellaunigen Gorillamännchens. Sie schlagen sich tagelang durch den Busch, ertragen flutartige Regengüsse, Moskitos und Sandflöhe. Ihre Begleiter werden von Sumpffieber, Schlangen und anderem Übel dahingerafft, und dann, wenn die Beute endlich vor dem Lauf Ihrer Büchse erscheint, fühlen Sie sich müde, hungrig oder beginnen zu frieren.« Er sah Bruno auffordernd an. »Was dann?«

Sein Vortrag stieß auf taube Ohren. Bruno legte die Stirn in Falten und schüttelte den Kopf. »Warum zur Hölle tut man sich so was freiwillig an?«

»Warum tun Sie sich diesen Beruf an?«, stellte Schlesinger eine Gegenfrage.

»Das überlege ich mir auch oft. Zum Beispiel jetzt gerade.«

Noch bevor sie weiterdiskutieren konnten, blieb die Kutsche ganz in der Nähe des Landwehrkanals vor einer hell erleuchteten Villa stehen. Sie thronte auf einem Hügel innerhalb eines ummauerten Gartens, war von hohen, alten Ahornbäumen umgeben und erinnerte in ihrer Bauart an einen griechischen Tempel.

Bruno stieg aus und pfiff anerkennend durch die Zähne. »Laut Arndt lebt der alte Schulte hier ganz allein.« Er steckte sich ein Stück Kautabak in den Mund. »Dabei könnte man in der Hütte eine ganze Kompanie einquartieren«, raunte er. »Und ein paar Waldelefanten und Gorillas fänden auch noch Platz.«

Schlesingers Mundwinkel zuckten, und er betätigte die Klingel. Hundegebell ertönte von drinnen, gefolgt von eiligen Schritten. Die Tür ging auf, und ein Diener in Livree musterte sie mit strengem Blick.

»Wir kaufen nichts«, sagte er in abschätzigem Tonfall und war im Begriff, die Tür wieder zu schließen.

Doch Bruno war schneller. Er schob den Fuß in den Spalt und präsentierte seine Polizeiplakette. »Wir müssen Herrn Schulte sprechen.«

Der Diener zog eine Augenbraue hoch und spitzte die Lippen. »Das ist ganz und gar ausgeschlossen«, erklärte er. »Er diniert gerade.«

»Von mir aus kann er aufm Pott hocken.« Bruno schob den kleinen Mann beiseite und betrat die Eingangshalle. Wie angewurzelt blieb er stehen, als er die beiden Bulldoggen bemerkte, die hinter dem Diener lauerten. Sie hatten die Haare im Nacken aufgerichtet und die Zähne gefletscht.

Schlesinger, der ihm gefolgt war, zeigte sich wenig eingeschüchtert. Er fixierte die Hunde, starrte ihnen direkt in die Augen, dann stieß er einen leisen Pfiff aus und zeigte auf den Boden. »Sitz«, sagte er, woraufhin die Tiere gehorchten.

»Nicht schlecht«, murmelte Bruno. »Den Trick müssen Sie mir beizeiten beibringen.«

»Das ist kein Trick«, erklärte Schlesinger. »Das ist Dominanz.«

Der Diener sah wohl ein, dass er die beiden nicht so einfach loswerden würde. »Warten Sie hier.« Mit einem genervten Gesichtsausdruck eilte er, gefolgt von den beiden Hunden, davon, wobei seine Schritte von den marmorverkleideten Wänden hallten.

In der Zwischenzeit sahen sich die beiden Polizisten in der imposanten Vorhalle um. Sie wurde von einem Lüster erhellt, der so groß und strahlend war, dass der Sonnenkönig in Versailles seine helle Freude daran gehabt hätte. Die Säulen, die die Kuppel trugen, waren mit goldenen Ornamenten verziert, der Boden bestand aus einem floralen Mosaik.

»Schick«, murrte Bruno. »Sofern man übertriebenen Pomp mag.«

Wenige Augenblicke später kam der Diener zurück, dieses Mal ohne tierische Begleitung. »Sie haben fünf Minuten.« Er führte sie durch ein Billardzimmer, das mit üppigem barockem Mobiliar ausgestattet war, bis in einen großen Saal, in dem eine lange Tafel stand, an der gut und gerne zwanzig Personen Platz gefunden hätten. Der Tisch war festlich gedeckt, silberne Platten und Kelche glänzten im Licht, das eine Vielzahl von Kerzen spendete. Es duftete nach Braten und edlen Gewürzen.

Der Herr, der am Kopfende der Tafel thronte, hatte volles, streng nach hinten gekämmtes, graues Haar und einen mächtigen Schnurrbart. Er trug eine dunkelgrüne Strickweste über einem weißen Hemd mit gestärktem Kragen.

»Die Herren von der Polizei.« Der Diener machte einen Kratzfuß und verschwand.

Der unangekündigte Besuch der beiden Kriminalbeamten schien Herrn Schulte nicht aus der Fasson zu bringen. Seelenruhig kaute er auf einem Stück Rinderbraten und spülte es mit einem Schluck Rotwein aus einem Kristallkelch hinunter.

Schlesinger sah sich in dem Raum um, während Bruno sehnsüchtig auf das rosa gebratene Fleisch starrte, das in der Mitte der Tafel auf einer Platte angerichtet war.

Schließlich tupfte sich Schulte den Mund mit einer Serviette ab und blickte hoch. »Was führt Sie zu mir?«, fragte er ohne sichtbare Regung.

»Sönke Fries«, kam Schlesinger ohne Umschweife zur Sache.

»Sollte ich den Herrn kennen?« Schulte speiste ungerührt weiter und würdigte die Polizisten keines weiteren Blickes.

Brunos Magen knurrte. »Können wir uns die Spielchen vielleicht sparen?«, fragte er. »Sie wissen genau, von wem wir sprechen.« Er blickte zu seinem Vorgesetzten, der schweigend die Jagdtrophäen musterte, die hinter Schulte an der Wand hingen.

»Haben Sie die alle selbst erlegt?«, fragte Schlesinger und deutete auf die Wildschweinhäupter und Hirschgeweihe.

Das erste Mal seit ihrem Eintreffen zeigte Schulte eine Regung. Er schien empört. »Aber natürlich. Wo denken Sie hin? Es geziemt sich nicht, sich mit fremden Trophäen zu schmücken.«

»Ganz meine Rede.«

Schulte musterte ihn und schien ihn endlich wahrzunehmen. »Jagen Sie auch?«

Schlesinger lächelte. »Die Jagd ist meine größte Passion. Ich war früher häufig im Taunus, im Spessart und im Odenwald unterwegs, die vergangen drei Jahre dann in Loango.«

Schulte schien wie verwandelt. Seine Augen leuchteten, seine Mundwinkel wanderten nach oben, und seine Schultern entspannten sich. Er deutete auf den Platz neben sich und läutete ein silbernes Glöckchen, woraufhin sein Diener antrabte. »Noch zwei Gedecke«, wies er an. »Die Herren werden mir beim Abendessen Gesellschaft leisten. Sie haben doch Hunger?«

»Und wie.« Brunos Stimmung hellte auf. Während Schlesinger und Schulte über Fuchsflöten und Entenpfeifen fachsimpelten, schlug er sich den Bauch voll.

Zum Nachtisch wurden Apfelkuchen mit Schlagsahne und Cognac serviert. Schulte öffnete eine Zigarrenkiste und offerierte den Polizisten Habanos aus der Karibik.

Schlesinger kam nun auf den Grund ihrer Visite zurück. »Es ist auch heute die Jagd, die uns zu Ihnen führt. Wir verfolgen die Fährte eines Mörders. Die jenes Mannes, der Sönke Fries auf dem Gewissen hat.«

Dieses Mal leugnete Schulte nicht, Fries gekannt zu haben. Er nippte an seinem Cognac und lehnte sich zurück. »Ich kann nicht sagen, dass ich erstaunt wäre oder gar traurig. Dieser Fries hat mich schändlich betrogen.« Er wischte sich etwas von der Sahne aus dem Schnauzer. »Scheint, als wäre ich nicht der Einzige gewesen, der ein Hühnchen mit ihm zu rupfen hatte.«

»Was können Sie uns über ihn erzählen?«

Schulte zuckte mit den Schultern. »Nicht viel. Er war ein schmieriger kleiner Kerl mit flinken Fingern und wenig Skrupel. Vergangene Woche war ich im Café Keck zu Gast, um im Hinterzimmer Karten zu spielen. Er war dort als Croupier beschäftigt und hat mich beim Baccara abgezockt.« Er schnaubte. »Sie dürfen mich nicht falsch verstehen: Ich habe kein Problem damit, Geld zu verlieren. Ich kann es mir leisten. Aber ich hasse es, beschissen zu werden.«

»Ich weiß genau, was Sie meinen.« Bruno langte noch einmal beim Apfelkuchen zu.

»Wie kommen Sie auf den Gedanken, dass es sich um Betrug handelte und nicht einfach um eine Pechsträhne?«, fragte Schlesinger.

Schulte verschränkte die Arme vor dem Bauch. »Nachdem ich eine halbe Stunde lang nur verloren hatte, wurde ich misstrauisch. In der Folge kontrollierte ich unauffällig, ob die Spielkarten mit Schellack oder Nadelstichen markiert waren.«

»Und? Waren sie?«

Er schüttelte den Kopf. »Als meine Pechsträhne kein Ende finden wollte, war ich dennoch überzeugt, dass die Karten irgendwie gezinkt sein mussten. Ich habe mal gehört, dass Betrüger die Ränder mit Abdrücken von Fingernägeln markieren oder die Karten leicht biegen.«

Schlesinger und Bruno sahen ihn gespannt an.

Schulte schien die Aufmerksamkeit zu genießen. Er legte eine theatralische Pause ein. »Nichts«, sagte er schließlich.

»Und?«, fragte Bruno. »Was war es dann? Welchen neuen Kniff haben sich die Gauner ausgedacht?«

»Irgendwann ist mir dann aufgefallen, dass Fries nach dem Mischen die Karten länger als nötig in der Hand behalten hat und vor dem Abheben und Austeilen die Fingerspitzen über die Seitenränder gleiten ließ. Stellen Sie sich vor: Der Kerl hatte von den Zahlenkarten einen hauchdünnen Rand abgeschnitten. Auf diese Weise standen die Hofkarten seitwärts ein wenig über. Für das Auge unsichtbar, aber mit feinen, geübten Fingern durchaus fühlbar.«

Schlesinger nickte. »Bevor er im Café Keck arbeitete, hat er auf der Bühne der Räuberhöhle Kartentricks vorgeführt. Er war also geschickt.«

Bruno schenkte sich Cognac nach, und zwar nicht zu knapp. »Die meisten dieser Kerle können weder lesen noch schreiben, aber wenn es darum geht zu betrügen, sind sie schlauer als der Reichskanzler.«

»Fries merkte dann, dass ich ihm auf die Schliche gekommen war, und eh ich michs versah, machte er sich auf und davon.«

»Und Sie wollten sich dafür rächen.«

»Rache ist ein unschönes Wort.« Schulte legte den Kopf schief. »Sagen wir es so: Ich wollte andere davor bewahren, in dieselbe Falle zu tappen. Es gibt Menschen, die den Verlust von ein paar Tausend Kronen nicht so einfach verschmerzen können.«

»Sie haben also Herrn Arndt losgeschickt ...«, setzte Schlesinger an.

»Ahhhh.« Schulte nickte wissend. »Arndt. So sind Sie auf mich gekommen.« Er nippte am Cognac. »Arndt sollte mir das Geld zurückbringen, diesen Fries und seine Auftraggeber ausfindig machen und ihnen eine Abreibung verpassen. Offenbar ist ihm jemand zuvorgekommen.«

Bruno räusperte sich. »Es tut mir leid, aber ich muss Sie das fragen: Dieser Jemand ... das waren nicht zufällig Sie?«

Schulte blieb entspannt. »Sehe ich aus, als würde ich mir an so einem Wicht die Hände schmutzig machen? Dafür habe ich meine Leute.«

»Sie haben wahrscheinlich viel Personal. Haben Sie außer Arndt noch jemanden losgeschickt?«

»Nein. Arndt ist üblicherweise sehr effizient. Er hätte meinen Auftrag zu meiner vollsten Zufriedenheit ausgeführt, wenn nicht Sie dazwischengekommen wären.«

»Nicht wir.« Schlesinger erhob sich. »Ein Mörder.«

13

Die alte Uhr neben seinem Bett tickte blechern vor sich hin, so wie sie es Tag für Tag und Nacht für Nacht tat. Christian Kamerling starrte schwermütig in seine Kleidertruhe. Auszusuchen, was er einpacken und was zurücklassen sollte, fiel ihm schwer. Auf seiner Flucht konnte er nur so viel mitnehmen, wie er zu tragen vermochte.

Nach langem Hin und Her entschied er sich für eine robuste Samthose, je ein Leinen- und ein Baumwollhemd. Dazu eine warme Strickweste, Unterwäsche und Socken. Eilig stopfte er alles gemeinsam mit seinem Kopfkissen und einer Wolldecke in seinen Seesack und warf noch ein Rasiermesser, ein Stück Seife und seine abgewetzte Melone obendrauf.

Obwohl es kalt war, stand ihm der Schweiß auf der Stirn. Hektisch wischte er sich übers Gesicht und zuckte vor Schmerz zusammen, als er den Verband berührte, den er sich mehr schlecht als recht um die Stirn gewickelt hatte.

Bei dem Gedanken an die Ereignisse von heute Morgen stockte ihm der Atem und er wurde von Reue und Selbstvorwürfen übermannt. Ach, wäre er nach dem Überfall in der Krypta doch nur nach Hause gegangen. Warum musste er denn unbedingt den Spuren folgen, obwohl er ein schlechtes Gefühl dabei verspürt hatte? Warum hatte er nicht auf seinen Instinkt vertraut?

Er hatte von Anfang an geahnt, dass er sich in schreckliche Gefahr begab und dass am Ende etwas Furchtbares auf ihn warten würde. Trotz aller inneren Widerstände hatte er die Sache durchgezogen und am Ende den größten Fehler von allen begangen und hinter die Mauer geschaut.

Dort hatte ein Anblick auf ihn gewartet, der ihn bis in alle Ewigkeit verfolgen würde. Wann immer er die Augen schloss, tauchten blutverschmierte Hände auf ... ein aufgeschlitzter Hals ... der Blick des Mörders.

Er musste so schnell es nur ging von hier verschwinden.

Musste sich verstecken.

Er würde nach Pirna gehen, zu seiner Großmutter, die zweihundert Kilometer südlich von Berlin einen kleinen Bauernhof besaß. Sie konnte seine Hilfe mit den Schweinen und den Apfelhainen brauchen und er den Unterschlupf. Dort, in der Sächsischen Schweiz, wäre er in Sicherheit, zumindest fürs Erste.

Draußen im Hof waren Schritte zu vernehmen. Stammten sie von einem der Nachbarn? Oder von jenem Mann, den er heute beim Ausüben seiner unsäglichen Tat erwischt hatte?

Kamerling wollte sein Glück nicht noch einmal herausfordern. Schnell warf er sich den Seesack über die Schulter, griff nach seinem Werkzeugkoffer und eilte flugs zur Hintertür. Er stellte sicher, dass die Luft rein war, und huschte hinaus auf die menschenleere Straße.

Am liebsten wollte er sofort zum Anhalter Bahnhof gehen und sich aus dem Staub machen, doch es gab ein Problem: Er benötigte Geld für die Fahrkarte und den Neustart. Alles zusammen würde das mehr kosten, als er besaß. Außerdem gab es noch jemanden, dem er unbedingt Lebewohl sagen wollte.

Er schlug also die entgegengesetzte Richtung ein und stapfte voller Angst und Wehmut durch die anbrechende Dämmerung.

14

»Glaubst du, dass Lugowski etwas mit der Sache zu schaffen hat?«, fragte Mathilde, während sie sich auf den Weg zu Christian Kamerlings Schlosserwerkstatt begaben, deren Adresse sie von Mo erfahren hatten.

Blom überlegte kurz und schüttelte den Kopf. »Eigentlich nicht. Arthur und seine Leute sind typische Berliner Ganoven. Zwar mit allen Wassern gewaschen und wahrlich nicht zimperlich, aber abergläubisch hoch zehn. Die wechseln beim Anblick einer schwarzen Katze glatt die Straßenseite. Nie im Leben würden die ein Ding drehen, das mit einem Einbruch in eine Kirche oder gar der Öffnung eines Sargs zu tun hat.« Er schlug den Kragen seines Mantels hoch. »Dieser Kamerling war Arthurs neuer Tantelmacher, nicht mehr und nicht weniger.«

Schweigend gingen sie weiter, bis Mathilde Blom auf dem Opernhausplatz plötzlich am Ärmel zupfte. »Schau nur.«

Blom, der völlig in Gedanken versunken gewesen war, schreckte auf. »Was ist?«

Sie deutete auf ein mächtiges Gebäude mit zwei vorspringenden Flügeln, das von der Straße durch ein hohes Eisengitter getrennt war. »Die Universität.«

Blom verstand nicht. »Ja, und?«

Mathilde lenkte seine Aufmerksamkeit auf eine Reihe von Fenstern im Erdgeschoss. »Da brennt Licht. Ist das nicht sonderbar – an einem Samstagabend?«

Blom hielt inne und beobachtete, wie eine Kutsche vorfuhr, ein älterer Herr mit Spitzbart und Zylinder ausstieg und auf den Eingang zusteuerte. »Scheint, als würde heute Abend eine Veranstaltung stattfinden.« Er überquerte den Platz und folgte dem Mann. »Eduard Rohland hat früher hier gearbeitet. Wer weiß, vielleicht bietet sich eine Gelegenheit, mehr über ihn herauszufinden. Seine Schwägerin und seine Freunde behaupten, er sei ein netter alter Herr gewesen, aber vielleicht hatte er auch eine dunkle Seite. Wenn es bei dem Einbruch nicht um Geld oder Wertsachen ging, muss etwas anderes hinter der Sache stecken. Rache vielleicht oder Zorn.«

Mathilde antwortete nicht, stattdessen blickte sie missmutig auf die goldenen Buchstaben, die das Gebäude zierten. »Universitati litterarieae«, las sie vor. »Mir hat mal jemand erzählt, dass das so was Ähnliches heißen soll wie *Dem gesamten Wissen geweiht.*«

Blom legte den Kopf schief. »Und? Wo liegt das Problem? Warum schaust du so grimmig.«

»Wissen ist Macht. Und wem steht es zur Verfügung? Reichen Männern. Alle anderen werden ausgeschlossen.«

Blom musste zugeben, dass sie damit recht hatte. Menschen aus der Unterschicht und Frauen war der Zugang zu höherer Bildung verschlossen.

Sie betraten das geräumige Hauptvestibül, von dem aus zwei Steintreppen zu den oberen Geschossen führten. In der Aula hatte sich eine Vielzahl elegant gekleideter älterer Herren versammelt. Die meisten trugen Zylinder, Schnurrbart und Koteletten sowie Fliege und Glacéhandschuhe. Mathilde stach heraus wie ein Paradiesvogel aus einem Meer von Raben.

»*70 Jahre Friedrich-Wilhelms-Universität zu Berlin*«, las Blom ein Banner vor, das über die Balustrade im ersten Stock gespannt war.

»Sieh nur, wie schön und erhaben hier alles ist.« Mathilde sah sich um. »Ich habe mir früher oft vorgestellt, wie es wäre, wenn ich hier studieren könnte. Du nicht?«

Blom schüttelte den Kopf. »Nicht wirklich. Ich fand das, was ich bei Arthur gelernt habe, immer sehr aufregend. Spannender als alles, was in irgendwelchen verstaubten Schriften stehen könnte.«

»Ach, Felix, wenn du nur wüsstest, welche Welten in Büchern verborgen sind.« Mathilde blickte verträumt in die Luft. »Und welche Chancen. Stell dir nur vor: In den Vereinigten Staaten dürfen Frauen Rechtsanwältinnen werden.«

»Habt ihr das gehört?«, fragte eine sonore Stimme hinter ihnen. »Das Fräulein würde gerne studieren. Advokatin wäre sie gern.«

Unverhohlenes Gelächter brach aus und hallte durch die Aula.

Mathilde schnellte herum und warf den Männern feindselige Blicke zu. »Warum nicht?«

»Fräulein, hören Sie, es gibt mannigfache Gründe, warum Frauen nicht für ein Studium und eine universitäre Laufbahn geeignet sind«, erklärte ein groß gewachsener Herr mit ernstem Gesicht. »Ihre Emotionalität steht einer klaren und rationalen Denkweise im Weg, weiters ist es allgemein bekannt, dass Frauen ein kleineres Gehirn als Männer haben und infolgedessen auch über geringere Intelligenz verfügen. Zerebrale Unterkapazität nennt man das.«

Mathilde stieg Zornesröte ins Gesicht.

»Wir sind auf der Suche nach jemandem, der Professor Rohland kannte«, ging Blom dazwischen, bevor Mathilde dem Herrn an die Gurgel springen konnte. »Eduard Rohland.«

»Rohland.« Der Mann runzelte die Stirn. »Der Name kommt mir bekannt vor.«

»Er hat früher in der Abteilung für Archäologie gearbeitet.«

»Abteilung«, lachte einer abfällig. »Sie meinen wohl das Institut.«

Blom presste die Lippen aufeinander. Am liebsten hätte er den arroganten Schnöseln ordentlich die Meinung gegeigt, aber er war beruflich hier und durfte kein Aufsehen erregen. Er dachte an Auguste und daran, wie viel auf dem Spiel stand, und setzte ein gekünsteltes Lächeln auf. »Kannten Sie ihn nun oder nicht?«

»Ich denke nicht.«

Blom schnaubte und drehte sich um.

»Lernen Sie lieber Kochen und Klavierspielen«, hörte er einen der Männer hinter sich zu Mathilde sagen. »Sie sind nicht hässlich und könnten eine passable Ehefrau abgeben.«

Blom fasste Mathilde am Arm und zog sie zur Seite. »Die Kerle sind es nicht wert«, zischte er.

»Verzeihen Sie«, sagte ein kleiner Herr mit rotem Gesicht. »Ich kam nicht umhin, die Unterhaltung mitzuhören. Ich muss mich für Herrn Dr. Dorn entschuldigen. Nehmen Sie's bitte nicht persönlich«, sagte er zu Mathilde.

Sie schnaubte. »Wie soll ich es denn sonst nehmen?«

Er ging nicht darauf ein. »Ich kannte Herrn Rohland gut. Ich habe bei ihm studiert und ihn häufig zu Ausgrabungen im gesamten Mittelmeerraum begleitet. Bitte, folgen Sie mir.« Er deutete auf eine Gruppe von Männern. »Das sind weitere Kollegen.« Er organisierte ein Glas Rotwein für Mathilde, indem er einem Kellner mit den Fingern zuschnippte.

»Würden Sie uns ein paar Auskünfte zu Herrn Rohland geben?« Mathilde hielt ihm eine Visitenkarte der Detektei Voss vor die Nase. »Jemand hat sein Grab geschändet. Seine Schwägerin, Frau Thiele, hat uns engagiert herauszufinden, wer und was dahintersteckt.«

»Um Gottes willen.« Der kleine Herr, der sich als Karlheinz Curtius vorstellte, schien ehrlich bestürzt.

»Die Familie und Freunde von Herrn Rohland können sich den Vorfall nicht erklären. Wir fragen uns, ob er vielleicht in beruflichen Belangen angefeindet wurde. Fällt Ihnen da vielleicht jemand ein?«

»Aber nein.« Curtius schüttelte den Kopf. »Professor Rohland war ein überaus freundlicher und geschätzter Kollege. Nachdem er sich vor drei Jahren die Hüfte gebrochen hat, war er leider bettlägerig, davor war er aber ein geschätztes Mitglied der akademischen Gesellschaft.«

»So ist es«, stimmte ein älterer Herr zu. »Er hatte sich voll und ganz der Wissenschaft verschrieben, nie kam ihm ein böses Wort über die Lippen.«

»Das ist nicht ganz korrekt«, warf ein Dritter ein.

Blom wurde hellhörig.

»Rohland war ein vehementer Kritiker von Heinrich Schliemann.«

»Völlig zu Recht«, erklärte ein weiterer Mann. »Welcher ernst zu nehmende Wissenschaftler hat denn kein Problem mit dem Banausen? Schliemanns Methoden sind absolut fragwürdig«, schimpfte er. »Seine Art auszugraben ist brachial, und seine Form der Dokumentation entbehrt jeglicher Seriosität. Er ist ein Fatzke und Wichtigtuer.«

»Das mag schon sein, aber es lässt sich nicht leugnen, dass er das Interesse des Volkes für die Wissenschaft weckt. Selten war Archäologie so populär wie heute.«

»Ist dieser Herr Schliemann heute hier?«, fragte Blom.

»Nein, er befindet sich, so wie meistens, in Troja.«

»Es ist nicht Troja, sondern nur ein Ort, den er dafür hält«, brachte sich ein weiterer Herr in die Diskussion ein. »Schliemann interpretiert die *Ilias* völlig falsch.«

Eine lebhafte Diskussion entbrannte, von der Blom nicht das Geringste verstand. »Verzeihung«, ging er schließlich dazwischen. »Troja ... Meinen Sie damit diesen neuen Klub in der Dorotheenstraße?«

Die Diskussion verstummte. Die Männer starrten ihn an, als würden sie auf die Pointe eines Witzes warten.

»Sie kennen aber schon die *Ilias*, oder?«, fragte einer.

Blom blickte hilfesuchend zu Mathilde.

»Ich glaube, das ist irgendein Buch«, flüsterte sie ihm zu.

»Nicht irgendein Buch. Es handelt sich um Weltliteratur. Sie müssen es unbedingt lesen«, erklärte Curtius. »Sie können viel daraus lernen. Über die Menschen und die Welt, über die Vergangenheit und somit auch über die Zukunft.« Er deutete auf eine hohe Holztür zu seiner Linken, die mit Goldintarsien geschmückt war. »Die Universitätsbibliothek hat es bestimmt in mehrfacher Ausführung.«

Mathilde seufzte.

Curtius sah sie an. »Ach ja. Frauen dürfen ja keine Bücher entlehnen.« Er musterte Mathilde. »Es geht um einen Ort in der Türkei«, erklärte er. »Man nimmt an, dass sich dort einst eine Stadt namens Troja befand, die Schauplatz von Homers *Ilias* war. Einige der größten Helden der griechischen Antike trafen dort im Kampf aufeinander.«

»Das klingt spannend.«

»Das ist es in der Tat.« Curtius nippte an seinem Glas. »Herr Schliemann ist seit einigen Wochen vor Ort, um seine Ausgrabungen fortzuführen.«

»Schade«, murmelte Blom. »Und abgesehen von diesem Schliemann gab es niemanden, mit dem Herr Rohland über Kreuz war?«

»Nein. Tut mir leid. Rohland war, wie bereits erwähnt, ein freundlicher Herr. Haben Sie schon mal überlegt, ob es sich vielleicht um eine Verwechslung handeln könnte? Eventuell hat der Täter sich einfach in der Gruft geirrt.«

Da ihnen keine weiteren Fragen einfielen, bedankten sich Blom und Mathilde und verließen die Universität. Auf der Vordertreppe blieben sie stehen.

»Herr Rohland scheint tatsächlich ein angenehmer Zeitgenosse gewesen zu sein. Glaubst du, an Herrn Curtius' Theorie könnte etwas dran sein?«, fragte Mathilde. »Dass der Täter sich einfach in der Tür geirrt hat?«

Blom schüttelte den Kopf. »Die Tarnung als Mitarbeiter des Bauamts, die hochwertigen Tantel … Der Einbruch in die Krypta war durchdacht und von langer Hand geplant. So was scheitert nicht an einer simplen Verwechslung. Lass uns diesen Kamerling aufsuchen. Wahrscheinlich ist er der Schlüssel zu allem.« Blom konnte sich angesichts dieses Wortspiels ein Lächeln nicht verkneifen.

Hinter ihnen waren plötzlich Schritte zu hören. »Warten Sie«, rief Curtius völlig außer Atem. »Hier.« Mit einer feierlichen Geste überreichte er Mathilde ein Buch. Es wirkte verblichen und abgegriffen, manche Seiten hatten Eselsohren. »Bitte sehr. Die *Ilias*. Ich wusste doch, dass ich noch eine Ausgabe in meinem Büro liegen hatte.«

»Für mich?«

Er nickte. »Eines Tages werden schlaue und wissbegierige Frauen wie Sie bestimmt auch zum Studium zugelassen werden. Dessen bin ich mir sicher. Bis dahin müssen Bücher Ihre Lehrer sein.«

»Wahrscheinlich liegt dieser Tag noch in weiter Ferne. Trotzdem danke.« Mathilde hauchte ihm ein Küsschen auf die Wange, dann drehte sie sich wieder um. Dabei blieb ihr Blick auf einer Gruppe von Männern hängen, die gerade aus einer Kutsche gestiegen waren und in Richtung Universität schritten.

»Alles in Ordnung?«, fragte Blom, dem auffiel, dass sie ganz blass geworden war.

Mathilde wandte das Gesicht ab, presste sich das Buch gegen die Brust und zog die Kapuze ihres Umhangs über den Kopf. »Gehen wir.«

»Vor wem verbirgst du dich?« Blom betrachtete die Männer.

Mathilde eilte in Richtung Opernhausplatz. »Ich verberge mich nicht«, sagte sie mit bebender Stimme. »Mir ist nur kalt, und die Kapuze habe ich zum Schutz vor dem Schnee übergezogen.«

Blom blickte in den Himmel. »Aber es schneit doch gar nicht.«

Mathilde warf ihm einen zornigen Blick zu, und er wusste, dass es klüger war, den Mund zu halten.

Zumindest fürs Erste.

15

Schweigend fuhren Schlesinger und Bruno am Tiergarten entlang, über die Behrenstraße ins Stadtzentrum, wo die Kutsche vor der sogenannten Kaisergalerie zum Stehen kam. Diese war sechs Jahre zuvor anlässlich des Geburtstags Seiner Majestät Kaiser Wilhelm eingeweiht worden. Die hundertdreißig Meter lange, dreistöckige Passage wurde von einem gewölbten Glasdach überspannt, das auf prunkvoll gestalteten Mauern aus Sandstein und Terrakotta ruhte. Der Durchgang führte von der Friedrichstraße in gebrochener Linie zum Prachtboulevard Unter den Linden und beherbergte eine Vielzahl von Restaurants, Büros und Cafés, die sich wie Perlen einer Kette aneinanderreihten. Auch Attraktionen wie ein Konzertsaal und ein Wachsfigurenkabinett hatten hier ein Zuhause gefunden.

Als sie aus der Kutsche stiegen, torkelte ihnen ein betrunkener, schlampig gekleideter Mann entgegen, der nach Schnaps und Schweiß stank. »*An Vagabunden, schlechten Musikanten; an saurem Bier und toten Spekulanten*«, sang er mit krächzender Stimme. »*An Liebesunglück, bösen Schwiegermüttern; an Frost und Dürre, tobenden Gewittern.*« Er blieb stehen, rülpste laut und hielt sich an der Hausmauer fest. »*An allem ist nur schuld ein einz'ger Mann; Bismarck, der alles Böse will und kann.*«

Bruno schenkte ihm keine Beachtung, stattdessen wandte er seine Aufmerksamkeit auf einen Punkt, der im Hintergrund des Mannes immer größer wurde. »Felix Blom«, sagte er abschätzig, stellte sich breitbeinig in den Weg und musterte ihn und Mathilde mit bösem Blick. »Wohin des Weges?«

Blom seufzte. »Wir arbeiten an einem Fall.«

»Ach, und dieser Fall verlangt nach solch feinem Zwirn?« Bruno fasste an Bloms gestärkten Kragen und rieb den edlen Stoff zwischen den Fingern. »Was führen Sie im Schilde?«

»Nichts. Ist es neuerdings verboten, sich schnieke anzuziehen?« Blom trat einen Schritt zurück. »Wie oft soll ich es Ihnen noch erklären? Ich drehe keine krummen Dinger mehr. Ich bin so sauber wie mein Hemd.« Er stellte sich vor die Wand neben den Eingang zur Passage, die mit bunten, schreienden Plakaten beklebt war, sie warben für Zahnpulver, Feigenkaffee und eine Ausstellung in der Nationalgalerie. Theatralisch breitete er die Arme aus. »Wollen Sie mich filzen? Nur zu.«

Bruno schenkte ihm einen mürrischen Blick. »Ich hab Sie im Auge, Blom«, rief er, bevor er ausspuckte, Schlesinger zunickte und gemeinsam mit ihm die Passage betrat.

»Wer war das?«, fragte Schlesinger.

»Felix Blom, in Polizeikreisen besser bekannt als der Schatten von Berlin.« Bruno machte keinen Hehl aus seiner Abneigung. »Der Kerl ist der gerissenste Einbrecher, den die Stadt je gesehen hat.«

Schlesinger zog die Augenbrauen hoch. »Erzählen Sie mir mehr über ihn.«

»Ich versuch's kurz zu machen: In der Gosse geboren, hat sich hochgegaunert bis in die höchsten Kreise, wurde verhaftet und weggesperrt und arbeitet seit seiner Freilassung als Schnüffler. Aber glauben Sie mir, der Kerl wird nicht lange sauber bleiben. Einmal Gauner, immer Gauner.«

Schlesinger nickte. »Da stimme ich Ihnen zu. Wir sind, wer wir sind. Es ist unmöglich, seine wahre Natur dauerhaft zu verleugnen.«

Bruno nickte. »Deshalb will ich ihn hinter Gittern sehen. Besser heute als morgen.«

»Sobald wir den Mörder gefasst haben, kümmern wir uns um ihn.«

Sie gingen an großen, glänzenden Auslagen vorbei, in denen Nippes, Reiseandenken und allerhand luxuriös verpackte Süßigkeiten lockten, stiegen über eine Treppe in den ersten Stock und blieben vor einem hell erleuchteten Lokal stehen, an dessen Fensterscheiben viele kleine Schilder verschiedenste Leckerbissen anpriesen: Lammfrikassee, Pottwurst mit Linsen, Kohlrouladen und Grünen Hering.

Das Innere des Café Keck war sauber und wirkte wie ein einfaches bürgerliches Lokal mit weißen Tischdecken und Kaiserbüsten. Mehrere wohlgenährte Herren aßen Koteletts und tranken Moselwein. Hinten im Raum spielten ein paar junge Männer Billard.

Ein schwarzhaariger Mann mit einem knochigen Gesicht, breitem Kinn und dunklen, tief liegenden Augen trat auf sie zu. Er war elegant gekleidet, sein Haar, das von zu viel Frisiercreme speckig glänzte, war streng nach hinten gekämmt, der breite Schnurrbart gezwirbelt. Mit einer schwungvollen Geste deutete er auf einen Tisch. »Bitte sehr, meine Herren. Ich lasse Ihnen umgehend die Karte bringen.«

»Nicht nötig! Wir wissen bereits, was wir wollen«, erklärte Bruno. »Wir sind auf der Suche nach Amüsemang.«

Der Angestellte musterte sie.

»Mein Chef hier«, Bruno deutete auf Schlesinger, »der kommt frisch aus Afrika. Er hat dort gute Geschäfte gemacht«, log er.

»Afrika …« Der Mann rieb sich das Kinn.

»Loango«, erklärte Schlesinger. »Afrikanische Handelsvereinigung. Hab mit Palmöl, Kautschuk und Elfenbein gehandelt.«

»Ein Vermögen gemacht«, fügte Bruno hinzu.

Der Angestellte ließ den Blick über Schlesingers braun gebranntes Gesicht und die Narbe am Hals wandern. Was er sah, schien ihm zu gefallen. Ein Lächeln umspielte seine Lippen, und er stellte sich als Josef Osche vor. »Nun denn. Willkommen in Berlin. Willkommen im Café Keck.«

Sie folgten Osche in ein geräumiges leeres Hinterzimmer und sahen sich etwas verloren um.

»Man sagt, die Hurerei wäre das älteste Gewerbe der Welt«, erklärte Osche. »Aber das stimmt nicht. Es ist das Spiel.« Er trat zur Wand und öffnete eine Tapetentür. Dahinter befand sich ein Raum, in dem zahlreiche Männer an breiten Tischen saßen. »Viel Vergnügen, die Herren. Möge Fortuna Ihnen gewogen sein.«

Sie sahen sich um. An einem der Tische wurde Rot und Schwarz gezockt, an einem anderen gewürfelt. Sie setzten sich an einen Tisch, an dem Baccara gespielt wurde.

Sofort kam eine hübsche Blondine mit schulterlangen Haaren und reichte ihnen zwei gut gefüllte Cognacschwenker.

»Wir haben nichts bestellt«, sagte Bruno.

»Schon gut. Der geht aufs Haus.« Sie lächelte und tänzelte davon.

»Klassiker«, flüsterte Schlesinger. Er tat, als würde er trinken, kippte den Weinbrand aber unauffällig unter den Sessel. »Die wollen uns abfüllen. Solange wir halbwegs nüchtern sind, wird uns das Glück hold bleiben. Sobald sie aber denken, wir wären besoffen, tauschen sie die Karten aus, und die Abzocke geht los.« Er warf Bruno, der gerade sein Glas zum Mund geführt hatte, einen strengen Blick zu.

Mit einem leisen Seufzen tat er es seinem Chef gleich und goss das Getränk weg. »Das war gar kein so übler Tropfen.« Bruno schob die Unterlippe nach oben.

Der Croupier teilte ihnen ihre Karten zu, das kesse Blondchen tauchte wieder auf und schenkte nach.

Es war, wie Schlesinger prophezeit hatte. Sie spielten und gewannen, die Blondine kam und ging, der Cognacvorrat schien kein Ende zu nehmen. Als sie begannen, einen auf betrunken zu machen, fand ihre Glückssträhne plötzlich ein Ende.

»Er tut es auf die Art, die Schulte beschrieben hat«, flüsterte Bruno. »Die Karten sind am Rand hauchdünn beschnitten.«

Schlesinger nickte. »Bereit, die Bude aufzumischen?«

»Und wie.« Bruno erhob sich ruckartig, sein Sessel kippte mit einem lauten Rumms nach hinten und er richtete sich zu seiner vollen Größe auf. »Betrug!«, brüllte er.

Das Gemurmel an den umliegenden Tischen verstummte, alle Anwesenden drehten sich erschrocken und verunsichert zu ihnen um.

Augenblicklich kam Osche angerannt. »Was ist los?«

»Die Karten sind gezinkt«, erklärte Schlesinger.

Osche setzte ein gequältes Lächeln auf. »Alles gut«, verkündete er den anderen Gästen. »Es war nur ein Missverständnis.« Er wandte sich wieder Schlesinger und Bruno zu. »Was soll der Aufstand?«, zischte er.

Schlesinger hielt ihm die Karten unter die Nase. »Sie sind am Rand beschnitten. Wir wollen mit Ihrem Chef reden.«

Osche wurde kreidebleich. »Ich bin der Chef.« Er versuchte, ihnen die Karten aus der Hand zu nehmen, doch Schlesinger steckte sie ein.

»Bring uns zu deinem Boss. Oder sollen wir lauter werden und den anderen Herrschaften von euren fiesen Tricks erzählen?«

Osche sah sich um. Ringsum kam Unruhe auf. »Folgen Sie mir.«

Noch ehe der Croupier wusste, wie ihm geschah, schnappte sich Bruno die Geldscheine, die auf dem Tisch lagen, und stopfte sie in seine Hosentasche.

Sie folgten Osche in den Gastraum und von dort in ein Büro, in dem ein Mann an einem schweren Schreibtisch aus dunklem Nussbaumholz saß. Das Erste, was auffiel, war der Umstand, dass ihm das rechte Ohr fehlte. Er war glatt rasiert, gut genährt und damit beschäftigt, Teppich- und Tapetenmuster zu studieren, die neben einem Grundrissplan lagen. Dabei wirkte er selbstgefällig und zufrieden, fast schon verträumt.

Osche räusperte sich. »Chef?«

Der Mann blickte hoch. Als er Schlesinger und Bruno sah, verdüsterte sich seine Miene. »Was ist los? Wer ist die Mischpoke?«

»Sie sind Raik Hartmann.« Bruno tippte mit zwei Fingern an sein Ohr.

»Kennen wir uns?«

»Nicht persönlich, aber ich hab Ihre Visage im Verbrecheralbum gesehen. Ihre Liste an Vergehen ist ellenlang. Sieht aus, als könnten wir sie um Falschspiel und Betrug ergänzen.«

Hartmann lief rot an. »Polente?«, zischte er Osche zu. »Du schleppst mir die Polente ein wie Sackläuse?«

Osches blasses Gesicht wurde grau. »Ich … ich wusste nicht …«, stammelte er und trat einen Schritt zurück.

Schlesinger pfefferte die gezinkten Karten auf Hartmanns Teppichmuster. »Interessante Form der Abzocke.«

Hartmann nahm die Karten und tat, als würde er sie genau studieren.

»Nehmen Sie die Ränder unter die Lupe«, wies Schlesinger an.

Hartmann tat, als würde er den Betrug erst jetzt erkennen. »Potzblitz«, rief er und riss gekünstelt die Augen auf. »Der Croupier! Das hat der Schweinepriester ohne unser Wissen getan. Ein Einzelfall. Wir kümmern uns darum.«

»Sie sind ein lausiger Schauspieler«, brummte Bruno.

»Und von wegen Einzelfall«, fügte Schlesinger hinzu. »Sönke Fries hat genau denselben Trick abgezogen.«

»Sönke wer?« Hartmann runzelte die Stirn.

»Sie wissen genau, von wem wir reden. Er hat hier gearbeitet und den Leuten das Geld aus der Tasche gezogen. Leuten wie Gustav Schulte. Es ist offensichtlich, dass Sie diese Masche hier im großen Stil abziehen.«

Hartmann wandte sich an Osche. »Lass nach dem Anwalt schicken. Sofort.«

»Nicht nötig«, sagte Schlesinger. »Wir sind nicht vom Betrugsdezernat, sondern von der Mordkommission. Wenn Sie kooperieren, können wir – zumindest vorübergehend – ein Auge zudrücken.«

Hartmann brauchte ein paar Momente, um alles sickern zu lassen. Nur das monotone Ticken einer großen Standuhr war zu hören. »Fries ist tot?« Er warf Osche einen vielsagenden Blick zu. »Erzählen Sie uns alles«, forderte er. »Was ist passiert?«

»Sie verstehen da etwas falsch.« Schlesinger zog einen Sessel heran und setzte sich. »Wir sind es, die hier die Fragen stellen. Ihr Part beschränkt sich darauf, Antworten zu geben.« Betont langsam fuhr er mit den Fingern über die bunten Teppichmuster auf Hartmanns Schreibtisch.

»Edel«, murmelte er. »Wie lange hat Fries für Sie gearbeitet?«

Hartmann zuckte mit den Schultern. »Seit November, wenn ich mich recht erinnere. Vielleicht war es auch Dezember. Er war davor in irgendeinem Tingel-Tangel beschäftigt. Im ...« Er schnippte mit den Fingern und sah zu Osche.

»In der Räuberhöhle. Er hat dort gezaubert und gekellnert und dafür lediglich einen Hungerlohn kassiert. Eines Tages stand er hier auf der Matte und hat um Arbeit gebeten.« Osche zuckte mit den Schultern. »Er war fingerfertig und ehrgeizig. Und er war zuverlässig. Bis ...« Er presste die Lippen aufeinander. »Bis er heute nicht zur Arbeit erschienen ist.«

»Könnte ihm außer Schulte noch jemand auf die Schliche gekommen sein?«

»Ich denke nicht.« Osche schüttelte den Kopf. »Fries war geschickt. Keiner außer Schulte hat je etwas mitbekommen.«

»Wo haben Sie die vergangene Nacht verbracht?«

»Hier«, sagte Hartmann.

Schlesinger wandte sich an Osche. »Und Sie?«

»Ich auch.«

»Kann das jemand bestätigen?«

»Hol Lisbeth und die anderen«, wies Hartmann an.

Osche verschwand und tauchte kurz darauf mit dem Blondchen aus dem Spielzimmer wieder auf, drei weitere Mädchen hatte er im Schlepptau. Sie waren allesamt aufreizend gekleidet und geschminkt und sahen drein, als könnten sie kein Wässerchen trüben.

»Mädels«, sagte Hartmann. »Die Herren hier wollen wissen, wie Josef und ich die vergangene Nacht zugebracht haben.«

Die Mädchen sahen einander an und begannen zu kichern. »Sollen wir das wirklich erzählen?«

»Keine pikanten Details. Aber ihr könnt bestätigen, dass wir die ganze Nacht mit euch zusammen waren.«

Sie nickten, und auf ein Zeichen von Osche hin verschwanden sie wieder.

»Was fällt Ihnen zum Thema Zungenkrawatte ein?«, fragte Bruno.

»Eine Zungenkrawatte? Was soll das denn sein?«

Schlesinger erklärte es ihm, ohne die grausamen Details auszusparen.

Das schien sogar den abgebrühten Hartmann zu erschüttern. Er riss die Augen auf, beugte sich nach vorn und verschränkte die Arme. »Das wurde Fries angetan? Herr im Himmel!«

»Sie haben also wirklich keine Ahnung, wer der Krawattenbinder sein könnte?«

Hartmann schüttelte den Kopf. »Fries war ein Schlitzohr, aber auch eine gute Haut. Alle hier mochten ihn. Wir würden es Ihnen sagen, wenn wir was wüssten.« Es klang ehrlich. So ehrlich es aus einem Mund wie dem von Hartmann klingen konnte.

Bruno und Schlesinger sahen einander an. »Sie halten sich zu unserer Verfügung«, sagte Schlesinger im Befehlston und schritt zur Tür.

Bruno folgte ihm. »Und keine gezinkten Karten mehr, sonst schicken wir die Kollegen vom Betrugsdezernat.«

Schlesinger blieb in der Tür stehen, drehte sich noch einmal um und deutete auf den Schreibtisch. »Was planen Sie denn da eigentlich? Steht ein Umzug an?«

Hartmann blickte erneut auf den Grundrissplan und die Textilmuster. Dieses Mal war seine Miene nicht mehr so unbekümmert und verträumt. Dieses Mal schien er besorgt. »Krolls Etablissement steht zum Verkauf«, sagte er. »Ich werde wohl zuschlagen und einen Amüsierpalast eröffnen, der seinesgleichen sucht. Er wird sogar das Casino in Monte Carlo und den Crockfords Club in den Schatten stellen.«

»Na wunderbar«, murrte Bruno. »Noch mehr Glückspiel und noch mehr Hurerei. Genau das, was Berlin fehlt.« Mit einem lauten Knall ließ er die Tür hinter sich ins Schloss fallen.

***

Raik Hartmann hielt seinen Zorn so lange zurück, bis er sicher war, dass die beiden Polizisten sein Reich verlassen hatten. Erst jetzt ließ er seiner Wut freien Lauf. Erst schlug er mit der Faust auf den Tisch, dann fegte er die Tapeten- und Teppichmuster mit einer ausladenden Handbewegung auf den Boden und wandte sich schließlich mit stechendem Blick an Osche. »Fries … tot … Verdammt noch mal!«, fluchte er lautstark. »Wie zur Hölle konnte das passieren?«

»Ich weiß nicht, Chef, aber ich find's heraus.« Osche hatte rote Flecken im Gesicht bekommen, die sich bis auf seinen Hals ausbreiteten.

Hartmann rieb über die Narbe hinter der Schläfe, wo sich einst sein Ohr befunden hatte. Sein Zorn ebbte langsam ab, und seine Atmung normalisierte sich. Mit einem Seufzer lehnte er sich zurück und verschränkte die Arme vor der Brust. Das leise Ticken der Standuhr war zu hören, gedämpftes Gelächter drang durch die Wände. »Könnte der verdammte Arthur Lugowski hinter der Sache stecken?«, fragte er nach ein paar langen Augenblicken.

Osche kratzte sich an der Nase und begann, die Textil- und Papiermuster aufzuheben, die im ganzen Raum verteilt lagen. »Ich halte ihn zwar nicht für einen Mörder, aber ausschließen können wir es nicht. Lugowski ist ein gerissener Kerl und skrupellos obendrein.« Osche legte die kleinen Tapeten- und Teppichstücke vor Hartmann auf den Tisch und begann, sie farblich zu sortieren. »Gut möglich, dass uns das Schwein auf die Schliche gekommen ist.«

»Das heißt, er hat den Schatz ...« Hartmann vergrub seine Finger in einem hellblauen Stück Hochflorteppich und strich gedankenverloren darin herum.

»... und somit die Moneten«, vervollständigte Osche den Gedanken.

Die Sehnen an Hartmanns Hals traten hervor, eine Ader auf seiner Stirn begann zu pochen. »Verdammt«, murmelte er mit zusammengepressten Zähnen. »Das Casino können wir uns wohl abschminken.« Der Gedanke daran schmerzte ihn.

Osche sortierte weiter. »Nicht, wenn wir die Kohle anderweitig auftreiben.« Er legte ein Stück Raufasertapete neben einen Wandbezug aus Vlies.

Hartmann blickte auf und zog die rechte Augenbraue in die Höhe. »Und wie wollen wir das in der kurzen Zeit anstellen?«

Osche lächelte. »Ich hab da vielleicht eine Idee, wie wir zumindest die Anzahlung stemmen können.«

16

Der letzte Schein der Abenddämmerung war erloschen, Dunkelheit hatte sich über die Stadt gesenkt, als Blom und Mathilde vor Christian Kamerlings Werkstatt angelangten.

»Dieser verdammte Bruno Harting«, murrte Blom. Seit ihrem Zusammentreffen vor der Kaisergalerie hatte er nicht aufgehört, über seinen Widersacher zu schimpfen. »Der hat es auf mich abgesehen. Der kann und will mich einfach nicht in Ruhe lassen.«

»Verstehst du jetzt, warum es so wichtig ist, dass du dir nicht die kleinste Gesetzesübertretung erlaubst?«, fragte Mathilde.

Gemeinsam betraten sie den Innenhof, in dem laut den Türschildern ein Schneider, ein Hutmacher, ein Bildhauer sowie die Schlosserei von Kamerling untergebracht waren.

»Mo meinte, seine Arbeitsstätte wäre gleichzeitig seine Wohnung.« Mathilde betätigte die Klingel. Da niemand reagierte, klopfte sie. »Herr Kamerling?«, rief sie. »Sind Sie da?« Sie stellte sich auf die Zehenspitzen und versuchte, einen Blick durch das Fenster zu erhaschen.

Anstatt in der Werkstatt ging im Stockwerk darüber Licht an. Ein Fenster wurde aufgerissen, und eine alte Frau streckte den Kopf heraus. »Schon wieder?«, krächzte sie.

»Schon wieder was?«

»Schon wieder jemand, der hier herumschleicht. Was wollt ihr Lumpenpack? Ich ruf gleich nach der Polizei.«

»Aber nicht doch, gute Frau. Wir sind lediglich auf der Suche nach Herrn Kamerling«, rief Blom.

»Den sucht zurzeit wohl die halbe Stadt, wa?«

»Warum denn das?«, fragte Mathilde laut.

»Keene Ahnung. Verraten Sie's mir. Was hat er ausgefressen?«

»Wie kommen Sie drauf, dass er was ausgefressen hat?«

»Hier schleichen sich plötzlich lauter zwielichtige Typen rum und heute früh klaffte eine fette Wunde auf der Stirn vom Kamerling. Der stand völlig neben sich. Kreidebleich war er, als hätt er den Leibhaftigen gesehen. Also, raus mit der Sprache. Was ist hier los?«

»Wenn wir das wüssten …« Noch einmal stellte sich Mathilde auf die Zehenspitzen und blickte durch das Fenster.

»Und?«, fragte Blom.

Mathilde schüttelte den Kopf. »Soweit ich es erkennen kann, sind die Räumlichkeiten leer.«

Sie gingen zurück zur Straße und dachten nach.

»Hör zu«, sagte Mathilde. »Ich weiß, du hoffst, dass Lugowski nichts mit der Sache zu tun hat, aber Kamerling war immerhin sein Tantelmacher. Darüber können wir nicht hinwegsehen. Lass uns Arthur befragen, eventuell weiß er was, das uns weiterhilft. Das Alt Berlin ist gleich um die Ecke.« Sie fröstelte. »Außerdem kann ich was Warmes vertragen.«

»Von mir aus«, murmelte Blom.

Sie gingen zum Belle-Alliance-Platz, in dessen Nähe sich das berüchtigte Alt Berlin befand, das Epizentrum der Berliner Unterwelt, das Reich von Gangsterboss Arthur Lugowski. Von außen wirkte das heruntergekommene Eckhaus unscheinbar. Niemand, der nicht eingeweiht war, konnte erahnen, welche kriminellen Machenschaften sich hinter den Mauern abspielten. Hier wurden Geschäfte besiegelt, Reviere aufgeteilt und Waffenruhen vereinbart. Hier wurden Schulden beglichen, Existenzen begründet, Finger gebrochen und – selten, aber doch – Todesurteile gefällt.

Blom öffnete die Holztür, die seit einer Ewigkeit einen neuen Anstrich hätte vertragen können. Wie immer wenn er das Lokal betrat, überkam ihn das Gefühl von Heimkehr. Das schummrige Licht einer altersschwachen Gaslampe, der Geruch nach Bratenfett und Zigarettenrauch – so fühlte sich zu Hause an. Nach dem Tod seiner Mutter hatte Blom Arbeit gesucht und war im Alt Berlin gelandet. Bald war ihm klar geworden, dass es in der Kneipe um mehr ging als um Bier und Buletten und dass Arthur Lugowski, der Chef des Etablissements, weit mehr war als ein einfacher Wirt.

Nach und nach hatte er von den Jungs, die hier ein und aus gingen, alles gelernt, was es über das Gaunerhandwerk zu erfahren gab. Das Alt Berlin war seine Schule gewesen, Lugowski und der Rest der Bande seine Lehrer. Während die Schnösel aus gutem Elternhaus Goethe und Schiller lasen und sich in Algebra übten, lernte er, wie man Schlösser knackte und echte Edelsteine von falschen unterschied. Während die feinen Bürschchen sich mit Erdkunde und Schönschreiben beschäftigten, übte er sich im Herstellen von Verkleidungen und dem Proben von Taschenspielertricks.

Das Lokal war klein und überschaubar. Es bestand aus fünf grob gezimmerten Holztischen, einer Vielzahl von windschiefen Stühlen, von denen keiner dem anderen glich, und einem langen Tresen im hinteren Teil des Raums. Üblicherweise waren hier alle Plätze besetzt – von Männern mit Muskeln, Männern mit Tätowierungen und viel auf dem Kerbholz –, doch heute war kaum etwas los. Narben-Kalle saß hackedicht gemeinsam mit Plauzen-Fred in der Ecke und trank Bier. Ein stiernackiger Glatzkopf, dessen Hemd so eng saß, dass man jeden einzelnen seiner ausgeprägten Muskeln sehen konnte, stand hinter dem Tresen und polierte Gläser.

»Tach, Rollo.«

»Blom!«, rief der Glatzkopf. »Lässt du dich auch mal wieder blicken, alte Wursthaut. Und das Täubchen hast du auch mitgebracht.«

»Von wegen Täubchen …«, murrte Kalle. »Det ist ne beinharte Matrone. Vor der fürcht ich mich mehr als vor Lugowski.«

»Gut so.« Mathilde setzte sich an die Bar und zündete eine Zigarre an.

Rollo stellte zwei Gläser auf den Tresen und holte eine Flasche Wein hervor.

»Wein? Seit wann wird hier Wein serviert?« Blom nahm die Flasche und studierte das Etikett. Château Haut-Brion. Premier Cru Classé. »Und dann auch noch so ein edler Tropfen.«

»Da staunt sogar der große Felix Blom.« Rollo zwinkerte Mathilde zu. »Hier soll bald alles neu werden. Lugowski hat Großes vor.«

»Hat er das nicht immer?« Blom lachte. »Apropos Lugowski. Ist er hier?«

»Nein, er macht einen Ausflug in den Tiergarten.« Rollo lächelte verschwörerisch. »Zu einer Besichtigung.«

»Und was genau besichtigt er? Jetzt spuck schon aus. Was läuft?«

»Er will expandieren. Und zwar im großen Stil.«

Blom deutete auf die Flasche. »Mit Wein?«

Rollo nickte. »Berlin wächst und gedeiht. Jeden Monat ziehen neue Leute her. Leute, die reich sind. Leute, die reich werden. Leute, die viel Geld für feinen Wein ausgeben und erlesene Delikatessen auf dem Teller wollen. Austern, Kaviar und so Zeugs.« Er zückte einen Korkenzieher. »Lutter & Wegner, Borchardt und Konsorten können ihre Läden dichtmachen, wenn Lugowski sein neues Etablissement eröffnet.«

Blom runzelte die Stirn. »Der Alte will ab sofort legal sein Geld verdienen? Als Edelgastronom?«

Narben-Kalle, der das Gespräch mitgehört hatte, brach in schallendes Gelächter aus. »Nee, Jungchen, der Alte fasst keene rechtschaffene Arbeit an. So jut sollteste ihn kennen. Der will bloß das, was du früher auch wolltest.«

»Und das wäre?«

»Nen jesellschaftlichen Aufstieg. Er will raus aus dieser abjeranzten Bude und keene kleenen Dinger mehr drehn. Er will jetzt die janz großen Fische ausnehmen. Die oberen Zehntausend. Und die will er mit nem edlen Lokal und feinsten Tropfen locken. Wie so ne Venusfliejenfalle.« Er formte mit den Händen eine Art Klappe, die er auf- und zumachte. »Schnapp, schnapp«, rief er und ließ ein heiseres Lachen erklingen.

»Per se keine schlechte Idee«, überlegte Blom laut. »Einen Gourmettempel im Stil von Lutter oder Borchardt aufzuziehen wird aber ne schöne Stange kosten.« Er setzte sich neben Mathilde an die Bar und blickte Rollo interessiert an. »Woher will er denn so viel Zaster nehmen?«

Rollo warf sich das Geschirrtuch mit einer lässigen Geste über die Schulter und stemmte die Hände in die Hüften. »Kommst du zurück an Bord? Steigst du wieder bei uns ein?«

Blom seufzte. »Du weißt, dass ich das nicht kann.«

»Er muss sauber bleiben«, erklärte Mathilde. »Die Polente wartet nur darauf, dass er Mist baut.«

Blom seufzte erneut. »Besonders dieser Kommissar Harting hat mich auf dem Kieker.«

Rollo drehte die Handflächen nach außen. »Dann war's das mit den Informationen«, erklärte er. »Du weißt, was der Alte immer sagt: Wenn du nicht drin bist, bist du draußen.« Er setzte an, die Flasche zu öffnen.

»Ich hätte lieber ein Bier«, sagte Mathilde.

»Und ich Mampe halb und halb.«

Rollo wirkte enttäuscht. »Seid ihr sicher? Der Wein ist wirklich gut.«

»Nächstes Mal.« Blom wartete, bis Rollo das Gewünschte auf den Tresen gestellt hatte, und nahm einen großen Schluck. »Hör zu, ganz was anderes. Wir haben einen Fall.«

Kalle lachte. »Immer noch als Detektive unterwegs, wa?«

Blom ignorierte ihn. »Es geht um einen aufgebrochenen Sarg«, wandte er sich an Rollo.

Der verzog das Gesicht und schüttelte sich. »Ekelhaft. Bist du sicher, dass du nicht doch lieber wieder bei uns einsteigen willst?«

»Der Name des Toten lautet Eduard Rohland«, unterbrach Mathilde. »Er war siebenundsiebzig Jahre alt und ehemaliger Archäologe. Die Schlösser wurden mit einem Tantel geöffnet, und wir haben den Tipp bekommen, dass ein gewisser Christian Kamerling dahinterstecken könnte.«

»Kamerling?« Rollo riss die Augen auf.

»Du kennst ihn?«

»Klar«, krächzte Kalle. »Nach Mo ist er der beste Tantelmacher Berlins.«

»Weißt du, wo wir ihn finden können?«

Kalle schüttelte den Kopf und rülpste in sich hinein. »Der wohnt und arbeitet nicht weit von hier«, erklärte er. »Aber er is nich daheim.«

»Kalle«, zischte Rollo, doch seine Ermahnung stieß auf taube Ohren.

»Lugowski ist auch schon den ganzen Tag hinter ihm her.« Kalle trank sein Glas auf ex. »Ich nehm noch eins.«

»Du hattest genug für heute.« Demonstrativ räumte Rollo die Flasche weg.

»Sei nich so'n Spießer«, lallte Kalle. Er versuchte, sich eine Zigarette zu drehen, doch der Tabak bröselte auf den Boden. »Komm schon«, rief er. »Ein letztes Glas zum Abjewöhnen. Sei doch nich so.«

»Morgen wieder, Kalle.« Rollo zeigte auf die Tür. »Geh heim. Schlaf deinen Rausch aus, du olle Schnapsnase.«

Kalle sah wohl ein, dass er nichts mehr zu trinken bekommen würde. Leise schimpfend stand er auf und schwankte zur Tür hinaus.

Mathilde folgte ihm.

»Wohin willst du, Täubchen?«, fragte Rollo.

»Ich will nur nachsehen, ob es Kalle gut geht. Du weißt doch, wie's ist. Alkohol und frische Luft vertragen sich oft nicht. Bei der Temperatur wäre er nicht der Erste, der draußen umkippt und erfriert.« Sie verschwand und kehrte kurze Zeit später zurück. Ihre Nasenspitze war von der Kälte gerötet, ihr Gesicht hatte einen zufriedenen Ausdruck. »Es geht ihm gut«, erklärte sie. »Ich denke, dass er es heil nach Hause schafft. Apropos nach Hause …« Sie fasste Blom am Arm. »Für uns ist es auch höchste Zeit zu gehen.«

Blom trank aus und nickte Rollo zu. »Richte Arthur schöne Grüße aus.« Er folgte Mathilde, die bereits vor die Tür getreten war. »Warum die plötzliche Eile?«

»Kalle war redselig«, erklärte Mathilde. »Ich hab wegen Kamerling nachgebohrt. Er hat erzählt, dass seine neue Flamme, eine gewisse Irma, im Walhalla arbeitet. Vielleicht weiß die was.«

Blom lächelte. »Worauf warten wir? Ab ins Walhalla.«

17

»Haste Töne. Das ist ja noch imposanter, als ich's mir vorgestellt habe.« Detlev Zieman pfiff durch die Zähne und durchschritt die zentrale Halle von Krolls Etablissement, den sogenannten Königssaal. »Man könnte hier eine Mauer hochziehen«, überlegte er laut. »Dadurch entstünde ein Extrazimmer für geschlossene Gesellschaften, und in die neue Wand würden halbrunde Nischen passen, oder? Für kuschelige Separees mit rotem Samt und schwarzen Spitzenvorhängen. Ich sehe es direkt vor mir.« Er blickte zu Arthur Lugowski, der mit zufriedener Miene im Türrahmen lehnte. »Was meinst du, Chef?«

Lugowski zog an seiner Zigarre und paffte dicke graue Rauchkringel in die Luft. »Nein«, sagte er in einem Ton, der keine Widerrede duldete. »Ich will, dass die volle Größe und Pracht des Raums erhalten bleibt. Mein neues Lokal soll das opulenteste der Stadt werden. Ich werde einen Ort schaffen, an dem Fürsten und Könige ein und aus gehen.« Gedankenverloren strich er über die grüne Tapete mit tropischen Vögeln, deren goldene Schnäbel im Licht der unzähligen Gaslaternen schimmerten. »Den Menschen, die am Abend schick ausgehen, geht es nicht allein um Champagner und Streichquartette. Sie verlangen nach Einzigartigem. Nach dem Gefühl von Luxus und Exklusivität. Sie bezahlen dafür, sich in Glanz und Erhabenheit zu suhlen wie Schweine im Schlamm. Dafür sind sie bereit, tief in die

Taschen zu greifen.« Er ließ den Blick über die mächtigen Kronleuchter, die massiven Säulen aus lilafarbenem Porphyr und die stuckverzierte Decke schweifen. Dies würde sein neues Reich werden, die Krönung vieler Jahre voller Blut und Schweiß. Hier würde er herrschen.

»Herr Lugowski«, erklang da eine heitere Stimme. »Wie schön, dass Sie endlich Zeit für mich gefunden haben.« Ein hochgewachsener Mann mit ausgeprägtem grau meliertem Backenbart, eng stehenden Augen und einer schmalen, geraden Nase hatte den Saal betreten. Er breitete die Arme aus und lächelte. Beides schien nur Geste zu sein, nichts ernst Gemeintes.

»Sie wissen doch, wie es ist. Ich bin ein viel beschäftigter Geschäftsmann.« Lugowski schüttelte ihm die Hand und deutete auf Zieman, der neben ihn getreten war. »Darf ich vorstellen? Detlev Zieman, mein Handlang…, pardon, mein Assistent. Er wird sich um das Tagesgeschäft kümmern. Detlev, das ist Jakob Engel, der Besitzer des Etablissements.« Er fuhr sich über sein dichtes, störrisches Haar und grinste. »Zumindest derzeit noch.«

»Ein gutes Stichwort«, sagte Engel, sprach aber nicht weiter.

Lugowskis Miene verdüsterte sich. »Sagen Sie nicht, dass Sie sich die Sache mit dem Verkauf anders überlegt haben.«

»Aber nicht doch.« Engel winkte ab. »Wo denken Sie hin. Es verhält sich lediglich so, dass … also … wie soll ich sagen …«

»Spucken Sie's einfach aus.«

»Ein weiterer, durchaus zahlungskräftiger Interessent ist bei mir vorstellig geworden.«

Lugowski kniff die Augen zusammen. »Wer?«, herrschte er Engel an.

»Ich weiß nicht, ob ich Ihnen den Namen verraten …«

»Wer?« Lugowski musste sich zusammenreißen, um nicht loszubrüllen, wie es seinem Wesen entsprach.

»Ist das nicht egal?« Engel wirkte eingeschüchtert. Mit nervös zuckenden Lidern ließ er den Blick zwischen Lugowski und Zieman hin- und herwandern. »Fakt ist, dass ich ein Angebot auf dem Tisch habe, das um tausend Mark höher ist als das Ihre. Ich wollte Ihnen die Möglichkeit geben, Ihr Angebot zu verbessern.«

»Das ist ein mieser Trick.« Zieman streckte die Finger, sodass die Knöchel knackten. »Sie wollen doch nur den Preis in die Höhe treiben.«

Engel trat einen Schritt zurück und hob die Hände. »Das ist eine unangemessene Unterstellung. Ich bin ein Ehrenmann.«

»Dann nennen Sie uns den Namen des anderen.«

Engel atmete tief ein und wieder aus. »Hartmann«, sagte er schließlich. »Raik Hartmann.«

Lugowski spürte, wie jede Faser seines Körpers sich anspannte. Zorn durchströmte ihn. Hartmann, dieser Hurensohn. »Ich erhöhe um zweitausend«, presste er hervor in dem Versuch, Contenance zu wahren. »Sollte Hartmann ein weiteres Angebot unterbreiten, schicken Sie nach mir«, erklärte er im Befehlston. »Und zwar unverzüglich.« Er nickte Zieman zu und eilte schnaubend hinaus.

Zieman folgte ihm auf dem Fuß. »Hartmann will Krolls Etablissement kaufen?« Es fiel ihm schwer, mit dem Schritt seines Chefs mitzuhalten. »Woher hat dieser Schmalspurganove plötzlich so viel Kohle?«

Lugowski antwortete nicht. Mit angespannter Miene stieg er in die wartende Kutsche und zog derart stark an seiner Zigarre, als wollte er den ganzen Stumpen in einem Zug aufrauchen. »Kamerling«, sagte er nach kurzem Schweigen. Sein Tonfall klang ernst, und es schwang etwas darin mit, das man von dem alten Gangsterboss so nicht gewohnt war: Besorgnis. »Hat Lorenz ihn endlich gefunden?«

Zieman schüttelte den Kopf. »Ede und er sind nach wie vor auf der Suche. Grossmann und Nees helfen ihnen, und ich werde mich nachher auch umsehen. Wir werden nicht ruhen, ehe wir ihn gefunden haben.« Er sah seinen Chef an und riss die Augen auf. »Du glaubst doch wohl nicht etwa ...« Der schreckliche Verdacht ließ den abgebrühten Ganoven blass werden. »Du denkst, er ist übergelaufen? Zu Hartmann?«

»Entweder hat das Schwein ihn drangekriegt, oder er hat freiwillig die Seiten gewechselt.« Lugowski starrte hinaus in das Dunkel. »In jedem Fall ist er ein toter Mann.«

18

Felix Blom und Mathilde Voss eilten durch die Berliner Nacht. Immer wieder passierten sie Männer mit hochgestellten Kragen und in Schals gehüllte Frauen. Sie hielten den Kopf gesenkt, um das Gesicht vor dem Wind zu schützen, der ihnen Wolken aus Schneekristallen entgegenblies.

Blom war aufgefallen, dass Mathilde sich immer wieder umsah, wobei sie offenkundig versuchte, dies vor ihm zu verbergen. »Es ist bitterkalt«, sagte er. »Wir können den Fall nicht lösen, wenn uns eine Lungenentzündung oder sonst was ans Bett fesselt. Lass uns eine Kutsche nehmen.«

Mathilde nickte. »Danke«, murmelte sie.

Kurz darauf fuhren sie in Richtung Norden durch dunkle Straßen, deren hohe Häuser von der Nacht einen schwarzen Anstrich bekommen hatten. Die Hufe der Pferde knirschten im Schnee, kalte Luft suchte sich ihren Weg durch die Ritzen der Kutschentür.

In der Oranienburger Straße stiegen sie aus, bezahlten den dick vermummten Kutscher und betraten das Walhalla, das seinem Namen alle Ehre machte. Gut möglich, dass sich die Wikinger das Jenseits so vorgestellt hatten: An wuchtigen Tischen wurde gezecht, geschmaust und gestritten. Die unverputzten Ziegelwände waren mit zerschlissenen Gobelins behängt, Tranfunzeln spendeten schummriges Licht. Lautes Gelächter, Grölen und derbe Ausdrücke erfüllten die dicke, überhitzte Luft.

Der Schankraum war bis auf den letzten Platz besetzt. Studenten und Künstler, welche die Kälte aus ihren Ateliers und Buden gescheucht hatte, saßen zwischen müden Arbeitern, die versuchten, sich von den Strapazen ihres kräftezehrenden Daseins abzulenken. Hier traf der Humor der Bauernschenke auf die Schelmerei der Theaterbohème.

Tanzmädchen mit geschwärzten Wimpern und bunten Röcken, die in den benachbarten Etablissements arbeiteten, verbrachten hier den Feierabend und suchten nach Kavalieren mit dickem Portemonnaie, die ihnen einen Likör ausgaben. Ein Mann – er schielte derart stark, dass sein rechtes Auge in die linke Westentasche schauen konnte – grölte aus voller Kehle einen Gassenhauer. *»Lampenputzer is meen Vater, im Berliner Stadttheater. Meene Mutter wäscht Manschetten, für Soldaten und Kadetten. Meene Schwester, die Gertrude, steht in eener Selterbude. Schusterjunge is meen Bruda, und ick bin det kleenste Luda!«*

»Kalle hat erzählt, dass Kamerlings Flamme, diese Irma, lange rabenschwarze Haare und noch dunklere Augen hat.« Mathilde sah sich um.

Blom tat es ihr gleich, wobei sein Blick an einem dürren, kindlich gekleideten Fräulein hängen blieb, das einem grauhaarigen Herrn ein kokettes Lächeln schenkte. Nur wenige Meter hinter ihr stand ein korpulenter Mann, der die beiden nicht aus den Augen ließ, und Blom konnte sich ausmalen, welcher Trick hier im Gange war, nämlich die Vatermasche.

Die Vatermasche: *Eine sehr jung aussehende Frau gibt vor, einen Mann verführen zu wollen. Sie nimmt ihr Opfer mit in ein Zimmer und beginnt sich auszuziehen, doch kurz bevor mehr geschieht, platzt ihr Komplize herein – ein älterer Herr, der behauptet, ihr Vater zu sein. Empört kündigt er an,* *den Kinderschänder anzuzeigen, lässt sich aber schließlich durch die Bezahlung einer stattlichen Summe davon abbringen.*

»Könnte sie es sein?« Blom deutete auf eine junge Frau mit einem üppigen Dekolletee, die ein halbes Dutzend Bierkrüge stemmte.

Mathilde schüttelte den Kopf. »Kalle meinte, sie sei schon etwas älter.« Sie deutete auf eine stämmige Kellnerin, die gerade einem Mann mit glasigen Augen zu verklickern versuchte, dass für ihn Sperrstunde sei. »Die könnte es sein.«

»Du bist schon wieder hackedicht«, erklärte die Frau mit genervtem Blick. »Gestern hast du mir die Bank vollgekotzt. Noch einmal wische ich dir nicht hinterher. Los jetzt!« Sie deutete auf die Tür. »Raus mit dir!«

»Aber da isses schweinekalt«, lallte der Kerl.

»Dann bleib von mir aus hier. Aber zum Trinken kriegst du Wasser und sonst nix.«

Er blickte drein, als ob sie ihn geschlagen hätte. »Wasser …« Er stand auf und schwankte von dannen, wobei er an einigen Tischen aneckte. »Niemals!«, rief er und reckte die geballte Faust gen Himmel. »Wasser ist zum Waschen da! Auf keinen Fall zum Trinken!«

»Verzeihung«, trat Blom an die Kellnerin heran. »Sie sind nicht zufällig Irma?«

Sie nickte. »Setzt euch, ich bin gleich bei euch.« Sie deutete auf den frei gewordenen Platz und hastete davon.

Blom und Mathilde ließen sich an dem Tisch nieder, wo ein heiteres Paar Steckrübeneintopf löffelte.

»He, det Plätzchen war für meen Hintern reserviert.« Ein untersetzter Kerl, dessen Wangen genauso karottenrot wie seine Haare waren, raunzte sie zornig an.

Sie ignorierten ihn, bis er mit einem mürrischen Gesichtsausdruck von dannen zog, und warteten, bis Irma wieder an ihren Tisch trat. »Was kann ich euch bringen?«

»Zwei Bier«, bestellte Blom. »Halt!«, rief er, als sie erneut davongehen wollte. »Wir sind alte Freunde von Christian«, log er. »Christian Kamerling.«

Irma seufzte. »Ich muss euch das Bier trotzdem berechnen. Der Chef ist geizig wie zehn Schotten.«

»Keine Sorge«, sagte Mathilde. »Wir sind nicht hier, um zu schnorren. Es ist nur so, dass wir Christian besuchen wollten, aber er war nicht zu Hause.«

»Dann ist er mit seinen neuen Kumpels im Alt Berlin.« Als sie den Namen des Lokals aussprach, nahm ihr Gesicht einen genervten Ausdruck an. Sie musterte Blom und Mathilde. »Alte Freunde, sagt ihr?«

»Von früher«, erklärte Blom, dem nichts Besseres einfallen wollte.

»Vielleicht könnt ihr mal mit ihm über seinen derzeitigen Umgang reden.«

»Weißt du, wo er sonst stecken könnte?«, fragte Mathilde.

»Schwing mal deinen fetten Arsch hier rüber«, grölte jemand von zwei Tischen weiter. »Wir sind am Verdursten.«

»Ja, sofort!« Sie schnaubte. »Wenn er nicht zu Hause oder im Alt Berlin ist, dann ist er in der alten Gerberei am Halleschen Ufer.« Sie spuckte den Namen aus, als wäre er Auswurf. »Lugowski, der alte Drecksack, hat sich seit Neuestem dort eingenistet. Irgendwas ist dort im Busch.«

»Durst! Durst! Durst!«, skandierten die Kerle und schlugen mit den Fäusten im Takt auf den Tisch.

Irma eilte davon. »Mehr weiß ich nicht«, rief sie ihnen über die Schulter zu.

Mathilde sah Blom fragend an. »Die alte Gerberei?«

Blom lehnte sich zurück und schnupfte eine Prise Tabak, wobei ein kleiner Rest auf seinem Ärmel landete. Fürsorglich schnippte ihn Mathilde weg.

»Offenbar führt Lugowski etwas im Schilde.« Er verstaute seine Tabakdose.

Irma stellte schwungvoll zwei Bierkrüge vor ihnen auf den Tisch und eilte weiter.

Blom nahm einen Schluck und wischte sich Schaum von der Oberlippe. »Mir gefällt das alles nicht.«

Mathilde trank ihren Humpen in einem Zug halbleer. »Du und Lugowski, ihr wart Familie …«, setzte sie an, hielt aber mitten im Satz inne. »Sieh nur.« Unauffällig deutete sie zum Tresen, wo Irma aufgeregt auf einen Mann einredete. »Das könnte Kamerling sein«, flüsterte sie und musterte den Kerl. Er hatte seinen Hut tief in die Stirn gezogen. Über der Schulter hing ein Seesack, er hatte einen Werkzeugkoffer in der Hand, und über dem Ohr zeichnete sich ein Verband ab. »Die Nachbarin hat doch gesagt, er habe eine Wunde am Kopf.«

Tatsächlich wirkte der Kerl nervös und angespannt und sah sich nach allen Richtungen um. Als Irma ihrer Blicke gewahr wurde, fasste sie den Mann am Oberarm und zog ihn fort durch eine Tür, die in einen Hinterraum führte.

Blom und Mathilde standen auf und drängten sich durch das Getümmel.

»Halt!« Ein breitschultriger Kerl mit der Visage eines Kampfhunds stellte sich ihnen in den Weg. »Nur für Personal«, knurrte er.

Blom trat zur Seite und sah sich um. »Na?«, rief er, als er den rothaarigen Kerl erspähte, dem sie den Platz gestohlen hatten und der mittlerweile am Tresen lehnte. »Stehst du noch immer blöd herum?«

Der Mann verengte die Augen. »Halt die Fresse, sonst polier ich sie dir«, rief er mit leichtem Zungenschlag, machte einen Schritt auf ihn zu und ballte die Fäuste.

Der schrankartige Kerl, der den Zugang zum Hinterzimmer blockiert hatte, sah das und schritt ein. »Schlägerei gibt's hier nicht«, rief er.

Blom und Mathilde nutzten die Tatsache, dass er kurz abgelenkt war, und schummelten sich durch die Tür.

In dem kleinen Raum, der sich dahinter befand, standen Irma und Kamerling und starrten einander schweigend an. Kamerling hielt ein Bündel Geldscheine in der Hand, Irma hatte feuchte Augen und einen verkniffenen Zug um den Mund.

Blom räusperte sich.

Beide fuhren herum.

»Kennst du die beiden?«, fragte Irma. »Sie behaupten, sie seien alte Freunde von dir.«

Kamerling schüttelte den Kopf, woraufhin Irma zu einem Tisch trat und nach dem Messer fasste, das darauf lag. »Schickt Lugowski euch?«

»Ich bin Mathilde Voss. Das ist mein Kompagnon, Felix Blom.« Beschwichtigend hielt sie die Hände in die Höhe. »Wir sind Privatdetektive.«

»Es geht um den Einbruch auf dem St.-Hedwig-Friedhof«, wandte sich Blom an Kamerling. »Das Grab von Eduard Rohland.« Er deutete auf den schmutzigen Verband, der um Kamerlings Kopf gewickelt war. »Ist das vielleicht ein Souvenir aus der Krypta?«

»Felix Blom.« Kamerling kniff die Augen zusammen. »Du gehörst doch zu Arthurs Truppe.« Sein rechtes Auge begann zu zucken, er wirkte fahrig und aggressiv wie ein waidwundes Tier.

»Schon lange nicht mehr«, erklärte Blom. »Ich saß drei Jahre in Moabit. Seit ich wieder raus bin, verdiene ich meinen Unterhalt legal als privater Ermittler.«

»Das entspricht der Wahrheit.« Mathilde zog eine Visitenkarte aus ihrer Tasche und streckte sie ihm entgegen. »Wir sollen herausfinden, wer Eduard Rohlands Sarg aufgebrochen hat.«

»Sarg?« Irma sah verstört zwischen Mathilde und Kamerling hin und her.

»Ich hab ihn nicht!« Kamerling war laut geworden. Sein Gesicht bekam rote Flecken, seine Atmung ging schneller. Eilig steckte er das Geld ein und küsste Irma auf den Mund. »Danke und bis bald, meine Liebste.« Er trat zur Tür.

Blom stellte sich ihm in den Weg. »Wen oder was hast du nicht? Den Tantel?«

Wie aus dem Nichts verpasste Kamerling ihm einen Kinnhaken. »Lass mich in Ruhe!«, schrie er, schlug Blom ein weiteres Mal ins Gesicht, riss die Tür auf und rannte in den Gastraum.

»Bist du in Ordnung?«, fragte Mathilde.

Blom wischte sich Blut von der Oberlippe und nickte. »Er darf nicht entwischen«, sagte er und stürmte Kamerling hinterher. Gerade noch konnte er sehen, wie dieser hinaus auf die Straße trat.

»Da ist er.« Der Rothaarige stellte sich Blom in den Weg. »Das ist das Großmaul.«

»Schon gut.« Blom versuchte, sich an ihm vorbeizudrängeln. »Ich geh ja schon. Lass mich durch.« Er schob den Kerl unsanft beiseite und hastete, gefolgt von Mathilde, ins Freie. Dort schaute er hektisch nach links und nach rechts. Von Christian Kamerling war keine Spur zu sehen.

Mathilde deutete auf ein paar Fußabdrücke im Schnee. »Das könnten Kamerlings sein. Oder vielleicht diese?«

»Es sind zu viele. Verdammt!« Blom stampfte auf. »Was hat er damit gemeint: Er hat ihn nicht?«

»Wir gehen morgen in die alte Gerberei und statten deinem Freund Lugowski einen Besuch ab. Es wird höchste Zeit«, sagte Mathilde. »Vielleicht kann er uns weiterhelfen. Jetzt fahren wir aber erst mal nach Hause und verarzten dich.«

Blom wischte sich mit dem Handrücken über die Oberlippe und betrachtete das Blut, das im Licht der Laterne dunkelbraun wirkte.

»Dein Auge hat auch etwas abbekommen.« Mathilde zog ein Spitzentuch aus ihrer Tasche, gab etwas Schnee darauf und presste es auf Bloms Gesicht.

»Au!« Er zuckte zusammen. »Du hast recht«, sagte er schließlich. »Es war ein langer Tag.«

Wenigstens die Heimfahrt verlief ruhig. Es hatte abermals zu schneien begonnen, und Blom und Mathilde starrten einfach hinaus in die dunklen Gassen, wo Häuser und Menschen nur schemenhaft zu erkennen waren und wie ein Schattentheater an ihnen vorbeizogen.

Im Krögel angekommen, bezahlten sie den Kutscher und traten in den Hof.

Dort gab Mathilde einen spitzen Schrei von sich.

»Was ist?« Blom hob die Fäuste wie zum Boxkampf und sah sich um.

»Verdammt.« Mathilde fasste sich ans Herz und atmete auf. »Diese kleinen Plagegeister.«

Erst jetzt erkannte Blom, was sie so erschreckt hatte: Die Kinder hatten einen Schneemann gebaut, ihm einen löchrigen Zylinder aufgesetzt und eine mottenzerfressene Decke umgehängt. Im zarten Mondlicht wirkte es, als stünde ein Mensch aus Fleisch und Blut im Hof.

Mathilde lachte gequält. »Gute Nacht«, sagte sie mit zittriger Stimme.

»Wenn du willst, verbringe ich die Nacht in der Detektei.« Blom zeigte nach oben. »Ich hole mir mein Bettzeug und schlafe vor deiner Kammer auf dem Boden.«

Mathilde winkte ab. »Ich kann schon selbst auf mich aufpassen.«

»Wir haben nicht mehr viel Holz. Vielleicht ist es besser, wenn wir nur eine Wohnung beheizen müssen«, schlug Blom vor.

Mathilde überlegte kurz. »Das ergibt Sinn. Dann bis gleich.«

19

Christian Kamerling sah sich um und atmete schwer. Er hatte Blom und dieses Weib abgehängt, und auch sonst schien sich keiner von Lugowskis Leuten in der Nähe aufzuhalten.

Er überquerte die Straße, drückte sich mit dem Rücken an eine Hausmauer und wartete. Die Luft war tatsächlich rein. Trotzdem war Vorsicht sein oberstes Gebot.

Schnell huschte er die Gleise entlang in Richtung Anhalter Bahnhof, dem sogenannten Tor zum Süden, an dem seit mittlerweile acht Jahren herumgewerkelt wurde. Das gigantische Backsteingebäude, das im Stil der Neorenaissance erstrahlen sollte, würde im kommenden Jahr fertiggestellt werden. Es sollte das imposanteste Bauwerk Berlins sein, so riesig, dass von der »Mutterhöhle der Eisenbahnen« gesprochen wurde. Eine Fassade mit Terrakotta-Dekorationen, so prächtig, dass sie sämtlichen deutschen Kirchen und Schlössern Konkurrenz machte, wurde von den besten Architekten und Konstrukteuren des Landes in die Höhe gezogen. Auch im Inneren wurden nur die besten und edelsten Materialien im großen Stil verarbeitet. Die Krönung des Ganzen würde eine monumentale Kuppel sein, welche die Bahnsteige ganz ohne jede Stütze wie ein Himmel aus Glas überspannen sollte – ein architektonisches Meisterwerk, das seinesgleichen suchte.

Eine Glanzleistung, deren Eröffnung er wohl nicht miterleben würde. Wie so viele andere Dinge in Berlin.

Wehmut überkam ihn. Wie lange musste er wohl fortbleiben? Fern seiner Heimatstadt und seiner geliebten Werkstatt? Von Irma?

Er hätte sich nie und nimmer auf Arthur Lugowski einlassen dürfen, aber Werner Lorenz hatte ihm die Arbeit schmackhaft gemacht, und das Angebot des alten Gangsterbosses war zu gut gewesen, um wahr zu sein. Ein großzügiges monatliches Salär dafür, dass er hie und da mal ein paar Tantel anfertigte und harmlose Botengänge erledigte.

Irma und ihrer weiblichen Intuition war die Sache von Anfang an suspekt gewesen. »Wer mit dem Feuer spielt, kommt darin um«, hatte sie gesagt.

Er hätte auf sie hören sollen.

Irma. Bei dem Gedanken an sie wurde sein Herz schwer. Er hatte sich Geld von ihr geliehen und ihr gar nicht richtig dafür gedankt, geschweige denn sich gebührend von ihr verabschiedet. Gerade als er dies alles tun wollte, waren dieser verdammte Blom und dieses Weibsstück im Walhalla aufgetaucht, er hatte Muffensausen bekommen und war völlig überstürzt getürmt.

Sein Zug würde erst in ein paar Stunden abfahren. Sollte er noch einmal zurück ins Walhalla? Nein. Er durfte Irma nicht unnötig in Gefahr bringen. Er hatte sie bereits viel zu tief in den Schlamassel hineingezogen. Sobald er in Pirna angelangt war, würde er ihr telegrafieren. Sich für das Geld bedanken, ihr gestehen, dass er sie liebte. Er würde ihr sagen, dass er wiederkommen werde, dass sie um jeden Preis auf ihn warten oder, besser noch, dass sie bald nachkommen solle.

Kamerling erreichte den vorgelagerten Güterbahnhof, passierte Rampen, die Fettgasanstalt und den Kohlenhof. Nur noch wenige Meter, dann war er bei der Ausweichstation, direkt hinter der Baustelle. Dort, dessen war er sicher, würden sich trotz der späten Stunde und des unwirtlichen Wetters einige Menschen tummeln. Droschkenkutscher, die sich in Stellung brachten, Reisende, Lokführer, Schaffner, Verladearbeiter und Obdachlose auf der Suche nach einem windgeschützten Platz. Vor allem aber befand sich dort eine Wachstation.

Wenn sie ihn ermorden würden, dann gewiss nicht vor den Augen der Exekutive.

***

So leid es ihm auch tat und so schwer es ihm auch fiel: Er musste Christian Kamerling aus dem Weg räumen, denn er hatte zu viel gesehen und stellte somit ein massives Problem dar.

Er hatte ihm im Walhalla aufgelauert. In der rauchschwangeren, dunstverhangenen Luft zwischen den vielen angeheiterten Gästen war es nicht schwer gewesen, unbemerkt zu bleiben. Jeder wusste, dass Kamerling bis über beide Ohren in die Kellnerin Irma verliebt war und nichts tun würde, ohne sich zuvor mit ihr abzusprechen.

Vom Walhalla aus war er Kamerling durch die halbe Stadt gefolgt, wobei er sich die ganze Zeit über gefragt hatte, was genau der Kerl wohl vorhatte. Als sie beim Anhalter Bahnhof angekommen waren, war ihm klar geworden: Kamerling wollte sich aus dem Staub machen.

Kurz spielte er mit dem Gedanken, ihn einfach ziehen zu lassen. Sollte er doch fliehen, hinaus aus Berlin, vielleicht sogar ins Ausland. Beinahe wäre er wieder von dannen gezogen, doch dann überlegte er es sich anders.

Das Risiko war einfach zu groß.

Kamerling konnte es sich jederzeit anders überlegen und

zur Polizei gehen. Er hatte ihn bei dem Mord beobachtet und sobald er den Mund aufmachte, war alles aus.

Eisiger Wind blies durch die Gasse und ließ den frischen Schnee in kleinen Wirbeln über die Straße tanzen. Er ging schneller, beschleunigte seine Schritte, verringerte Meter für Meter den Abstand zwischen ihnen.

***

Christian Kamerling entspannte sich ein wenig. Er ging langsamer, zückte seinen blechernen Flachmann und nahm einen großen Schluck Korn. Der Hochprozentige brannte auf seiner Zunge und wanderte weiter die Speiseröhre hinab. Wohltuende Wärme durchströmte seinen Körper.

Dann blieb er stehen und ließ die Vorkommnisse im Walhalla vor seinem inneren Auge Revue passieren. Dieser Blom hatte beteuert, Detektiv zu sein und sich nur wegen des Einbruchs in die Gruft mit ihm unterhalten zu wollen. Hatte das womöglich der Wahrheit entsprochen?

Er nahm noch einen Schluck.

Steckte vielleicht doch nicht Lugowski dahinter?

Seine Gedanken begannen wild in seinem Kopf herumzuwirbeln.

Wem konnte er vertrauen? Wer war der Feind? Hatte er etwa voreilige Schlüsse gezogen?

Er schloss für einen Moment die Augen und dachte an das, was er am Morgen beobachtet hatte. Die Erinnerung an die grausamen Details ließ ihn erschaudern, so sehr, dass er die Schritte erst wahrnahm, als der Angreifer bereits direkt hinter ihm war.

***

Kamerling war stehen geblieben. Das war die perfekte Gelegenheit. Er streifte seinen Schlagring über, zückte das Messer und sah sich um. Er musste sicherstellen, nicht wieder so eine Überraschung zu erleben wie heute früh, als der Tantelmacher, der kurz zuvor noch leblos in einer Blutlache auf dem Boden der Krypta gelegen hatte, plötzlich bei der Baustelle aufgetaucht war.

Als außer Zweifel stand, dass die Luft rein war, schlich er vorsichtig von hinten an sein Opfer heran und wollte es gerade packen, da fuhr Kamerling herum und starrte erst auf die Klinge, dann in sein Gesicht.

»Bitte nicht!« Der Tantelmacher hob die Hände abwehrend in die Höhe. »Lass mich laufen. Ich sag auch keinem was. Ich verschwinde aus Berlin, und du wirst nie wieder etwas von mir sehen oder hören.«

Er tat, als würde er nachdenken, gab ein leises Seufzen von sich und ließ das Messer sinken. »Schwör es!«

Kamerling nickte, sein Körper schien sich zu entspannen. »Ich schwö…« Er stockte und starrte auf den Griff des Messers, das er ihm in den Bauch gerammt hatte. »Aber … aber warum?«, stammelte er.

»Tut mir leid, das Risiko ist einfach zu groß.« Er zog die Klinge heraus und betrachtete das zähflüssige dunkle Blut, das auf den Boden tropfte.

Kamerling verzog schmerzerfüllt das Gesicht, fasste sich an den Bauch und blickte anschließend auf seine blutverschmierten Hände. »Du gieriges Schwein!«, stammelte er, machte plötzlich einen Satz auf ihn zu und rammte ihm eine Faust in die Magengrube.

Er hatte nicht mit solch einer Reaktion gerechnet, schnappte nach Luft, wich zurück und strauchelte. Ehe er sich versah, lag Kamerling auf ihm.

Die Rangelei dauerte nicht lange. Die Verletzung, die er dem Tantelmacher zugefügt hatte, war zu schwer, und Kamerlings Kräfte schwanden schnell. Er wälzte den leblosen Körper von sich, kniete sich neben ihn auf den Boden und begann mit seinem schaurigen Werk.

Gerade als er damit fertig war, hörte er aus der Ferne das Klappern von Hufen und das Rattern von Rädern. Das Geräusch kam näher, und er wollte sich schon davonmachen, als ihm auffiel, dass Kamerling ein Stück Zeitung in der Hand hielt. Er hatte damit kürzlich das Innenfutter seiner Jacke ausgestopft, um besser vor der Kälte geschützt zu sein. Kamerling musste es bei dem Kampf zufällig in die Finger bekommen haben. Er prüfte seine Jacke, und tatsächlich war das Futter eingerissen.

Die Kutsche kam näher.

Er fasste nach der Zeitung, zog daran, das dünne Papier riss, ein Teil davon verblieb in der fest geschlossenen Faust des Toten.

Hektisch blickte er um sich, starrte auf den Zeitungsrest und auf die übel zugerichtete Leiche.

Die Kutsche kam immer näher.

Schweiß trat ihm auf die Stirn. Er musste sich vom Acker machen, und zwar sofort. Es war nur ein Stück Zeitung, versuchte er sich zu beruhigen. Nichts daran deutete auf ihn.

Er holte Luft und rannte davon.

20

Lautes Hämmern und ein wildes Durcheinander verschiedener Stimmen rissen Blom aus dem Schlaf. Er gähnte, rieb sich die Augen und versuchte, sich zu orientieren. Warum lag er nicht in seinem Bett? Wo war er? Es dauerte ein paar Momente, bis ihm die Ereignisse des gestrigen Abends wieder einfielen. Der Schneemann, Mathildes ungewohnt furchtsame Reaktion, sein Angebot, vor ihrer Tür auf dem Boden zu schlafen.

Er streckte sich wie eine Katze, stand auf und bereute seinen Anflug von Ritterlichkeit. Das Feuer im Ofen war längst erloschen, in der Detektei war es ungemütlich kalt, und sein Rücken tat weh von den harten Dielen. Dazu kam der pochende Schmerz in der Lippe und der Druck auf dem Auge. »Verdammter Kamerling.« Er strich über sein wirres Haar, als könne er mit dieser Geste die Erinnerung an die Träume der vergangenen Nacht fortwischen. Albträume. Die Gespenster seiner Vergangenheit hatten ihn heimgesucht. Seine Mutter, sein Vater ... Es schien, als hätten der Besuch auf dem Friedhof und Mathildes Fragen eine Tür geöffnet, die sich nur schwer wieder schließen ließ.

Das Hämmern und Geraune setzte erneut an und riss ihn aus seinen trüben Gedanken. Was zum Kuckuck war da draußen bloß los? Er trat an das beschlagene Fenster, wischte mit dem Ärmel seines Nachthemds eine kleine Stelle frei und blickte hinaus.

Trotz der Kälte standen einige Bewohner des Krögels im Innenhof. Er konnte das Ehepaar Eckart erkennen, Frau Stübbe und den alten Herrn Rossi, der unterm kaputten Dach wohnte und auf dessen Schulter wie immer sein wertvollster Besitz hockte: ein Kapuzineräffchen namens Busso. Die Scheriaus waren mit Frau Kathrein in eine lebhafte Diskussion verwickelt, zu der auch die alte Hinze aufgeregt ihren Senf gab. Kinder, die sich weit aus dem Fenster lehnten, beobachteten neugierig die Szenerie.

Der Rest der Meute richtete den Blick auf einen Punkt auf dem Dach.

Blom kniff die Augen zusammen und erkannte Herrn Roth, der wie ein Seiltänzer auf dem Giebel stand und nach unten sah. »Auch das noch.« Blom suchte nach seiner Hose.

»Was ist denn los?« Mathilde war aus ihrer Kammer getreten. Sie war barfuß, trug ein bodenlanges Nachtgewand und erinnerte mit ihrer wilden, ungebändigten Haarpracht an eine rachsüchtige Medusa.

»Keine Ahnung, aber es sieht danach aus, als wolle sich Herr Roth vom Dach stürzen.«

»Was?!« Mathilde warf sich eine Strickjacke über, schlüpfte in ihre Stiefel und riss die Tür auf. Eiskalte Luft zog herein.

Blom folgte ihr auf dem Fuß. »Denk nicht mal dran!«, rief er, als er bemerkte, dass eines der Kinder mit dem feuchten Schnee vom Fensterbrett einen Ball formte.

»Was tut Herr Roth da nur?« Mathilde fasste den alten Herrn Rossi am Oberarm. »Warum hält ihn denn keiner davon ab?«

»Von was? Vom Kontrollieren von die Schornsteine?«

Erleichtert atmete sie auf.

»Dieser stronzo von die Baufirma ...«, schimpfte Herr Rossi. »Er hat eine Liste geschrieben mit alle Mängel von die Krögel. Morsche Dachbalken, undichte Fenster ...«, begann er aufzuzählen. »Risse in die Mauer, verstopfte Kamin, Schindeln, wo fehlen ...«

»Wenn wir die Mängel selbst beheben, können die uns vielleicht nicht zum Ausziehen zwingen«, erklärte Frau Hinze in gewohnt aufgebrachter Manier.

»Wir wohnen seit fünfzehn Jahren hier«, brachte sich nun auch Frau Stübbe ein. »Meine Kinder sind hier geboren. Alle vier.«

»Bei mir sind's sogar zwanzig Jahre und sieben Bälger«, keifte Frau Eckart. »Wo sollen wir denn hin? Was anderes als hier kann sich doch keiner leisten. Die Kinder haben nichts Warmes anzuziehen, ich kann sie deshalb nicht mal betteln schicken.« Sie schnäuzte sich. »Wenn sich nicht bald was ändert, muss ich vielleicht sogar eines oder zwei an reiche, kinderlose Leute verkaufen.«

»Nichts zu machen«, brüllte da Herr Roth von oben. »Det Ding is völlig im Arsch.«

Enttäuschung machte sich breit, verzweifelte Mienen und fragende Blicke.

»Was sollen wir nur tun?« Herr Rossi hob den kleinen Busso von seiner Schulter. »Niemand will einen alten nonno und seinen Affen beherbergen, und selbst wenn ... Der kleine Busso kennt doch nichts anderes.«

Mathilde tätschelte den Kopf des Tiers. »Wir werden schon irgendeine Lösung finden.«

Blom schlang sich die Arme um den Oberkörper, stapfte von einem Bein aufs andere und deutete nach drinnen. »Gehen wir hinein, bevor wir uns den Tod holen – oder er sich uns.«

Drinnen suchte Mathilde das letzte bisschen Holz zusammen, feuerte den Ofen an und setzte Wasser auf.

Blom setzte sich währenddessen hinter den Schreibtisch und schlug die *Ilias* auf, die Mathilde am Vortag von Herrn Curtius geschenkt bekommen hatte. *Singe den Zorn, o Göttin, des Peleiaden Achilleus,* las er. »Interessant«, murmelte er.

Mathilde mahlte Kaffee und blickte hoch, als es an der Tür klopfte.

»Herein!« Blom strahlte übers ganze Gesicht, als er sah, um wen es sich bei der frühen Besucherin handelte.

Es war Auguste, die wie immer bezaubernd aussah. Sie trug ein ausladendes blassblaues Kleid und darüber einen langen weißen Mantel mit Pelzkragen, der ihr die Anmutung einer russischen Zarin verlieh. Die blonden Locken hatte sie hochgesteckt und darauf einen Hut gesetzt, der mit einer Samtschleife verziert war. Bei Bloms Anblick schlug sie die Hand vor den Mund. »Ach du liebe Güte. Was ist passiert?« Sie ließ ihren Schirm fallen und eilte zu ihm. Vorsichtig betastete sie sein geschwollenes Auge und seine aufgesprungene Lippe.

Er zuckte vor Schmerz zusammen. »Ach«, winkte er ab. »Das ist nichts.«

»Von wegen.« Auguste seufzte. Dann veränderte sich ihre Miene. Die Besorgnis wich, um Argwohn Platz zu machen. »Warum hast du dein Nachthemd an?«, fragte sie. »Hast du etwa hier geschlafen?« Misstrauisch blickte sie zu Mathilde.

»Auf dem Boden«, sagte Blom schnell. »Wir hatten nicht genügend Holz, um die Detektei und meine Wohnung zu beheizen.«

Augustes Züge entspannten sich. »Das ist doch alles kein Zustand hier«, sagte sie ernst. »So kann man nicht leben. Es ist kalt, es zieht, es ist eng …«

Mathilde brühte Kaffee auf. »Wie gut, dass wir bald raus aus dem Krögel müssen.«

»Wirklich?« Auguste schien den sarkastischen Unterton nicht bemerkt zu haben. Sie lächelte. »Das sind ja gute Neuigkeiten.«

»Von wegen«, murrte Mathilde. »Wir haben kein Geld für etwas Besseres. Genau wie die anderen armen Tröpfe da draußen. Aber was weißt du schon davon. Von dieser Welt hast du nicht den blassesten Schimmer.«

Auguste ließ sich von Mathildes missmutigem Tonfall nicht beirren. »Warum kommst du nicht mit nach Wien?«, fragte sie Blom. »Ich schmuggle dich in mein Zimmer im Hotel Sacher, und wir schauen uns zusammen Schloss Schönbrunn und den Stephansdom an.«

»Ach, Auguste.« Blom griff nach ihrer Hand. »Das ist ein schöner Gedanke, aber du weißt doch, dass das nicht geht. Wenn dein werter Herr Papa Wind davon kriegt, hasst er mich noch mehr, als er es ohnehin schon tut. Außerdem haben Mathilde und ich gerade einen Auftrag.«

»Es gibt nämlich auch Menschen, die für ihr Geld arbeiten müssen.« Mathildes Tonfall wurde ruppiger.

Augustes Lächeln erstarb. »Ich habe es nur gut gemeint.« Sie senkte den Blick.

»Das ist uns bewusst, meine Liebste.« Blom schaute vorwurfsvoll zu Mathilde, dann küsste er Auguste. »Ich liebe dich, und ich will, dass wir zusammen sein können. Dafür muss ich aber deinen Vater wohlgesinnt stimmen, und das geht nur, wenn ich es schaffe, aus eigener Kraft zu Wohlstand und Ansehen zu kommen.«

Auguste sah sich in dem trostlosen Zimmer mit seiner heruntergekommenen Möblierung um und seufzte erneut. »Das wird wohl noch ein Weilchen dauern.«

»Manchmal geht es schneller, als man denkt.« Blom klopfte auf das Holz der Sessellehne. »Möchtest du Kaffee?«

»Ich muss leider wieder los. Der Zug nach Wien fährt in ein paar Stunden, und ich muss noch packen. Ich bin eigentlich nur gekommen, um mich zu verabschieden.« Auguste umarmte Blom, trat zur Tür und warf Mathilde einen gekränkten Blick zu. »Bis bald«, sagte sie und verschwand.

»Ich werde dich vermissen!«, rief Blom ihr nach und drehte sich zu Mathilde. »Musstest du so harsch sein?«

»Harsch?« Mathilde schenkte Kaffee ein. »Das war weit entfernt davon. Nimm es mir nicht übel, aber dem verhätschelten Mäuschen würde ein bisschen mehr Sinn für die Realität nicht schaden.« Sie nippte an der Tasse und sah ihn trotzig an.

»Sie kann doch nichts dafür, dass sie wohlhabend aufgewachsen ist. Genauso wenig, wie wir etwas für die Umstände unserer Kindheit können.« Er zog Hose und Hemd an. »Lebenslotterie nennt sich das. Es liegt nicht in Augustes Verantwortung, dass wir beiden eine Niete gezogen haben.« Er setzte sich, legte die Füße auf den Tisch und begann demonstrativ in der *Ilias* zu lesen.

»Wir haben keine Niete gezogen.« Mathilde zeigte sich unbeeindruckt. »Das Schicksal trägt keine Schuld an unserer Misere. Die Reichen sind es. Sie beuten uns aus, sie halten uns klein. Sie tanzen und champagnisieren, während die Welt in Flammen steht.« Ihre Wut steigerte sich. »Ich verstehe noch immer nicht, warum du unbedingt einer von denen sein willst.«

»Warum ich das will?« Blom schnaubte. »Weil ich es satt habe, zu frieren, zu hungern und zu verzichten. Ich will wieder in einem weichen, warmen Bett schlafen. Ich will Kaviar essen und Chablis trinken. Ich will Auguste heiraten, in der

Loge sitzen und mir so viel Schnupftabak durch die Nase ziehen, wie es mir gefällt. Ich will doch einfach nur glücklich sein.«

»Glücklich.« Mathilde sah ihn verständnislos an. »Und dafür brauchst du all diese materiellen Dinge?«

Blom sinnierte. »Nicht nur, aber sie helfen enorm.«

»Wie könntest du deines Lebens froh werden, wenn du weißt, dass Frau Eckart, Frau Stübbe und ihre Kinder auf der Straße sitzen? Und Herr Rossi mit dem kleinen Busso unter einer Brücke schlafen muss. Diese Menschen leiden, weil irgendein wohlhabender Bauherr noch mehr Geld will. Familien landen in der Gosse, weil ein gieriger Sack den Hals nicht vollkriegt.« Sie verschwand in ihrer Kammer, zog sich um und kam wieder zurück. »Lass uns die Ärmel hochkrempeln und arbeiten«, sagte sie mit verkniffener Miene und setzte ihren Hut auf. »Wir müssen zu Lugowski.«

Blom wusste, wann es besser war, die Klappe zu halten. Und dies war ein solcher Moment.

Schweigend gingen sie durch den anbrechenden Tag, der zwar sonnig, aber bitterkalt war. Hellblau gewandete Bäcker- und Konditorlehrlinge eilten mit Kisten voller Brote und Kuchen durch die Gassen. Ihre Kleider und Mützen waren teilweise mit einer weißen Schicht aus Mehl und Schnee bedeckt. Hausfrauen, Botenjungen und Dienstmädchen, allesamt dick vermummt, versuchten so schnell wie möglich ihre Erledigungen hinter sich zu bringen, um bald zurück ins Warme zu kommen. Bierwagen, prächtige Equipagen und Omnibusse wälzten sich durch die Straßen.

Blom hatte weder Augen für den Verkehr noch für den glitzernden Raureif oder die bunten Plakate, die an allen Ecken und Enden für die Dürer-Ausstellung in der Nationalgalerie und das neue Nilpferd im Zoo warben. Er fühlte sich innerlich zerrissen, denn sein Herz schlug für mehrere Milieus. Das schillernde von Auguste, das bequem und luxuriös war, in dem er sich aber Tag für Tag würde verstellen müssen. Das bodenständige von Mathilde, das von Mangel und Not geprägt war, wo er aber voll und ganz er selbst sein konnte, und dann gab es da noch eine dritte Welt, zu der er sich hingezogen fühlte: die der Gauner und der Schurken. Mathilde hatte recht gehabt: Er vermisste die Herausforderung, einen perfekten Coup zu planen, den Nervenkitzel bei der Durchführung, das Hochgefühl, wenn es geklappt hatte …

»Hier muss es sein«, durchbrach Mathilde sein Grübeln. »Das ist die alte Gerberei.« Sie deutete auf eine schmale Zufahrt, die zu einem lang gestreckten Gebäude am Ufer des Landwehrkanals führte. Auf den ersten Blick wirkte der einstöckige Ziegelbau unauffällig, erst beim zweiten Hinsehen fielen ihnen die geschlossenen Fensterläden sowie die doppelte Umzäunung auf. Und die Wachleute.

»He!« Ein Bär von einem Mann kam auf sie zugeeilt, als sie die Zufahrt betraten. »Das ist Privatbesitz. Betreten strengstens verboten.« Als er näher kam, erkannte er Blom. »Felix, du bist es? Was willst du denn hier?«

»Hallo Ede. Ich muss mit Arthur reden.«

»Er ist beschäftigt. Ich sag ihm, dass du da warst.«

»Es ist dringend!«, schaltete sich Mathilde ein. »Es geht um seinen Tantelmacher.«

»Um Kamerling?«

Blom und Mathilde nickten.

»Wartet hier«, wies Ede sie an. »Rührt euch nicht von der Stelle.« Ohne ein weiteres Wort zu verlieren, ging er davon.

»Mach schnell, bevor wir hier anfrieren!«, rief Blom ihm nach.

»Du hast wirklich keine Ahnung, was hier vor sich gehen könnte?« Mathilde ließ den Blick über das Gelände wandern. Nirgendwo waren Arbeitsgeräte, Müll oder sonst etwas zu sehen, das einen Hinweis darauf gab, was im Inneren der alten Gerberei geschah.

»Keinen blassen Schimmer«, erklärte Blom. »Auf jeden Fall nichts Legales. So viel dürfte sicher sein.«

Ede trat aus der großen Toreinfahrt in der Mitte des Gebäudes und winkte sie herbei. »Er will mit euch reden. Folgt mir.« Er führte sie durch einen schmalen Gang und über eine Treppe. Es roch sonderbar beißend, säuerlich und irgendwie faulig. Durch die Wände waren Stimmen zu hören und leises Rattern. Hier wurde gearbeitet, das war klar. Doch woran?

Der eigenartige Geruch wurde augenblicklich von Zigarrenrauch übertüncht, als Ede eine Tür öffnete, hinter der sich eine Art Büro befand.

Lugowski saß an einem massiven Schreibtisch, auf dem sich Papiere türmten, und rauchte. Sein Haar war zerzaust, die Krawatte saß schief, und er wirkte äußerst angespannt. »Kamerling«, kam er ohne Umschweife zur Sache, als Blom und Mathilde den Raum betraten. »Wisst ihr, wo die Ratte steckt?«

»Dir auch einen guten Tag.« Blom setzte sich. »Ich freu mich ebenso, dich zu sehen.«

Mathilde tat es ihm gleich. Sie schlug die Beine übereinander und blickte auf die Zigarre, die in Lugowskis Mundwinkel steckte.

»Ede hat gemeint, ihr seid wegen Kamerling gekommen.« Lugowski deutete auf Bloms Veilchen und die geschwollene Lippe. »War er das etwa?«

Blom nickte. »Kamerling hat gedacht, du schickst uns. Ist

wohl nicht gut auf dich zu sprechen. Hat mir im Walhalla eine reingehauen und sich vom Acker gemacht. Wir dachten, du weißt vielleicht, wo wir ihn finden können.«

Lugowskis Miene verdüsterte sich weiter. »Scheiße«, murmelte er. »Ihr wisst es also auch nicht.« Er stand auf, trat ans Fenster und starrte hinaus.

Mathilde nutzte die Gelegenheit und stibitzte eine Zigarre aus der Kiste vom Schreibtisch.

Blom sah sie an. »Ich darf nicht, aber du schon«, flüsterte er.

»Mir klebt nicht die Polente am Arsch«, flüsterte sie zurück.

Lugowski drehte sich um, setzte sich wieder und sah die beiden an. »Warum sucht ihr ihn?«

Schnell ließ Mathilde die Zigarre im Ärmel verschwinden. »Wir haben einen Fall«, erklärte sie.

»Wohl keinen sehr lukrativen.« Lugowski griff nach einer Schachtel Schwefelhölzer, zündete eines davon an und hielt die Flamme vor ihre Nase. »Felix hat dir wohl gar nichts beigebracht.«

Mathilde ließ die Zigarre aus dem Ärmel gleiten, biss deren Ende ab und spuckte es in den Papierkorb. Dann steckte sie sich die Zigarre in den Mund und zündete sie an. Sie lehnte sich zurück und nahm mit genussvoller Miene ein paar Züge. »Wir sollen herausfinden, wer in die Krypta auf dem St.-Hedwig-Friedhof eingebrochen ist und das Grab von Eduard Rohland geschändet hat«, erklärte sie.

Lugowski runzelte die Stirn. »Rohland? Wer soll das denn sein?«

Blom zuckte mit den Schultern. »Ein netter alter Herr, war früher Professor für Archäologie, siebenundsiebzig Jahre alt, ist vor Kurzem an einem Schlaganfall gestorben.«

Der alte Gangsterboss wirkte zunehmend irritiert. »Und was hat das mit Kamerling zu tun?«

»Keines der Schlösser wurde gewaltsam aufgebrochen«, erklärte Blom. »Da war ein Tantelmacher am Werk, und zwar ein richtig guter. Nachdem Mo indisponiert ist, denken wir, dass Kamerling dahintersteckt.« Er musterte die Papiere auf Lugowskis Schreibtisch, doch der alte Gangsterboss bemerkte seinen Blick. Er nahm eine Zeitung und breitete sie über den Akten aus. »Was machst du eigentlich hier?« Blom konnte seine Neugier nicht länger im Zaum halten. »Rollo meint, du willst einen Gourmettempel eröffnen.«

»So ist es. Und das Zeug, das dort kredenzt wird, muss von irgendwoher importiert werden«, gab Lugowski sich vage. »Bei eurer Suche nach Kamerling ...«, kam er zurück zum Thema. »Habt ihr da irgendwas herausgefunden?«

»Wir haben erfahren, dass er manchmal hier war.«

»Und darüber hinaus? Ihr wisst wirklich nicht, wo er jetzt stecken könnte?«

»Wären wir dann hier?«

Lugowski schnaubte. »Verdammter Mist«, zischte er durch die Zähne.

»Was wird hier gespielt, Arthur? Wenn du ein legales Gourmetlokal eröffnen willst, wofür brauchst du dann einen Tantelmacher? Irgendetwas stinkt hier zum Himmel.«

Der Gangsterboss begutachtete die Glut seiner Zigarre und fixierte anschließend die beiden. »Bei aller Liebe«, sagte er schließlich »Wenn ihr nicht drin seid, seid ihr draußen. Ihr wisst, was ich meine.« Er lehnte sich zurück. »Apropos ... Habt ihr es noch immer nicht satt, Detektiv zu spielen? Für einen Hungerlohn irgendwelche Aufträge erledigen und in altmodischen Fetzen rumzulaufen? Wollt ihr nicht lieber Teil meiner Mannschaft werden?«

Blom betrachtete seinen Gehrock und seufzte. »Du weißt, dass ich nicht kann.«

»Wenn wir den Fall des aufgebrochenen Sargs lösen, kriegen wir einen Batzen Kohle«, erklärte Mathilde.

»Wohl eher ein Bätzchen.« Lugowski sah sie mitleidig an. »Wie viel, mein Püppchen? Fuffzig Mark? Hundert?« Er deutete auf Blom. »So viel Zaster und noch mehr hat der Junge hier früher in einer Nacht auf den Kopf gehauen. Mensch, Felix, hast du denn gar keine Sehnsucht nach dem Leben von damals? Richtiges Leben. Nicht so ein Dahinvegetieren wie in eurem Loch.«

»Dieser Bruno Harting hat es auf mich abgesehen«, seufzte Blom. »Du weißt ja, wie's ist. Mit meiner Vorstrafe … Wenn die Polente mich dabei erwischt, dass ich auch nur eine Zeitung klaue, stecken sie mich zurück nach Moabit. Und zwar länger als drei Jahre.«

»Nun ja.« Lugowski erhob sich und signalisierte damit, dass das Gespräch beendet war. »Meine Türen stehen dir jederzeit offen, falls du es dir irgendwann anders überlegen solltest. Und für dich, Püppchen …« Er nickte Mathilde zu. »Für dich finden wir auch was.«

»Apropos offene Türen …« Blom erhob sich ebenfalls. »Der Krögel soll abgerissen werden. Wir müssen bis Ende des Monats ausziehen, und es ist gerade schwer, eine neue Bleibe zu finden.«

Lugowski grinste. »Nicht, wenn man das nötige Kleingeld hat.« Er griff in seine Westentasche und zog ein Geldbündel hervor. Er leckte über den Daumen, zählte langsam und genüsslich ein paar Scheine davon ab und legte sie auf den Tisch. »Ich werde mich umhören. Vielleicht weiß einer meiner Männer was Günstiges.« Er schob Mathilde das Geld zu.

»Wofür ist das?«

»Kamerling. Wenn ihr ihn oder zumindest einen Hinweis auf seinen Verbleib findet, dann tanzt ihr hier wieder an.« Er zückte einen weiteren Schein und hielt ihn in die Höhe. »Und zwar pronto.«

»Versprochen«, sagte Mathilde.

Lugowski reichte ihr das Geld. »Abgesehen von mir bekommt niemand die Information«, erklärte er. »Ist das klar?«

Mathilde steckte die Scheine ein und nickte. »Glasklar. Sobald wir etwas herausfinden, bist du der Erste und Einzige, der davon erfährt.« Sie streckte die Hand aus.

Lugowski wollte ihr einen weiteren Schein geben, doch sie deutete auf die Zigarren.

»Weiber«, murrte der alte Gangsterboss. »Kleiner Finger, ganze Hand.« Er schüttelte den Kopf. »Von mir aus.« Er schob ihr das Kästchen zu. Dann öffnete er die Tür und rief nach Ede. »Begleite die beiden bis zur Straße!«

»Natürlich, Chef.«

Auf dem Weg aus dem Gebäude versuchte Blom erneut, etwas über die Geschäfte in der alten Gerberei ausfindig zu machen, und fragte Ede ein Loch in den Bauch. Doch der grobschlächtige Kerl schwieg wie ein Grab und ließ sich nicht das Geringste entlocken. Abgesehen von dem sonderbaren Geruch und der unspezifischen Geräuschkulisse gab es nichts in Erfahrung zu bringen, was Blom hätte schlauer werden lassen.

»Mach's gut, Felix«, verabschiedete sich Ede auf der Straße. Er fasste sich an die Mütze und nickte Mathilde zu. »Sie auch, Fräulein Voss.« Dann drehte er sich um und ließ die beiden stehen.

Die Schneehaufen rund um sie herum glitzerten in der schwachen Morgensonne, ein Spatz mit aufgeplustertem

Gefieder ließ sich in einer nahen Eberesche nieder und stibitzte eine der roten Beeren.

»Was da drinnen wohl vor sich geht?«, fragte Mathilde, die den Blick nicht von der alten Gerberei wenden konnte.

Blom zuckte mit den Schultern. »Was auch immer es ist, mit Importwaren hat es vermutlich nichts zu tun.«

Sie sahen einander an. »Und jetzt?«, fragte Mathilde. »Wie sollen wir weiter vorgehen?«

»Ich denke, es ist an der Zeit, die Witwe aufzusuchen. Wir sollten uns bei den Rohlands zu Hause umsehen, das Personal befragen und dergleichen.«

»Gute Idee, aber es ist Sonntagvormittag. Die Rohlands sind katholisch. Wahrscheinlich besuchen sie gerade die Messe.«

Blom nickte. »Gehen wir zurück in den Krögel«, schlug er vor. »Ich kann noch einen Kaffee vertragen.«

21

Kommissar Schlesinger hatte schlecht geschlafen. In der möblierten Wohnung, die das Polizeipräsidium für ihn angemietet hatte, war es kalt gewesen, die Matratze hatte sich unangenehm durchgelegen angefühlt, und die Geräusche der Stadt, die in die Kammer drangen, waren ihm fremd gewesen. Das Rattern von Fuhrwerken und das Grölen von Betrunkenen waren für ihn, der an das sanfte Rauschen des Meeres und das leise Rascheln von Savannengras gewohnt war, eine unangenehme Kakofonie. Er hatte lange wachgelegen, sich unruhig hin- und hergewälzt und gegrübelt: über den Fall, über damals und über die Entscheidung, nach Deutschland zurückzukehren. War es richtig gewesen, Afrika zu verlassen?

Er quälte sich aus dem Bett, streckte sich und öffnete das Bündel, das seine Zimmerwirtin ihm abends zuvor vor die Tür gelegt hatte. Es enthielt ein paar warme Kleidungsstücke und selbst gebackenen Apfelkuchen. »Herzlich willkommen«, stand auf einer Karte.

Schlesinger zog den braunen Wollanzug an, darüber einen knielangen Mantel aus dunkelgrünem Loden und eine Melone. Die Sachen saßen zwar nicht wie angegossen, aber sie waren warm und würden ihm in den kommenden Tagen gute Dienste leisten. Er aß den Kuchen und ging los.

Sein Weg zur Arbeit führte ihn durch ein Gewirr enger, verwinkelter und baufälliger Gassen. Vor dem Polizeipräsidium am Molkenmarkt blieb er stehen und betrachtete den düsteren, altertümlichen Gebäudekomplex, der wohl auf eine lange und turbulente Geschichte zurückblickte. Vor der Toreinfahrt herrschte reges Treiben. Uniformierte Wachleute – manche trugen Pickelhauben, andere warme Mützen – gingen ein und aus, genauso wie eine Vielzahl von Menschen in Zivil, bei denen es sich wohl um Zeugen, Beschuldigte oder Kläger handelte.

Schlesinger schritt durch den Haupteingang, eine metallbeschlagene Eisentür.

»Morgen.« Ein unausgeschlafen wirkender Bruno Harting kam ihm in der Eingangshalle entgegen. Die Kinder hatten ihn wohl die halbe Nacht auf Trab gehalten. »Ich dachte, ich hole Sie ab und bringe Sie in unser Büro, bevor Sie in diesem Irrgarten abhandenkommen.«

»Abhandenkommen? Ich …«

»Ich weiß, Sie waren im Dschungel, aber glauben Sie mir – der ist nichts gegen das Labyrinth im Molkenmarkt.« Er lief an den großen, geschwungenen Treppen vorbei, die in die oberen Stockwerke führten, und öffnete eine schmale, unscheinbare Tür, hinter der ein kleiner, winkeliger Innenhof lag, in dem lautes Tohuwabohu herrschte. Zwei schwerfällige, fensterlose Kastenwagen, die aufgrund ihrer auffälligen Farbe im Volksmund Grüner Heinrich genannt wurden, standen bereits im Hof, ein dritter dieser Gefangenentransporte wurde gerade herbeigekarrt.

Schutzleute positionierten sich vor deren Türen, woraufhin diese geöffnet wurden und Männer daraus hervorquollen. Sie mussten sich in einer Reihe aufstellen, wurden gefilzt und dann abgeführt.

»Interessant«, sagte Schlesinger. »Die scheinen mir alle aus demselben Stall zu kommen. Keine bunt gemischte

Gesellschaft, wie man es in einer Millionenstadt wie Berlin erwarten würde.«

»Stimmt, üblicherweise ist die Fracht auch vielfältiger. Bettler, Huren, Pennbrüder, Trickdiebe, Jugendbanden … Derzeit liegt das Augenmerk aber auf den Sozis.« Bruno deutete auf die Verhafteten, die mit teils grimmigen, teils ängstlichen Mienen den Anweisungen der Wachleute Folge leisteten. »Ich weiß nicht, ob Sie es mitbekommen haben, aber in Berlin herrscht seit drei Monaten der sogenannte ›Kleine Belagerungszustand‹. Sozialisten, Kommunisten und Sozialdemokraten, allesamt rotes Gesindel, sind als Gefahr für die Sicherheit und Ordnung in dieser Stadt eingestuft worden. Sie dürfen keine Versammlungen mehr abhalten, keine Druckschriften verbreiten und keine Waffen tragen. Wer sich nicht daran hält, wird verhaftet und der Stadt verwiesen. Auf Nimmerwiedersehen.«

»Man lernt nie aus.« Beeindruckt sah Schlesinger zu, wie eine Gruppe nach der anderen durch eine schmale Holztür geführt wurde. »Die werden alle aus Berlin verbannt?«

»Die meisten. Aber Sie brauchen kein Mitleid zu haben. Erstens haben die Kerle es verdient, zweitens platzen unsere Gefängnisse aus allen Nähten«, erklärte Bruno, während sie den ältesten Teil des Komplexes betraten. Über eine abgenutzte, knarrende Holztreppe stiegen sie in den zweiten Stock und gingen von dort aus durch lange verworrene Korridore, die eng und schlecht beleuchtet waren. »Immer wieder bricht in den Arrestzellen Flecktyphus aus, weil so viele auf so kleinem Raum zusammengepfercht sind.«

»Apropos eng«, sagte Schlesinger, als sich zum erneuten Mal schwer beladene Möbelpacker an ihm vorbeidrängten. »Was wird denn hier geschleppt?«

Bruno seufzte. »Wegen dem roten Pack wird die politische Polizei verdoppelt. Die Gewerbeaufsicht muss darum ausziehen. Es ist ein einziges Chaos. Ich sag's Ihnen, Sie hätten sich keinen schlechteren Zeitpunkt aussuchen können, um zu uns zu stoßen.«

In einem düsteren mittelalterlichen Trakt, dessen Fenster hinaus auf die Spree zeigten, blieb Bruno endlich stehen. Er öffnete eine Tür und führte Schlesinger in ein kleines Zimmer, dessen Decke so niedrig war, dass Bruno nur die Hand ausstrecken musste, um sie zu berühren. »Verstehen Sie jetzt, was ich vorhin mit dem Labyrinth gemeint habe?«

Schlesinger nickte, setzte sich an den massiven Schreibtisch, der beinahe die gesamte Fläche der Kammer einnahm, und sah sich um. Es war eng, feuchtkalt und die Luft abgestanden.

»Die Kriminalabteilung wird auch bald umziehen«, sagte Bruno. »Gewöhnen Sie sich also nicht an den Luxus.«

Schlesinger lächelte und lehnte sich zurück. »Lassen Sie uns über Sönke Fries reden. Unser Opfer hat also seine Arbeit in der Räuberhöhle hingeschmissen, um im Hinterzimmer des Café Keck als Croupier zu arbeiten«, begann er zusammenzufassen, was sie tags zuvor herausgefunden hatten. »Dort hat er mit gezinkten Karten unter anderem Gustav Schulte abgezockt. Sein Chef war Raik Hartmann, der im Begriff ist, ein Casino zu eröffnen.« Er blickte hoch. »Was ist das für ein Etablissement, das er dafür kaufen will?«

»Krolls«, sagte Bruno. »Das liegt in der Nähe des Brandenburger Tors. Ziemlich prächtige Hütte.«

»Hartmann will die Immobilie also kaufen und umbauen. Das klingt nach einem kostspieligen Unterfangen. Macht er denn mit seinem Café samt Hinterzimmer so viel Zaster?«

Bruno steckte sich einen Zahnstocher zwischen die Zähne und kaute darauf herum. »Ich denke nicht. Zumindest nicht genug, um Krolls Etablissement zu kaufen.«

»Er muss also noch andere Dinge am Laufen haben«, folgerte Schlesinger. »Geschäfte, die womöglich derart lukrativ sind, dass es sich lohnt, dafür über Leichen zu gehen.«

»Wir sollten ihm auf den Zahn füh…« Der Rest des Satzes wurde vom dreifachen Schrillen einer Glocke übertönt. »Oh.« Bruno riss die Augen auf. »Das Zentraltelegrafenamt hat eine ganz eigene Methode, mit den Abteilungen zu kommunizieren. Ein Schlag der Glocke bedeutet, dass eine wichtige Depesche angekommen ist, zwei Schläge, dass man eine Leiche gefunden hat, drei Schläge stehen für Mord.«

Als wäre das sein Stichwort gewesen, wurde die Tür aufgerissen, und ein junger Polizist kam in den Raum geeilt. »Ermordeter Mann beim Anhalter Bahnhof«, verkündete er atemlos, stand stramm und streckte Bruno eine Nachricht entgegen.

»Kann Hüllessem die nicht übernehmen?«, murrte der. »Wir haben bereits einen Mord an der Backe.«

»Aber die Taten hängen zusammen.«

»Woher wissen Sie das?«, fragte Schlesinger.

»Jemand hat dem armen Schwein eine Krawatte verpasst. Sie wissen schon …« Der junge Polizist fasste sich an die Kehle. »Ihre Kutsche wartet bereits.«

Der Weg durch das Labyrinth vom Büro bis auf die Straße dauerte ungefähr gleich lang wie der mit der Kutsche zum Anhalter Bahnhof.

Eine Menschentraube sowie Absperrband, das im eisigen Wind flatterte, wiesen ihnen den Weg zum Tatort, wo sie von einem Uniformierten in Empfang genommen wurden.

»Er hat die Leiche gefunden.« Der Mann deutete auf einen Bauarbeiter, der am Rand der Absperrung eine selbstgedrehte Zigarette rauchte.

»Kann ich jetzt endlich abhauen?«, rief er. »Wir haben einen Bahnhof fertig zu bauen, außerdem frier ich mir hier die Klöten ab.«

»Haben Sie seine Aussage und Personalien aufgenommen?«, fragte Schlesinger.

Der Uniformierte nickte. »Das habe ich, und ich habe auch schon nach Professor Liman schicken lassen. Er müsste jeden Moment hier eintreffen.«

»Sehr gut.« Schlesinger klopfte dem Mann auf die Schulter und deutete dann auf den Arbeiter. »Sie können gehen«, rief er. »Aber halten Sie sich zu unserer Verfügung.« Er wandte sich der Leiche zu, die notdürftig mit einer Plane vor den Augen der gaffenden Passanten abgeschirmt wurde. Der Mann, der steifgefroren vor ihnen auf dem Boden lag, war etwa Anfang dreißig, unrasiert und hatte einen schmutzigen Verband um den Kopf gewickelt. Genau wie bei Sönke Fries war ihm die Kehle durchschnitten und die Zunge durch die klaffende Öffnung gezogen worden. »Kennen wir die Identität des Toten?«

»Er hatte Reisedokumente bei sich. Offenbar handelt es sich um einen gewissen Christian Kamerling.« Der Uniformierte deutete auf einen Werkzeugkoffer und einen Seesack. »Darin befinden sich persönliche Sachen. Scheint, als wollte er die Stadt verlassen.«

Bruno ging in die Hocke und durchwühlte den Inhalt des Seesacks.

»Und?«, fragte Schlesinger. »Irgendetwas, das uns weiterhilft?«

Bruno kramte Unterwäsche und Socken hervor, Rasierzeug und Seife. »Sieht schlecht aus«, murmelte er, doch dann hellte sich seine Miene auf.

»Was ist das?« Schlesinger betrachtete das kleine Schächtelchen, das Bruno ihm entgegenstreckte.

»Streichhölzer«, erklärte er. »Streichhölzer aus dem Walhalla. Jetzt wissen wir, welches Lokal er frequentierte. Vielleicht kann uns dort jemand mehr über ihn erzählen.«

»Gut.« Schlesinger stemmte die Hände in die Hüften und sah sich um. Dabei fiel sein Blick noch einmal auf den Toten. »Was ist das?« Er kniff die Augen zusammen und deutete auf dessen Hände.

»Was meinen Sie?« Bruno war neben ihn getreten.

Schlesinger ging in die Hocke und versuchte, die Finger des Toten auseinanderzuziehen. »Er hält irgendetwas fest«, erklärte er. »Sieht wie ein Stück Papier aus.«

»Tatsächlich.« Bruno schüttelte den Kopf. »Der Halsschnitt und die Zungenkrawatte ziehen die ganze Aufmerksamkeit auf sich, da kann man so was Kleines schnell übersehen.« Er bückte sich und versuchte, Schlesinger zu helfen.

»Lassen Sie das!«, erklang da eine vertraute Stimme hinter ihnen. Professor Liman kam heranmarschiert und rückte dabei seinen Zwicker zurecht. »Sie unterschätzen die Kraft der Leichenstarre und der Kälte. Wenn Sie seine Hand öffnen wollen, werden Sie äußerste Brutalität anwenden und die Finger brechen müssen. Dabei könnten Sie eventuell Spuren vernichten.«

»Er könnte ein Beweismittel festhalten«, verteidigte sich Bruno. »Es ist Papier, vielleicht steht was Wichtiges drauf.«

Liman klatschte in die Hände und erteilte seinen Assistenten Anweisungen. »Was auch immer es ist, ich kümmere mich darum. Ich werde es unbeschadet extrahieren und Ihnen unverzüglich zukommen lassen.«

»Wie lange wird das etwa dauern?«, fragte Schlesinger.

»Es handelt sich um Papier, ich kann den Toten zum Auftauen also nicht in ein Wasserbad legen«, überlegte Liman laut und zwirbelte seinen Bart. »Ich werde andere Methoden anwenden müssen.« Er grübelte. »Ein paar Stunden müssen Sie mir dafür schon einräumen.«

»Wie Sie meinen.« Schlesinger fasste an seinen Hut. »Wir haben einige andere Spuren, die uns fürs Erste auf Trab halten werden. Bitte beeilen Sie sich trotzdem.« Er nickte Bruno zu. »Gehen wir ins Walhalla.«

22

Arthur Lugowski saß in seinem Büro in der alten Gerberei, paffte wie immer Zigarre und starrte gedankenverloren vor sich hin. Der verdammte Christian Kamerling war also in das Grab von diesem Eduard Rohland eingebrochen. Aber wer war dieser Kerl überhaupt? Und welche Gründe sollte Kamerling für diese absurde und blasphemische Tat gehabt haben? Er konnte sich einfach keinen Reim darauf machen. Je mehr er sich den Kopf zerbrach, desto sonderbarer schien ihm die Angelegenheit.

Er wurde unruhig, stand auf und begann wie ein Raubtier in seinem Käfig hin- und herzutrotten. Sein Lokal … sein Traum … Alles, einfach alles stand auf dem Spiel. Schwer atmend schritt er von einer Wand zur anderen, rauchte, grübelte und raufte sich die Haare.

Lautes Klopfen setzte seinen Gedanken ein jähes Ende. Noch ehe er reagieren konnte, wurde die Tür aufgerissen und Detlev Zieman kam hereingeplatzt. »Kamerling …«, keuchte er und hielt sich an einer Stuhllehne fest.

Lugowskis Puls fing an zu galoppieren. »Habt ihr ihn endlich gefunden?«

Zieman nickte.

»Wo steckt er?«, rief Lugowski. »Wo ist der verdammte Kerl? Sag schon! Mach's nicht so spannend!« Seine Stimme bebte, in seinem Gesicht stand Zornesröte.

»Er ist tot«, presste Zieman hervor.

»Tot? Wie tot?«

»Irgendjemand hat ihm den Hals aufgeschlitzt. Drüben beim Anhalter Bahnhof. Ein paar der Jungs haben es zufällig mitbekommen, als sie auf dem Weg hierher waren. Ich bin gleich hinübergelaufen, um der Sache nachzugehen. Zwischen dem Güterbahnhof und der Baustelle wimmelt es nur so vor Polizisten, aber ich hab es geschafft, einen Blick auf das Opfer zu werfen. Er ist es, ohne Zweifel.«

»Verdammt!« Lugowski setzte sich hinter den Schreibtisch und ließ die Neuigkeit sacken. »Sagt dir der Name Eduard Rohland etwas?«

»Rohland?« Zieman runzelte die Stirn. »Nein. Wer soll das sein?«

»Irgend so ein alter Knacker … Archäologe, der vor ein paar Tagen übern Jordan gegangen ist. Kamerling soll in sein Grab eingebrochen sein.«

»Hä?« Zieman reagierte so verwirrt auf die Information, wie Lugowski es kurz zuvor getan hatte. »Warum sollte Kamerling so etwas tun?«

»Wenn ich das wüsste!« Lugowski schlug mit der Faust so fest auf den Tisch, dass das Holz knackte. »Der Scheißkerl hatte eine verfluchte Aufgabe. Er sollte einen simplen Botengang erledigen. Mehr nicht. Und dann verschwindet er und wird ermordet. Was zur Hölle soll das?« Seine Stimme war angeschwollen, Speicheltröpfchen sprühten durch die Luft.

Zieman wusste wohl nicht, was er sagen sollte. »Chef …«, setzte er an, sprach jedoch nicht weiter.

Lugowski erhob sich, trat ans Fenster und öffnete es. Eiskalte Luft schlug ihm entgegen, und er nahm ein paar tiefe Atemzüge. »Die Sache mit dem Grab ist mir ein Rätsel, aber was alles andere betrifft … Ich denke, dass Kamerling das Päckchen geholt hat und dann in Schwierigkeiten geraten ist«, überlegte er laut. »Jemand hat ihn verfolgt und ermordet, und mein Instinkt sagt mir, dass dahinter kein Geringerer steckt als …«

»… Raik Hartmann«, vervollständigte Zieman den Satz.

»Ganz genau.«

»Aber wie sollte Hartmann von der ganzen Sache Wind bekommen haben?«

»Das, mein lieber Detlev, ist die große Frage. Und es kann nur eine Antwort darauf geben.« Lugowski sah ihn mit solch einem stechenden Blick an, dass Zieman zusammenzuckte. »Es gibt offenbar einen verdammten Maulwurf!« Der heiße Zorn war aus seiner Stimme gewichen und durch eiskalte Abscheu ersetzt worden. »Einen verdammten Verräter.« Er trat zur Tür. »Worauf wartest du?«

Zieman folgte dem alten Gangsterboss nach unten in den großen Werkraum, in dem munteres Treiben herrschte. Fässer wurden gerollt, Kisten gestapelt und Kanister befüllt. Glas klirrte, Wasser kochte, und das Feuer in einem riesigen Ofen knackte vor sich hin. Es ging zu wie in einem Bienenstock, eine Atmosphäre, die Lugowski normalerweise genoss, doch heute hatte das Ganze einen schalen Beigeschmack. »Alle mal herkommen«, rief er. »Und zwar dalli!«

Zieman klatschte in die Hände. »Habt ihr nicht gehört?«, brüllte er. »Der Boss will mit euch reden.« Er wandte sich an einen Riesen von einem Mann, der einen Nacken wie ein Stier und Fäuste wie Bärentatzen hatte. »Hol die Wachleute von draußen und die Jungs, die das Boot entladen«, wies er an.

Die Männer ließen alles stehen und liegen, eilten herbei und bildeten einen Halbkreis vor Lugowski.

Während der Gangsterboss darauf wartete, dass sie vollzählig waren, ließ er seinen Blick über seine Männer wandern. Er sah Narben, schwielige Hände und krumme Rücken. Gesichter, gezeichnet von einem entbehrungsreichen Leben, von Not und Mangel. Dies waren gute Männer. Seine Männer.

Er fühlte sich ihnen verbunden, wusste, wo sie herkamen. Als Kind polnischer Einwanderer zur Welt gekommen, hatte er selbst als Zeitungsjunge malocht und in den Fabriken der Stadt hart geschuftet, bevor er beschlossen hatte, sich nicht länger für den Profit anderer totzuarbeiten. Heute war er ein gemachter Mann, doch seine Wurzeln hatte er nie vergessen, weswegen er seine Leute mit Anstand und Respekt behandelte. Er war ein fairer Boss. Streng, aber gerecht – und er zahlte gut.

Umso mehr kränkte und erzürnte ihn, dass es in seinen Reihen offenbar einen Verräter gab. Einen Judas. Doch wer? Wer war das Dreckschwein?

Er blickte Ede Atzerot in die Augen. Hatte er da ein kurzes Aufflackern von Schuld gesehen? Wirkte der blatternarbige Horst Grossmann nicht nervös? War das Angstschweiß auf der Stirn von Werner Lorenz? Und warum blinzelte Tobias Nees so komisch? War es tatsächlich möglich, dass sich einer von ihnen hatte kaufen lassen? Dreißig Silberlinge, überlegte er. Wer von euch hat sie genommen?

Die neue Generation von Verbrechern kannte keinen Ehrenkodex mehr. Kerle wie Hartmann wendeten schmutzige Tricks an, um die Konkurrenz auszuschalten und Reviere abspenstig zu machen. Früher hatte man solche Rivalitäten am Verhandlungstisch oder zumindest Aug in Aug geregelt, aber heutzutage musste man froh sein, wenn man nicht hinterrücks gemeuchelt wurde. Er fasste in seine Hosentasche und strich über den Griff der Klinge, die sein ständiger Begleiter war.

Das Etablissement war sein Lebenstraum, und nun wollte Hartmann ihm diesen streitig machen. Wer von seinen Leuten half ihm dabei? Noch einmal beäugte er die Männer, die ihn allesamt fragend anstarrten. Bei keinem von ihnen konnte er sich vorstellen, dass er die Chuzpe haben würde, ihn zu bescheißen. Die meisten kannte er seit Jahren. Er war bei ihnen zu Hause gewesen, hatte ihre Familien getroffen, sie auf Herz und Nieren überprüfen lassen, bevor sie seinem inneren Zirkel beitreten durften.

Umso mehr schmerzte der Verrat.

Und umso schlimmer würde die Vergeltung ausfallen.

Er verspürte ein Stechen in der Brust. »Hört zu«, setzte er an. »Ich mache es kurz und schmerzlos. Unter uns befindet sich eine Ratte. Ein Kameradenschwein, das für den Feind arbeitet und unsere Reihen infiltriert hat.«

Die Augen der Männer weiteten sich.

»Es geht um Christian Kamerling«, sprach Lugowski weiter. »Wie ein paar von euch schon wissen, ist er tot.« Er machte eine dramatische Pause. »Ermordet.«

Aufgeregtes Raunen ging durch die Gruppe, die Männer sahen einander an.

Lugowski begann, zwischen ihnen hindurchzugehen und jedem einzelnen von ihnen in die Augen zu sehen. »Einer von euch hat mich verraten. Einer von euch hat uns alle verraten.«

»Aber Chef«, rief Ede. »Das kann nicht sein. Wir sind doch wie eine Familie.«

»In fast jeder Familie gibt es ein schwarzes Schaf.« Lugowski verengte die Augen und spannte die Muskeln an. Dann sprach er zwei Worte, die alles verändern sollten. »Findet ihn!«

23

Die Glocke der nahen Nikolaikirche schlug elf Uhr. »Ich kenne mich in solchen Dingen zwar nicht aus, aber ich denke, die katholische Messe müsste nun langsam zu Ende sein. Wollen wir uns auf den Weg zu Frau Rohland machen?«

Blom, der weiter in der *Ilias* gelesen hatte, blickte hoch und nickte. »Sollte uns der Besuch bei der Witwe nicht weiterbringen, müssen wir Kalle noch einmal auf den Zahn fühlen. Wenn er wieder hackedicht ist, wird er unbedacht und redselig sein.«

»Guter Plan.« Mathilde schlüpfte in ihren Mantel, zog Handschuhe an und setzte ihren Hut auf. »Ich hege zwar den Verdacht, dass Lugowski sich über Kalles besoffenes Geschwätz im Klaren ist und ihn darum in keine Geheimnisse einweiht. Aber wer weiß … Gut möglich, dass Kalle trotzdem ein paar Informationen aufgeschnappt hat, die …« Sie wurde von lautem Klopfen unterbrochen.

Noch ehe sie darauf reagieren konnten, wurde die Tür aufgerissen.

»Der hat mir gerade noch gefehlt«, murmelte Blom. Er legte das Buch beiseite und stand auf. »Ihre Sehnsucht nach mir scheint grenzenlos.«

Bruno Harting betrat die Detektei mit einem selbstgefälligen Grinsen auf den Lippen. »Ganz im Gegenteil.« Er zog den Hut vor Mathilde und steckte ein Stück Kautabak in den Mund. Dabei wirkte er derart gut gelaunt, dass Blom sich zunehmend unwohl fühlte.

»Was führt Sie zu uns?« Er schluckte, als auch noch der sonderbare, braun gebrannte Mann, mit dem Bruno gestern in die Kaisergalerie gegangen war, in der Tür auftauchte und ihn mit stahlblauen Augen anstarrte.

»Sie sind also der berühmte Felix Blom.« Der Mann sah sich um. »Ich bin Kommissar Heinrich Schlesinger. Ich habe schon viel von Ihnen gehört.«

»Nichts Gutes«, fügte Bruno hinzu.

»Was wollen Sie?«, versuchte Blom erneut, den Grund für den unliebsamen Besuch zu erfragen.

Brunos Grinsen wurde breiter, während er gemächlich auf seinem Tabak herumkaute. »Sie stecken bis zum Hals in der Scheiße, wenn ich das mal so sagen darf.«

Irritiert sah Blom zwischen den beiden Polizisten hin und her. »Ich? Aber ich habe nichts Ungesetzliches getan.«

»Das stimmt«, sprang Mathilde ihm zur Seite. »Ich war die ganze Zeit bei ihm und habe ihm immer genau auf die Finger geschaut.«

»Auch vergangene Nacht?«, fragte Bruno. »Ich dachte, Sie sind kein Paar und haben getrennte Betten.«

»Haben wir auch …«

»Eben. Sie hätten also nicht gemerkt, wenn er zum Anhalter Bahnhof gegangen und dort Christian Kamerling ermordet hätte.« Noch ehe Blom oder Mathilde einen Einwand erheben konnten, sprach Bruno weiter. »Wir waren im Walhalla, haben uns mit Irma Philippi unterhalten«, erklärte er. »Sie hat uns alles über die Vorfälle der vergangenen Nacht erzählt.« Er deutete auf Bloms Veilchen und die geschwollene Lippe. »Sie waren dort, hatten eine Auseinandersetzung mit Herrn Kamerling und haben ihn anschließend verfolgt.«

»Christian Kamerling ist tot?«, fragte Blom, der nicht wusste, wie ihm geschah.

»Red ich etwa Chinesisch? Kommen Sie schon. Hören Sie auf, uns zu veräppeln.« Bruno verdrehte die Augen. »Sie wissen sehr gut, dass er tot ist. Ermordet und verstümmelt. Auf dieselbe brutale Art und Weise wie Sönke Fries.« Er fasste sich an die Kehle.

»Sönke wer?« In Bloms Kopf begann sich alles zu drehen. Seine Gedanken rasten genau wie sein Puls. »Ich habe nichts verbrochen«, stammelte er. »Schon gar keinen Mord.«

»Das kann ich bezeugen«, erklärte Mathilde erneut. »Wir wollten Brennholz sparen, darum hat Felix im Büro geschlafen. Ich hätte es bemerkt, wenn er das Haus verlassen hätte.«

»Oder auch nicht«, blieb Bruno stur, während Schlesinger die Szene schweigend beobachtete.

»Sie wissen, dass ich kein Mörder bin«, sagte Blom flehentlich zu Bruno.

»Na ja, Sie sind ein Verbrecher. Einmal Ganove, immer Ganove. Vom Dieb zum Mörder ist es nur ein kleiner Schritt.«

Blom ließ das, was er in den vergangenen Minuten erfahren hatte, sacken. Christian Kamerling war ermordet worden, nur kurze Zeit, nachdem sie im Walhalla aneinander geraten waren. Dem verdammten Bruno kam das natürlich nur recht.

»Wir …«, setzte Bruno an, doch Mathilde hatte offenbar genug gehört.

»Es reicht!« Sie stemmte die Hände in die Hüften und baute sich vor Bruno auf. »Felix hat auf dem Boden direkt vor meiner Kammer geschlafen. Die Dielen knarzen und die Eingangstür quietscht in ihren Angeln. Ich hätte gemerkt, wenn er aus dem Büro geschlichen wäre.« Demonstrativ machte sie ein paar Schritte, öffnete die Tür und schloss sie wieder. »Hören Sie?« Sie blickte an Bruno vorbei zu Schlesinger.

Dieser nickte. »Worum ging es bei dem Streit, den Sie mit Herrn Kamerling hatten?«, fragte er Blom.

Blom überlegte kurz, ob er den beiden Polizisten von der Sache mit dem Sarg erzählen sollte, entschied sich aber dagegen. Es würde die Lösung des Falls nur erschweren, wenn die beiden sich darin einmischten. »Nichts Wichtiges«, sagte er. »Der Kerl war angetrunken und hat behauptet, ich hätte seine Liebste auf die falsche Art und Weise angeschaut. Sie wissen ja, wie so was ist.«

»Ich glaube Ihnen kein Wort, Blom«, zischte Bruno. »Sie lügen, wenn Sie nur das Maul aufmachen. Ich sollte Sie hier und jetzt verhaften.«

»Wir sind immer noch in einem Rechtsstaat«, entgegnete Mathilde. »Ohne stichhaltige Beweise dürfen Sie ihn nicht mitnehmen.«

Die Stimmung blieb angespannt.

»Frau Philippi erzählte uns, dass Herr Kamerling mit Arthur Lugowski in Verbindung stand«, durchbrach Schlesinger schließlich das eisige Schweigen. »Ihrem ehemaligen Mentor, wenn ich das richtig verstehe.«

»Mit der Betonung auf ehemalig.« Blom verschränkte die Arme.

Mathilde reichte Schlesinger eine Visitenkarte und ein Flugblatt. »Das ist es, womit Herr Blom jetzt sein Geld verdient – und zwar ausschließlich.«

Schlesinger studierte die Druckwerke. »Privatdetektei«, murmelte er in abschätzigem Tonfall. Er überlegte kurz und blickte hoch. »Halten Sie sich zu unserer Verfügung«, sagte er knapp. Dann trat er zur Tür und nickte Bruno zu, der ihm widerstrebend nach draußen folgte.

»Freuen Sie sich nicht zu früh«, zischte er dabei. »Ich kriege Sie, Blom. Verlassen Sie sich drauf.«

»Tun Sie Ihre Arbeit. Finden Sie den echten Mörder«, rief Blom ihm hinterher. Dann setzte er sich, öffnete die unterste Schreibtischschublade und entnahm ihr die Schnapsflasche, die er und Mathilde dort für Notfälle gebunkert hatten. Er gönnte sich einen kräftigen Schluck vom Korn und danach eine Prise Schnupftabak. Gedankenverloren strich er über sein geschwollenes Auge. »Kamerling wurde also ermordet.«

»Nicht nur er. Dieser Sönke Fries auch. Sagt dir der Name was?«

Blom schüttelte den Kopf.

Mathilde nahm ihm die Flasche aus der Hand und trank. »Verdammt«, murmelte sie und begann, in dem kleinen Raum unruhig auf und ab zu gehen. »Was hat das alles zu bedeuten? Die Krypta, das Grab von Eduard Rohland ... und jetzt diese Morde. Das muss alles irgendwie zusammenhängen.« Sie blieb stehen und sah Blom an. »Was hat Kamerling im Walhalla gleich gesagt?«

»Ich hab ihn nicht.«

Sie nickte. »Wir haben gedacht, er bezieht sich auf den Tantel. Oder auch den Sarg, im Sinne von *ich hab ihn nicht aufgebrochen*, aber was, wenn er etwas ganz anderes gemeint hat?«

»Du denkst, er hat von einem Gegenstand gesprochen?«

Mathilde dachte nach. »Ja«, sagte sie schließlich. »Es muss sich um ein Objekt handeln. Um etwas, das er aus dem Sarg entwendet hat.«

»Aber die Witwe behauptet doch, dass nichts gestohlen wurde.« Blom runzelte die Stirn.

Mathilde öffnete das Kästchen, das sie bei Lugowski

abgestaubt hatte, und entnahm ihm eine Zigarre. »Das hilft mir beim Nachdenken«, erklärte sie. Einige Augenblicke später blies sie Rauchkringel in die Luft und schloss die Augen. »Kamerling ist in die Krypta eingebrochen, hat den Sarg geöffnet und ihm einen Gegenstand entnommen«, überlegte sie laut. »Kurz darauf wurde er niedergeschlagen – daher das Blut in der Krypta und die Wunde an seinem Kopf.«

»Jemand hat ihm das abgenommen, was er zuvor gestohlen hatte«, führte Blom den Gedanken fort.

»Eventuell dieser Fries.«

»Und kurz darauf landen beide im Hades.«

»Hades? Du liest wohl zu viel in der *Ilias*. Wie auch immer ... Die Fäden laufen bei Eduard Rohland und dem aufgebrochenen Sarg zusammen.« Mathilde war derart in Gedanken versunken, dass sie nicht bemerkte, wie Asche auf den Boden fiel. »Irgendetwas muss sich in dem Grab befunden haben, für das es sich einzubrechen lohnte.«

»Und zu morden.« Blom trommelte mit den Fingerspitzen auf der Tischplatte herum. »Aber was? Was könnte das gewesen sein?«

Mathilde stand plötzlich auf und zog Mantel und Handschuhe an. »Los, worauf wartest du? Wirf dich in Schale! Wir müssen mit der Witwe reden. Wenn jemand eine Antwort darauf kennt, dann sie.«

Blom eilte nach oben, schlüpfte erneut in seine besten Kleider. Er wusste: Eine gute Garderobe öffnete viele Türen.

Der Dresscode: *Kleider machen Leute, und Menschen sind voll von Vorurteilen. Deshalb gilt: Wer wie ein Dieb angezogen ist, wird auch wie einer behandelt. Einem elegant geklei-*

deten Mann wird mehr Vertrauen entgegengebracht als einem abgetakelten Landstreicher. Ein elegantes Outfit erleichtert somit strafbare Handlungen, kann aber auch für die Ermittlungsarbeit von Vorteil sein.

Draußen erwartete sie schüchterner Sonnenschein. Glitzernde Eiszapfen hingen wie Kristalldolche von Dachtraufen und Ästen, die Luft roch nach Holzrauch. Straßen und Gassen waren vereist und teilweise spiegelglatt, sodass Blom und Mathilde immer wieder ins Schlittern kamen.

Ihr Weg führte sie in die Bernburger Straße, die sich durch das sogenannte Geheimratsviertel schlängelte, eine der vornehmsten Ecken Berlins. Zwischen Tiergarten und Landwehrkanal gelegen bestand es aus einer Vielzahl repräsentativer Landhäuser und Villen, in denen das Berliner Großbürgertum lebte und es sich gut gehen ließ.

»Das hier könnte es sein.« Blom zeigte auf ein dreistöckiges Haus, dessen Zufahrt von lebensgroßen Statuen aus Sandstein gesäumt wurde. »So stelle ich mir zumindest den Vorgarten eines Archäologen vor.«

»Du hast recht.« Mathilde deutete auf ein Messingschild, das am Tor angebracht war. *E. und W. Rohland,* stand darauf geschrieben.

Sie schritten zwischen griechischen Gottheiten hindurch, die ihnen Spalier standen, und läuteten, woraufhin das Bellen eines Hundes zu hören war.

Es dauerte eine halbe Ewigkeit, bis endlich eine kleine, in Schwarz gekleidete Frau die Tür öffnete. Ihr schlohweißes Haar war im Nacken zu einem Knoten gebunden, das blasse Gesicht von tiefen Falten durchzogen. »Sie wünschen?« Sie musterte sie argwöhnisch mit ihren großen wässrig blauen Augen. Hinter ihr kläffte sich ein weißer Spitz die Seele aus dem Leib. »Still, Kyros!«, schimpfte sie, woraufhin der Hund noch lauter bellte.

»Mein Name ist Mathilde Voss, und das ist mein Kompagnon, Felix Blom.« Mathilde ignorierte die Töle. »Wir sind Privatdetektive.« Sie reichte der Dame eine Visitenkarte.

Die Frau lächelte. »Sie sind das also.« Sie trat zur Seite und bat die beiden ins Haus. »Meine Schwester hat mir bereits berichtet, dass sie Sie engagiert hat.« Mit Trippelschritten ging sie durch das Entree bis zu einer geschwungenen Treppe, die sie derart langsam hochstieg, dass Blom fürchtete, es würde Stunden dauern, bis sie oben ankämen.

Kyros hatte endlich aufgehört zu kläffen und musterte die Besucher aus einigen Metern Sicherheitsabstand.

Zum Glück lag der Salon, in den sie geführt wurden, im ersten Stock, und zwar gleich hinter der ersten Tür.

Sie setzten sich auf eine gemütliche, mit dunkelgrünem Samt bezogene Sitzgruppe und sahen sich um. Es schien, als wären sie in einem überdimensionalen Setzkasten gelandet. Jeder Quadratzentimeter der Wände war mit Gemälden in allen Größen und Formen sowie mit gerahmten Postkarten, Fotografien und Skizzen behängt. In einer Ecke befand sich ein offener Kamin, in dem ein Feuer brannte, das ein angenehmes Knistern von sich gab. Es duftete nach Rosen und Möbelpolitur.

Frau Rohland hob Kyros auf ihren Schoß, läutete eine Glocke und sah Mathilde und Blom auffordernd an. »Und?«, fragte sie. »Konnten Sie herausfinden, wer …« Ihre Unterlippe bebte. »Wer in das Grab von meinem Eduard …« Sie deutete auf das Gemälde über dem Kamin, das einen untersetzten Mann zeigte. Er hatte eine Halbglatze, einen Backenbart und blickte die Betrachter verschmitzt an.

»Noch nicht ganz«, sagte Blom.

»Wir haben eine vielversprechende Spur«, erklärte Mathilde. »Allerdings benötigen wir noch mehr Informationen.«

Frau Rohland betätigte erneut die Glocke. »Von mir? Meine Schwester hat Ihnen doch schon alles gesagt. Mehr weiß ich auch nicht.«

»Wir gehen davon aus, dass der Einbrecher etwas aus dem Sarg Ihres Mannes entwenden wollte«, sagte Mathilde.

»Was soll denn das gewesen sein?« Die Witwe wirkte ratlos und tätschelte den Kopf ihres Schoßhunds. »Abgesehen von Eduard und ein paar Blumen befand sich nichts in dem Sarg. Da bin ich mir sicher.«

»Sagt Ihnen der Name Christian Kamerling etwas?«, versuchte Blom einen neuen Ansatz.

»Nein.« Sie schüttelte kurz den Kopf.

»Wie ist es mit Sönke Fries oder Arthur Lugowski?«, legte Mathilde nach.

»Nein, wer sollen diese Männer sein?«

Die Tür wurde geöffnet, und eine steinalte Frau kam hereingeschlurft. Ihr Rücken war gebeugt, und sie ging noch langsamer als die Witwe vorhin. »Sie haben geläutet?«, krächzte sie.

»Agathe.« Frau Rohland zeigte auf Blom und Mathilde. »Ich habe Besuch. Wärst du so lieb und würdest Tee zubereiten und ein paar belegte Brote.«

»Wie?«

»Tee und Brote«, wiederholte Frau Rohland in einem lauteren Tonfall.

»Natürlich.« Agathe drehte sich um und ging im Schneckentempo davon.

»Wir wollen keine Umstände bereiten«, sagte Mathilde.

»Schon gut«, erklärte Frau Rohland. »Die Arbeit hält sie in Form. Wo waren wir? Ach ja, bei diesen Männern … Ich kenne sie nicht.«

»Es tut mir leid, doch ich muss Sie das fragen.« Blom zögerte. »Ist es möglich, dass Ihr Mann Geheimnisse hatte?«

»Nein, wir waren stets ehrlich miteinander, haben uns alles erzählt. Die guten und auch die schlechten Dinge. Und selbst wenn er etwas vor mir hätte verbergen wollen …« Sie lächelte. »Nach über fünfzig Ehejahren war mein Mann ein offenes Buch für mich.«

»Vielleicht war er in irgendeine Sache hineingeraten, ohne es selbst zu merken. Seine Arbeit …«

»Eduard war schon lange nicht mehr aktiv tätig.« Frau Rohland seufzte. »Er war schlecht zu Fuß, sein Gehör hat nachgelassen, und sein Rücken hat ihm Probleme bereitet. Vor drei Jahren hat er sich die Hüfte gebrochen und seither das Haus nicht mehr verlassen. Er lag meistens im Bett oder auf dem Sofa und hat gelesen, bis er vergangene Woche …« Sie zog ein Spitzentuch aus ihrer Rocktasche und tupfte sich damit die Augen. »Alt werden ist nichts für schwache Gemüter.« Sie tätschelte Kyros. »Nicht war, mein Zuckerbübchen?«

Mathilde nickte mitfühlend. »Wäre es möglich, dass ihn irgendwelche Geister aus seiner Vergangenheit eingeholt haben?«

»Wovon sprechen Sie?« Frau Rohland legte den Kopf schief. »Agathe und ich haben schon lange vor Eduards Tod seine Angelegenheiten geregelt. Wir haben viele seiner Kleidungsstücke an die Armenpflege gegeben, Bücher an die Universitätsbibliothek gespendet, Dokumente und Aufzeichnungen geordnet. Glauben Sie mir, mein Eduard hatte keine Geheimnisse, keine Geister aus der Vergangenheit und auch sonst nichts, das diese unsägliche Tat erklären würde.«

Blom und Mathilde sahen einander ratlos an.

»Erzählen Sie uns von der Beerdigung«, bat Mathilde.

Die Tür ging auf, Agathe schlurfte herein, Kyros hüpfte Frau Rohland vom Schoß und rannte hechelnd auf sie zu. Auch Blom sprang auf, eilte zu ihr und nahm ihr das schwere Tablett aus den Händen, auf dem sich belegte Brote neben Teetassen türmten. »Fräulein Agathe …«, setzte er an, was der alten Frau ein schüchternes Kichern entlockte.

»Es muss sechzig Jahre her sein, seit mich das letzte Mal jemand Fräulein genannt hat.«

»Die Herrschaften würden gerne etwas über Eduards Beerdigung erfahren.« Frau Rohland wandte sich an Blom und Mathilde. »Sie müssen wissen, dass Agathe, meine Perle, das meiste organisiert hat. Das Ableben meines Gatten hat mich hart getroffen, und ich war froh über jede Hilfe. Nimm Platz, Agathe.«

»Ich stehe lieber«, erklärte Agathe. »Wenn ich mich auf die weichen Sessel setze, komme ich anschließend nicht mehr hoch.« Sie sah zu Blom. »Was möchten Sie denn wissen?«

Blom stellte das Tablett auf den Tisch. »Wenn es nicht zu schmerzlich ist, würden Sie mit uns eventuell die Umstände von Herrn Rohlands Tod und die seiner Beerdigung durchgehen?«

Agathe zuckte mit den Schultern, wobei ihre Wirbelsäule ein Knacken von sich gab. »Herr Rohland hatte sich nach dem Abendessen unwohl gefühlt und hingelegt. So gegen zehn Uhr habe ich nach ihm gesehen und festgestellt, dass er nicht mehr atmet. Wir haben sofort den Arzt gerufen, der konnte aber leider nur noch den Tod feststellen.« Erneut zuckte sie mit den Schultern. »Ich habe Kerzen angezündet, ihm die Haare gekämmt, die Hände gefaltet und die Augen für immer geschlossen.«

»Wir ließen nach meiner Schwester schicken, Dorothee, die kennen Sie ja bereits. Gemeinsam haben wir die Totenwache gehalten«, erzählte Frau Rohland einigermaßen gefasst. »Am kommenden Morgen haben wir uns verabschiedet und Herrn Scharrenberg informiert.«

»Das ist der Herr von der Bestattungsfirma«, ergänzte Agathe.

Blom liebäugelte mit einem Schinkenbrot.

»Langen Sie nur zu«, sagte Frau Rohland, der sein hungriger Blick offenbar nicht entgangen war.

Blom ließ sich nicht zweimal bitten, und auch Mathilde bediente sich.

»Der alte Scharrenberg und zwei seiner Männer haben Herrn Rohland fortgebracht«, sagte Agathe.

Mathilde hatte ihr Notizbuch gezückt. »Dieser Herr Scharrenberg …«, setzte sie an.

»Sie finden sein Unternehmen in der Sigismundstraße«, erklärte Frau Rohland. »Ein sehr netter Herr. Er hat fast alle meine Verwandten und Bekannten unter die Erde gebracht. Sehr zuverlässig, pietät- und stilvoll. Er hat sein Handwerk in Wien gelernt, bei der Entreprise des pompes funèbres, weltweit die führenden Bestatter.«

»Herr Scharrenberg hat Ihren Mann also abgeholt und eingebettet«, fasste Blom zusammen. »Haben Sie vor der Einsegnung in der Gruft noch einmal einen Blick in den Sarg geworfen?«

Frau Rohland schüttelte den Kopf und deutete auf das Porträt über dem Kamin. »Ich wollte ihn so in Erinnerung behalten, wie er war, nicht steif und kalt. Nicht tot.«

Blom warf Mathilde einen wissenden Blick zu, den sie mit einem Nicken quittierte. »Herzlichen Dank«, sagte er und stand auf. »Sie haben uns sehr geholfen.«

»Sie finden den Schuldigen?« Frau Rohland erhob sich.

»Das werden wir. Ehrenwort.«

»Ich geleite Sie zur Tür«, erklärte Agathe und bewegte sich so langsam, dass es wahrscheinlich Minuten dauern würde, bis sie auch nur den Flur erreichten.

»Bemühen Sie sich nicht«, sagte Mathilde. »Wir finden allein hinaus.«

Sie verabschiedeten sich und eilten nach draußen.

»Der Bestatter.« Blom fasste sich an den Kopf. »Der hätte uns eigentlich gleich in den Sinn kommen können. Wenn jemand die Möglichkeit hatte, etwas in den Sarg zu legen, dann er.«

Mathilde zeigte sich nicht ganz so enthusiastisch. »Du magst recht haben. Aber was um alles in der Welt sollte er in dem Sarg verstecken? Und wozu?«

»Das, meine liebe Mathilde, gilt es jetzt herauszufinden.«

24

Arthur Lugowski saß rauchend an seinem Schreibtisch und suhlte sich in seinem Zorn. Eigentlich sollte er Rezepturen aufpeppen, Kalkulationen durchrechnen und Preise aushandeln, doch wie konnte er sich aufs Geschäft konzentrieren, wenn unter seinem Dach eine Schlange hauste? Ein Krebsgeschwür. Ein Verräter.

Er warf einen Blick auf die Bücher, konnte sich aber nicht auf die Zahlenreihen konzentrieren.

Wann war er das letzte Mal derart außer sich gewesen? Es musste ein paar Jahre her sein, als sein Zögling Blom beschlossen hatte, das Gaunerhandwerk an den Nagel zu hängen und aus seiner Mannschaft auszusteigen. Damals war es ihm gelungen, sich nach ein paar Tagen wieder zu beruhigen. Dieses Mal sah es nicht danach aus, als würde seine Wut bald verfliegen.

Er schreckte hoch, da es an der Tür klopfte. »Herein!«, brüllte er lauter als gewollt.

Beinahe schüchtern traten Zieman und Ede in den Raum. Ede hatte die Schultern hochgezogen und knetete seine Mütze, die zwischen seinen Bärentatzen zu verschwinden drohte.

»Sag ihm, was du mir erzählt hast«, forderte Zieman.

»Was, wenn ich mich irre?«, druckste Ede herum. »Ich bin mir gar nicht sicher, und selbst wenn er's war – wahrscheinlich hat das alles nichts zu bedeuten.«

»Raus mit der Sprache!«, forderte Lugowski. »Aber zackig.«

Ede seufzte. »Vor zwei Wochen, da hat mich meine Olle in Castans Panopticum geschleppt. Sie wollte unbedingt die neuen Wachsfiguren in der Schreckenskammer anschauen. Die ganzen Mörder, Perversen, Attentäter und so'n Gruselkram. Als hätte ich Lust auf so was. Aber weil sie Schiss hatte, musste ich mitgehen.«

»Komm endlich zum Punkt«, drängte Zieman. »Wir haben nicht den ganzen Tag Zeit.«

»Was, wenn ich den Falschen anschmiere?«, flüsterte Ede ihm zu. »Dann geht es auf meine Kappe, wenn der Chef einen Unschuldigen über die Klinge springen lässt.«

»Ich mach gleich dich alle, wenn du hier noch weiter meine Zeit verplemperst.« Lugowski kniff die Augen unter den dicken, widerspenstigen Brauen zusammen.

»Das Panoptikum befindet sich in der Kaisergalerie«, erklärte Zieman, nachdem Ede sich immer noch sträubte. »Er hat gesehen, wie Tobias Nees aus dem Café Keck gekommen ist.«

Lugowski riss die Augen auf. »Das Keck? Darin operiert doch Hartmann.« Er stand auf. »Erzähl mir alles ganz genau«, forderte er. »Lass kein Detail aus. Nicht die kleinste Kleinigkeit.«

»Eigentlich hab nicht ich ihn gesehen, sondern meine Olle«, stammelte Ede. »Ob der Tobi und ich Zoff hatten, wollte sie plötzlich wissen. Zoff?, frag ich also. Warum sollten wir Zoff haben? Na, weil der gerade da vorn ausm Café kam und wie ein Wiesel getürmt ist, als er dich gesehen hat.« Er zuckte ratlos mit den Schultern.

»Und weiter?« Zieman verpasste Ede einen Klaps auf den Rücken. »Muss man dir alles aus deiner krummen Nase ziehen?«

»Das war's doch schon.« Ede machte sich erneut daran, seine Mütze zu malträtieren. »Ich hab zu meiner Ollen gesagt, dass sie spinnt oder Tomaten auf den Augen hat – oder beides. Am Tag darauf hab ich Nees gefragt, ob er in der Kaisergalerie war. Hab richtig nachgebohrt. Und er hat behauptet, er wär's nicht gewesen.«

»Und du hast ihm das abgenommen?«, fragte Lugowski.

Ede seufzte schwer und zuckte erneut mit den breiten Schultern. »Ich bin nicht so ein Menschenkenner.«

»Das heißt also Nein.« Lugowski wandte sich an Zieman. »Bring ihn mir«, sagte er. »Halt. Warte.« Er fasste in seine Tasche, zog sein Messer hervor, klappte es auf und betrachtete die scharfe Klinge, die im Schein der Gaslampe glänzte. »Ich hol mir das Schwein selber.« Er trat zur Tür und riss sie auf.

»Was, wenn meine Olle sich doch getäuscht hat?«, rief Ede ihm nach. »Sie ist nicht mehr die Jüngste und schon gar nicht die Hellste.«

»Halt die Klappe! Ich kenn deine Rosi«, rief Lugowski über seine Schulter, während er die Treppe nach unten lief. »Selten ein Weib erlebt, das so auf Zack ist. Wenn sie sagt, sie hat ihn aus dem Keck kommen sehen, dann ist das so.«

Mit hochrotem Kopf und fest aufeinandergepressten Lippen betrat Lugowski die Werkhalle. Er sah sich um, erblickte Nees, der gerade Kisten auf einen Rollwagen verlud, und fixierte den kleinen rothaarigen Mann, der an einen irischen Kobold erinnerte. »He«, brüllte er und deutete mit dem Messer auf ihn.

Nees riss die Augen auf und ließ die Kiste, die er in den Händen hielt, fallen. Mit einem lauten Krachen schlug sie auf dem öligen Dielenboden auf. »Scheiße!«, entfuhr es ihm, während er Lugowksi anstarrte, als wäre er ein Kaninchen im Angesicht einer Schlange.

»Rosi hat dich in der Kaisergalerie gesehen«, rief Lugowski. »Beim Versuch, dich aus dem Café Keck zu schleichen. Und wir beide wissen ganz genau, wer dort drinnen sein Hauptquartier hat. Raik Hartmann. Darum hast du auch versucht, dich zu verdrücken.« Seine Gesichtsfarbe wurde noch dunkler. »Du hast Hartmann meinen Plan verraten und Christian Kamerling auf dem Gewissen, du Schwein. Das wirst du mir büßen!«

Nees rannte los, doch er kam nicht weit. Grossmann stellte sich ihm in den Weg, Lorenz packte ihn am Kragen und hielt ihn fest.

»Es ist doch kein Verbrechen, ins Café Keck zu gehen«, zeterte Nees.

»Wenn dem so sein sollte, warum hast du dann versucht, dich vor Ede zu verstecken?« Lugowski trat derart nah an ihn heran, dass er seinen säuerlichen Atem riechen konnte. Er hielt ihm die Klinge vors Gesicht.

Nees begann zu schwitzen. Flehentlich blickte er zu den Männern, die sich nun um sie versammelt hatten. »Ich habe nichts verbrochen«, beteuerte er mit zitternder Stimme. »Ihr kennt mich. Ich bin kein Verräter.«

»In erster Linie bist du ein lausiger Lügner.« Lugowski blickte ihm tief in die Augen.

»Was hast du im Keck gemacht?«, fragte Lorenz. »Von all den Kneipen und Schenken in der Stadt suchst du dir ausgerechnet diese Bude aus?«

»Die Kaisergalerie ist nicht mal bei dir in der Nähe«, sagte Grossmann.

»Du warst es also wirklich?«, fragte Ede.

Nees begann wie Espenlaub zu zittern, seine Augen füllten sich mit Tränen. »Das Leben wird immer teurer«, presste er hervor. »Und es ist schon wieder ein Balg unterwegs. Ich hab versucht, ein bisschen Kohle nebenher zu machen, indem ich auf Gäule gesetzt hab …«

»Du Idiot«, murrte Ede. »Du verdammter Idiot. Du weißt doch genau, dass man dabei nur verlieren kann.«

»Ich hab die Miete nicht mehr zahlen können. Wir waren kurz davor, aus der Wohnung geschmissen zu werden. Wo hätte ich denn hinsollen mit sechs Kindern, einer alten Mutter und einer schwangeren Frau? Uns wäre doch nur das Armenhaus geblieben.« Erneut sah er sich um. »Ihr wisst, dass wir dort elendig krepiert wären. Um mich wär's mir nicht schade gewesen, aber die Kinder …«

»Spar dir den Atem.« Lugowski legte die Messerspitze an Nees' bebende Unterlippe.

»Warum bist du nicht zum Chef gegangen und hast ihn um Geld gebeten?«, fragte Ede. »Er hätte dir sicher aus der Patsche geholfen.«

»Das hat er doch schon«, erklärte Zieman. »Zweimal sogar. Der Boss hat ihm beide Male einen ordentlichen Batzen gegeben und klar gemacht, dass es kein drittes Mal geben würde.«

»Ich hab wirklich gedacht, du hättest deine Angelegenheiten geregelt und deinen Kram auf die Reihe bekommen, so wie du es auf das Leben deiner Kinder geschworen hast.« Vor lauter Zorn bebte Lugowskis Hand. Sein Messer ritzte die Lippe des Verräters, Blut rann ihm übers Kinn und tropfte auf den Boden. »Du verdammter Judas hast mich, hast uns alle verkauft für dreißig Silberlinge. Nach allem, was ich für dich getan habe.«

Die Männer starrten wie versteinert auf ihn. Nees wimmerte.

»Er versucht, etwas zu sagen«, flüsterte Zieman, woraufhin Lugowski das Messer zitternd vor Wut zurückzog.

»Ich hab Hartmann nicht viel erzählt«, versuchte Nees sich in Schadensbegrenzung. »Manchmal hab ich ihn sogar angelogen, irgendwelchen Mist fabuliert.«

»Das, was du ihm zugetragen hast, hat gereicht, um unseren Plan zunichtezumachen«, erklärte Lugowski.

»Es tut mir leid«, beteuerte Nees. »So unendlich leid. Ich hab doch nur ... ich wollte nicht ... ich ...«

»Kamerling«, fragte Grossmann. »Warum hast du ihn umgebracht? Mensch, Tobi, ich versteh's einfach nicht.«

Nees riss die Augen auf. »Aber nein ...«, stammelte er. »Ich hab ihn nicht ... Warum sollte ich?«

»Dreckschwein«, murmelte Ede.

»Was sollen wir nun mit ihm anstellen?«, fragte Lorenz.

»Kaltmachen«, sagte Zieman. »So wie er es mit Kamerling gemacht hat. Und dann auf dem Grund der Spree entsorgen.«

»Dann sind wir nicht besser als er«, rief jemand. »Er hat eine ordentliche Abreibung verdient, aber nicht den Tod.«

»Und dann? Dann läuft er endgültig zu Hartmann über. Ich sag, wir stechen das Schwein ab.«

Eine laute Diskussion entbrannte.

»Ruhe!«, brüllte Lugowski. Stille kehrte ein, alle Augen richteten sich auf ihn. »Wir holen uns zurück, was uns gehört«, erklärte er. »Möglich, dass wir ihn dafür noch brauchen können.« Er wandte sich an Zieman. »Fesselt ihn und steckt ihn in eins der Fässer. Ede, du quetschst vorher noch alle relevanten Informationen aus ihm raus. Sobald wir unsere Mission erledigt haben, werde ich entscheiden, was mit ihm geschehen soll.«

Zieman nickte. »Holt mir einen Strick«, verlangte er.

»Heute Abend werden wir eine Krisensitzung abhalten«, erklärte Lugowski. »Gebt allen Bescheid. Wir treffen uns pünktlich um acht im Alt Berlin.«

25

Schlesinger und Bruno waren zu Christian Kamerlings Werkstatt gefahren, wo zwei junge Kriminalbeamte mit Feuereifer dabei waren, nach Spuren zu suchen. Dabei hatten sie das Oberste nach unten gekehrt und ein fürchterliches Chaos verursacht. Sie hatten Schubladen aus den Kästen gezogen und ihren Inhalt auf dem Boden verstreut, eine Truhe umgekippt und eine Wandverkleidung von der Mauer gerissen.

Als sie Bruno und Schlesinger bemerkten, standen sie stramm und schlugen die Hacken zusammen.

»Was zum Donnerwetter ist denn hier los? Ihr führt euch auf wie die Barbaren«, schimpfte Bruno.

»Immerhin gehen sie mit einer gewissen Gründlichkeit vor«, warf Schlesinger ein.

»Wir stehen leider unter zeitlichem Druck«, erklärte einer der beiden, ein schmaler, blonder Kerl, an dessen Kinn Bartflaum spross. »Wir haben in einer Stunde im Präsidium zu sein, um die Einsatzbesprechung nicht zu versäumen.«

Bruno bückte sich und hob ein Rechnungsbuch auf. »Was für eine Besprechung?«

»Die, in der die Instruktionen für die Razzia heute Abend ausgegeben werden.«

»Schon wieder eine Sozi-Razzia?« Bruno blätterte einmal durch das Buch und ließ es wieder auf den Boden fallen.

Der junge Polizist nickte. »Der Reichskanzler hat wohl einen Hinweis auf geplante revolutionäre Ereignisse bekommen und will zum Schutz von Staat und Gesellschaft der verderblichen Agitation der roten Reichsfeinde Einhalt gebieten.«

»Einen Mörder dingfest zu machen, trägt auch zum Schutz von Staat und Gesellschaft bei. Das müsste Bismarck ebenfalls klar sein«, murrte Bruno. »Trotzdem kriegt wieder mal die politische Abteilung die meisten Ressourcen.«

»Schon was Brauchbares gefunden?«, kam Schlesinger auf den Punkt.

»Nein, leider nicht«, erklärte der andere junge Konstabler, ein dicklicher Kerl mit roten Wangen. »Noch nicht.«

Bruno klatschte in die Hände. »Na los«, rief er. »Worauf wartet ihr dann noch?«

Die jungen Polizisten machten sich wieder ans Werk. Der Blonde leerte einen Papierkorb aus und studierte dessen Inhalt, während der etwas Fülligere eine schmale Tür öffnete und in die Kammer trat, die dem ermordeten Schlosser wohl als Schlafstätte gedient hatte. Dort schaute er in den Schrank, lugte unters Bett und hievte anschließend die Matratze auf den Boden. Diese schlitzte er mithilfe eines Klappmessers auf und durchwühlte ihr Innenleben.

»Wie gesagt: Barbaren.« Bruno ließ den Blick schweifen.

»Aber effizient«, fügte Schlesinger hinzu. »Sie denken immer noch, dass dieser Blom etwas mit der Sache zu tun hat?«

»Um ehrlich zu sein, hoffe ich es. Der Kerl ist mir ein Dorn im Auge. Lästig wie ein Steinchen im Schuh oder eine Mücke, die einem nachts wieder und wieder ums Ohr summt.«

»Ich verstehe, was Sie meinen.« Schlesinger trat einen Schritt zur Seite, als der Blonde, dem mittlerweile der Schweiß auf der Stirn stand, an einem Regal rüttelte. »Aber

Sie sollten achtgeben. Sie scheinen mir zu sehr auf diesen Kerl fokussiert. Nicht dass Sie vor lauter Blom den wahren Täter übersehen.«

»Keine Sorge.« Bruno stieg über einen umgekippten Schemel. »Ich bin lange genug bei der Truppe, um zu wissen, dass ich meine persönlichen Befindlichkeiten hintanstellen muss. Dennoch wäre es schön, das Problem Blom ein für alle Mal aus der Welt zu schaffen.« Er untersuchte Türstock und Fensterrahmen. »Und damit auch zukünftige Schwierigkeiten. Blom wegzusperren, wäre eine Art Prävention, wenn Sie wissen, was ich meine. Der Kerl ist Dieb mit Herz und Seele, früher oder später wird er rückfällig werden – und eines kann ich Ihnen sagen: So einer wie der macht keine kleinen Brüche, der dreht nur große Dinger.«

»Umso besser.« Schlesinger tippte dem Blonden auf die Schulter und deutete anschließend auf den Boden. »Reißen Sie auch noch die Dielenbretter heraus«, wies er an. »Und klopfen Sie die Wände nach Hohlräumen ab.«

»Was soll das heißen: umso besser?« Bruno schaute verdutzt drein.

Schlesinger trat mit der Schuhspitze gegen die Türschwelle. »Ich stimme Ihnen voll und ganz zu, was den Rückfall betrifft. Kerle wie dieser Blom sind eine eigene Spezies. Sie können nicht anders als Mist zu bauen. Früher oder später wird er zur falschen Zeit am falschen Ort sein, und dann, mein lieber Bruno, dann schlagen Sie zu.«

»Ihr Wort in Gottes Ohr.«

»Ich glaube, ich habe was gefunden«, rief der rundliche Polizist aus der Kammer.

Bruno und Schlesinger drängten sich in den beengten Raum.

»Das war unter dem Bett befestigt.« Er präsentierte eine kleine Metallkiste.

Schlesinger nahm sie entgegen und warf einen Blick hinein. Sie war voll mit Schlüsseln in allen Größen und Formen. »Das ist in der Tat interessant.« Er schenkte dem jungen Konstabler ein anerkennendes Nicken.

»Das sind sogenannte Tantel«, erklärte Bruno. »Nachschlüssel.«

Schlesinger nahm einen heraus und hielt ihn ans Licht. »Kamerling war Schlosser«, überlegte er laut. »Er verfügte über das Wissen und die nötigen Geräte. Gut möglich, dass er sich ein Zubrot verdient hat, indem er die Tantel entweder verkauft oder sie selbst gebraucht hat.«

Bruno schob seine Melone in den Nacken, kratzte sich am Scheitel und setzte sie wieder auf. »Ein toter Schmalspurganove, ein toter Tantelmacher und mittendrin Felix Blom ...« Er blickte zu Schlesinger.

»Arthur Lugowski.«

Bruno nickte. »Der alte Mistkerl versucht seit Jahren, seinen Wirkungskreis auszuweiten und größere Geschäfte zu machen. Gut möglich, dass Sönke Fries und Christian Kamerling ihm dabei im Weg standen. Mit der blutigen Krawatte will er vielleicht ein Zeichen setzen, eine eindeutige Botschaft an die anderen Banden senden.«

»Nun denn.« Schlesinger deutete nach draußen. »Es wird Zeit, dass ich Bekanntschaft mit der Berliner Unterwelt schließe. Sie wird in Zukunft noch oft genug mein Jagdrevier sein. Diesen Hartmann und seinen Handlanger habe ich ja bereits kennen gelernt. Wird Zeit, dass ich mich mit dem Rest vertraut mache.«

»Wir haben Glück. Lugowskis Hauptquartier, eine Kneipe namens *Alt Berlin*, befindet sich nicht weit von hier.«

Schlesinger trat hinaus in den Hof und blickte in den blitzblauen Himmel. »Worauf warten wir?«

Sie spazierten in Richtung Osten, wobei Schlesinger nicht umhinkam zu bemerken, wie sehr ein paar läppische Sonnenstrahlen Berlin verändert hatten. Plötzlich herrschte Leben auf den Straßen. Kinder warfen einen Ball gegen eine Mauer. Zwei alte Frauen lehnten sich trotz der Kälte aus den Fenstern und tratschten über die Gasse hinweg. Straßenhändler priesen heiße Kartoffeln und kandierte Bratäpfel an.

Ein Leierkastenmann ließ seine Melodie erklingen. *»Ick war von allem Anfang sehr dajegen …«* Er streckte ihnen seinen Hut entgegen, als sie an ihm vorbeikamen. *»Det Max de Brust sich tätowieren ließ. Et wa nich nur der Hautvastimmlung wejen, et wa ooch wejen de Polente mies.«*

Bruno hielt ihm seine Polizeiplakette entgegen und grinste, als der Mann zusammenzuckte.

Vor einem heruntergekommenen Eckhaus blieben sie schließlich stehen, und Bruno deutete auf einen verblassten Schriftzug, der über einer unscheinbaren Holztür angebracht war.

»Ziemlich glanzlos für den Stammsitz einer Unterweltgröße«, sagte Schlesinger.

Bruno spuckte Kautabak auf den Boden. »Wahrscheinlich arbeitet er gerade an einer Verbesserung.« Er stieß die Tür auf und betrat das Lokal.

Schlesinger folgte ihm. Es war düster und roch nach abgestandenem Rauch und schalem Bier. Der Boden war mit einer klebrigen Schicht überzogen, auf der Zigarettenstummel, Brösel und anderer Schmutz lagen. »Guten Tag«, sagte er zu dem stiernackigen Glatzkopf, der gerade damit beschäftigt war, einen Tisch zu verrücken.

Der Mann sah hoch und wurde bei Brunos Anblick ganz blass.

»Tach, Rollo.« Bruno ging zum Tresen, strich über die raue Holzoberfläche und präsentierte anschließend seine staubigen Fingerspitzen. »Dreckig wie immer.« Demonstrativ reckte er die Nase in die Höhe und schnupperte. »Und stinken tut es auch, nach Verlierern und verbotenen Sachen.«

»Was wollen Sie?«, fragte Rollo. »Und wer ist die Dörrpflaume?« Er deutete auf Schlesinger.

»Die Dörrpflaume ist Kommissar Hartings neuer Vorgesetzter«, erklärte Schlesinger. »Und sie ist mit vielen Befugnissen ausgestattet.«

Rollo schnaubte. »Was wollen Sie?«, wiederholte er.

»Lugowksi.« Bruno betrat den schmalen Durchgang, der ins Hinterzimmer führte. »Wir müssen mit ihm reden.«

»Er ist nicht hier«, rief Rollo. »Wird so schnell auch nicht kommen.«

Die beiden Polizisten schauten kurz ins Hinterzimmer und überzeugten sich davon, dass er die Wahrheit sagte.

»Wo können wir Herrn Lugowski finden?«, fragte Schlesinger.

Rollo zuckte mit den Schultern.

»Raus mit der Sprache«, verlangte Bruno. »Sonst warten wir hier auf ihn.« Er betrachtete die Flaschen, die in einem Regal hinter dem Tresen standen. »Und machen uns so lange eine gute Zeit. Aufs Haus natürlich.« Er beugte sich weit nach vorn, griff nach einer Flasche Wein und präsentierte sie Schlesinger.

»Edel«, sagte er. »Hätte man an einem Ort wie diesem gar nicht erwartet.«

Bruno schenkte zwei Gläser ein und nahm einen Schluck. »Nicht schlecht.« Er wischte sich mit dem Handrücken über die Lippen und setzte sich breitbeinig auf einen Barhocker. »Hör mal, du Pappnase, sagt dir der Name Christian Kamerling etwas?«

Rollo schüttelte den Kopf.

»Sönke Fries?«, legte Schlesinger nach.

Erneutes Kopfschütteln. »Nie gehört.« Rollo nahm einen Besen und begann den Boden zu fegen.

»Ich glaub dir kein Wort.« Bruno deutete auf die Tische und Stühle, die neu angeordnet waren, und die beiden Bierfässer neben der Tür. »Was geht hier ab?«

»Wonach sieht's 'n aus?« Rollo fegte weiter und wischte sich Schweiß von der Stirn.

»Sieht aus, als würde hier bald ne große Sause steigen.« Bruno schenkte sich nach und leerte das Glas auf ex.

Rollo stemmte die Hände in die Hüften. »Das ist der Sinn und Zweck einer Kneipe.« Er starrte die beiden Polizisten an, als könne er sie durch schiere Willenskraft zum Verschwinden bringen.

»Wenn Herr Lugowski Teil der Feier ist, soll es uns recht sein.« Schlesinger stellte sich neben seinen Assistenten und betrachtete das Weinetikett. »Château Haut-Brion. Premier Cru Classé«, las er vor und pfiff durch die Zähne.

Rollo wirkte verunsichert und wusste offenbar nicht, wie er weiter vorgehen sollte. »Is ne private Feier«, erklärte er schließlich. »Und Sie sind nicht eingeladen.«

»Ruf doch die Polizei.« Bruno steckte sich ein Stück Kautabak in den Mund und grinste.

Rollo kratzte sich am Kopf. »Der Chef wird nicht kommen«, erklärte er. »Zumindest heute nicht. Der geht später schick essen und dann in die Oper. Oder umgekehrt.«

»Schick essen? Oper? Isser jetzt ein feiner Herr?«, ätzte Bruno.

»Wo wird er essen gehen?«, fragte Schlesinger. »Und welche Vorstellung besuchen?«

»Essen geht er bei *Borchardt* – glaub ich zumindest. Was die Vorstellung angeht … keine Ahnung …« Rollo zuckte mit den Schultern. »Wenn Sie ihn finden, sagen Sie ihm aber bitte nicht, dass ich Ihnen sein Abendprogramm verraten habe.«

»Wir kommen hier nicht weiter.« Schlesinger schaute sich noch einmal um. »Gehen wir.« Er blickte zu Bruno.

Der goss sich noch einen Schluck Wein ein, trank aus und stand auf. »Ich sag dir jetzt mal was«, wandte er sich an Rollo. »Sollte sich herausstellen, dass du uns verarscht hast, dann steh ich morgen früh wieder hier auf der Matte, und dann bin ich nicht mehr so freundlich.«

Sie traten hinaus auf die Straße und ließen die Tür mit einem lauten Knall hinter sich ins Schloss fallen.

26

Blom und Mathilde gingen über den Potsdamer Platz. Dort schien es, als wäre ganz Berlin auf den Beinen, um das Wetter zu genießen. Männer und Frauen, die ihre Kinder auf Schlitten hinter sich herzogen, streckten die blassen Gesichter der Sonne entgegen. Kutschen und Omnibusse fuhren kreuz und quer. Ein Kanarienvogel, dessen Käfig an einem offenen Fenster stand, trällerte sich die Seele aus dem kleinen gelben Leib. Hämmern, Sägen und Teppichklopfen drang aus Hinterhöfen. Berlin schien aus dem Winterschlaf erwacht.

»Ich hoffe, wir treffen Herr Scharrenberg in seinem Geschäft an«, sagte Mathilde.

»Gevatter Tod schiebt täglich Dienst«, zeigte sich Blom zuversichtlich und zwinkerte Mathilde zu. »Auch an Sonn- und Feiertagen, ganz gleich, bei welcher Wetterlage.«

Er sollte recht behalten. Tatsächlich hatte das Gassenlokal geöffnet, eine kleine Glocke, die an der Tür angebracht war, kündigte das Eintreffen von Besuchern an.

Sie betraten den Verkaufsraum, in dem Kruzifixe, Rosenkränze, Heiligenfiguren aus Gips und seidene Blumengestecke ausgestellt waren, und es dauerte keine Minute, bis ein kleiner dünner Mann in schwarzem Anzug mit betretener Miene aus einem Hinterzimmer geeilt kam. »Gott zum Gruß«, sagte er und verneigte sich. Dann nahm er Mathildes Hand, tätschelte sie und wandte sich an Blom. »Mein herzliches Beileid«, erklärte er. »Scharrenberg mein Name. Wie darf ich Ihnen zu Diensten sein?«

»Es mag Ihnen vielleicht komisch vorkommen, aber ...«, setzte Mathilde an, wurde aber sogleich unterbrochen.

»Mir ist kein Wunsch zu absurd, keine Bitte zu kompliziert. Trauernden ein wenig ihrer Last abzunehmen, lautet mein oberstes Gebot.« Er deutete auf zwei Sessel, die vor einem Schreibtisch mit geschwungenen Beinen standen, und wartete, bis Blom und Mathilde sich gesetzt hatten. Dann eilte er flink um den Tisch herum und ließ sich nieder. »Sie durchleben, oder besser durchleiden, eine Ausnahmesituation.« Er schob Mathilde ein Taschentuch zu. »Aber seien Sie gewiss: Sie befinden sich in den besten Händen. Ich habe mein Handwerk in ...«

»... Wien erlernt«, vervollständigte Blom den Satz, woraufhin Scharrenberg übers ganze Gesicht strahlte.

»Der Tod ist ein Wiener, wie es im Volksmund so schön heißt. Ich freue mich, dass mein Ruf mir vorauseilt.« Mit stolzgeschwellter Brust deutete er auf die Wand hinter sich, an der gerahmte Urkunden und Diplome neben Traueranzeigen und Dankesbriefen hingen. »Doch genug von meiner Wenigkeit. Kommen wir zu Ihnen und dem traurigen Grund Ihres Besuchs.« Er stellte die Ellenbogen auf die Tischplatte, legte die Fingerspitzen aneinander und beugte sich leicht nach vorn. »Wie lautet der Name des oder der werten Dahingeschiedenen?«

»Eduard Rohland«, sagte Blom.

Herr Scharrenberg blinzelte und legte den Kopf schief. »Welch interessanter Zufall. Ich hatte vor ein paar Tagen einen Verstorbenen ...«

»Es ist ein und derselbe«, fiel Mathilde ihm ins Wort und überreichte ihm eine Visitenkarte.

»Detektive?«

»Frau Dorothee Thiele, Herrn Rohlands Schwägerin, hat uns beauftragt. Wir sollen herausfinden, was auf dem Friedhof passiert ist. Sie haben doch sicher von dem Vorfall gehört.«

Scharrenberg nickte. »Schrecklich«, murmelte er und fasste sich ans Herz. »Eine fürchterliche Sache. In meinen dreißig Jahren als Bestattungsunternehmer ist mir so etwas nicht untergekommen, und glauben Sie mir, in meinem Metier erlebt man so manches. Nichts Menschliches ist mir fremd. Wie gut, dass sich endlich jemand der Sache annimmt.« Mathilde setzte an, etwas zu sagen, doch Herr Scharrenberg parlierte munter weiter. »Haben Sie schon eine Spur? Einen Verdacht? Könnten es Teufelsanbeter gewesen sein? Jugendliche Vandalen? Oder ...« Er beugte sich nach vorn. »Herr Gunz, der Totengräber? Er war mir noch nie ganz geheuer.«

»Ich denke, diese Theorien können wir allesamt ausschließen.« Blom sah den Bestattungsunternehmer eindringlich an.

Dieser erwiderte seinen Blick und schien plötzlich zu verstehen. »Nein.« Er riss die Augen auf. »Sie denken doch wohl nicht, dass ich etwas mit der Sache zu tun habe.« Er presste die Lippen aufeinander und deutete mit einer theatralischen Geste auf seine Referenzen. »Anstand, Würde und Pietät. Das sind die Grundpfeiler meines Unternehmens und meine tiefste moralische Überzeugung«, erklärte er empört. »Nie und nimmer würde ich mir etwas zuschulden kommen lassen, schon gar keine Leichenschändung. Wo denken Sie hin. Immerhin habe ich einen Ruf zu verlieren.« Er schnappte nach Atem. »Glaubt Frau Rohland etwa ... Hat sie ...«

»Beruhigen Sie sich.« Mathilde schlug die Beine übereinander und zündete eine Zigarre an. »Sie erlauben doch«, sagte sie, wartete jedoch keine Antwort ab. »Frau Rohland spricht in den höchsten Tönen von Ihnen.« Sie blies Rauch aus. »Es verhält sich allerdings so, dass jemand etwas aus dem Sarg entwendet hat. Etwas, das zuvor dort platziert worden ist. Verstehen Sie?«

»Nein, das tue ich nicht.« Er verschränkte die Arme vor der Brust.

»Wären Sie so freundlich und würden uns bitte den exakten Ablauf von Herrn Rohlands Bestattung schildern?«, bat Blom. »Von dem Moment der Abholung bis zu dem Augenblick, als die Tür der Gruft geschlossen wurde.«

Scharrenberg atmete tief durch. »Ein Bote hat mich von Herrn Rohlands Ableben informiert«, begann er zu erklären. »Ich bin also mit zwei meiner Helfer zu Frau Rohland gefahren. Wir haben den Verblichenen auf eine Bahre gebettet und ihn mit einer unserer Kutschen hierhergebracht.«

»Wohin genau?«

»Wir haben einen Kühlraum.«

»Dürfen wir den sehen?«

Scharrenberg überlegte kurz. »Warum nicht.« Er stand auf und führte die Detektive hinaus auf die Straße zu einer breiten Toreinfahrt. Durch diese gelangten sie in einen Innenhof, in dem eine kahle Eiche neben zwei schwarzen Kutschen stand. »Hier werden die Toten ausgeladen«, erklärte er, »und direkt in den Kühlraum gebracht.« Er zückte einen Schlüsselbund und öffnete eine schmale Tür. »Wahren Sie im Angesicht des Todes Haltung«, bat er. »Wie eben erwähnt, werden Anstand, Würde und Pietät bei uns großgeschrieben.« Er deutete auf Mathildes Zigarre.

Mathilde seufzte, machte ihre Zigarre aus, steckte sie ein und folgte den beiden Männern in einen großen Raum. An dessen Wänden standen Holzbahren, auf denen sich Körper unter weißen Tüchern abzeichneten.

»Im Sommer lassen wir Eisblöcke anliefern«, flüsterte Herr Scharrenberg, als wolle er die Toten nicht aufwecken. »Bei den momentan vorherrschenden Temperaturen ist das aber nicht nötig. Da reicht es, das Fenster offen zu lassen.«

»Der Winter hat also doch seine guten Seiten«, sagte Mathilde.

Auf Zehenspitzen schlich Scharrenberg durch den Raum und öffnete die nächste Tür. Der Geruch von Holz und Leim schlug ihnen entgegen. »Das ist unsere hauseigene Schreinerei. Bei uns werden die Särge nämlich noch eigenhändig hergestellt. Echte Wertarbeit.« Er sah sich um. »Viktor!«, rief er. »Viktor, wo steckst du?«

Blom und Mathilde blickten umher. Särge in verschiedenen Größen, Formen und Braunschattierungen standen an die Wände gelehnt. Manche waren schlicht und schnörkellos, andere mit Kreuzen, Eichenlaub oder sonstigen kunstvollen Schnitzereien geschmückt.

Mathilde ließ die Fingerspitzen über eine filigrane Verzierung gleiten. »Hübsch. Hübscher als all unsere Möbel.«

»Viktor?«, rief Scharrenberg erneut. »Bist du etwa schon wieder am Zeitunglesen statt am Arbeiten?«

Ein großer Mann mit strubbeligem grau meliertem Haar und Dreitagebart tauchte hinter einem Stapel Holzlatten auf. Er trug eine Latzhose, in deren Brusttasche eine zusammengerollte Ausgabe der Zeitschrift *Die Gartenlaube* steckte. »Die Kiste von Frau Wilber ist fertig«, sagte er mit starkem polnischem Akzent.

»Wie oft soll ich dir noch sagen, dass es Sarg und nicht Kiste heißt«, schimpfte Scharrenberg. »Und wie oft soll ich dir sagen, dass du während der Arbeit nicht Zeitung lesen sollst.«

»Was soll ich denn sonst machen, wenn nichts zu tun ist? Löcher in die Luft starren? Die Zeitung ist gut für mein Deutsch, und man kann auch sonst viel lernen. Sie auch.« Er holte das illustrierte Blatt aus seiner Tasche, schlug es auf und zeigte Scharrenberg einen Artikel, der mit den Worten »Neues zur Feuerbestattungsfrage« betitelt war.

»Verbrennen.« Scharrenberg rümpfte die Nase. »Nie und nimmer wird sich dieses Sakrileg durchsetzen. Es ist Teufelswerk. Blasphemie.«

Das ferne Klingeln der Türglocke verkündete das Eintreten neuer Kunden. »Sei so gut und erklär den Herrschaften, wie du Herrn Rohland eingesargt und zur Kirche gebracht hast.« Scharrenberg verschwand.

Viktor sah seinem Chef hinterher und anschließend zu Blom und Mathilde. »Wussten Sie, dass Blitzschlag die schönste und angenehmste Form des Todes ist? Schon die alten Griechen sagten: Menschen, die vom Blitz getroffen werden, sind die Lieblinge der Götter.« Viktor hielt die Zeitung in die Höhe und nickte wissend. »Steht alles hier drin.«

»Das klingt ja höchst interessant, aber wir sind wegen Herrn Rohland hier. Können Sie sich an ihn erinnern?«

»Natürlich. Besonders nach der ganzen Aufregung mit dem aufgebrochenen Sarg.«

»Erzählen Sie uns genau, was Sie getan haben. Lassen Sie kein Detail aus, ganz egal, wie unwichtig es Ihnen erscheinen mag.«

Viktor zuckte mit den Schultern. »Ich hab erst den Metallsarg in den Holzsarg gelegt und dann Herrn Rohland in den

Metallsarg.« Er kratzte sich an der Schläfe und überlegte. »Dann wollte ich seine Hände falten, aber die Leichenstarre war noch zu stark.«

»Was war der nächste Schritt?«

»Ich habe gelesen und etwa zwei Stunden gewartet, bis die Versteifung nicht mehr ganz so fest war. Dann habe ich den Deckel zugemacht und den Sarg in die Kutsche verladen.«

»Haben Sie Herrn Rohland irgendetwas mitgegeben?«, fragte Blom. »Oder ist Ihnen versehentlich etwas in den Sarg gefallen?« Er deutete auf Viktors Brusttasche. »Hatten Sie da vielleicht was drinnen, das beim Einsargen unbemerkt rausgerutscht ist?«

Viktor schüttelte den Kopf.

»Wo haben Sie gelesen?«, fragte Mathilde. »Hier? Während Herr Rohland drüben war?«

»Ja. Es war sonst nichts zu tun, und es gab spannende Artikel über das Fälschen von Lebensmitteln und giftige Tapeten.«

»Herr Rohland liegt drüben in der Leichenkammer«, überlegte Blom leise. »Sein Sarg steht offen, genau wie das Fenster …«

Mathilde zündete ihre Zigarre wieder an und starrte dem Rauch nach, der langsam Richtung Decke stieg. »Du glaubst, dass irgendjemand von außen in die Kammer gekommen ist?«

»Nicht irgendjemand«, flüsterte Blom.

»Kamerling?«

»Überleg doch mal. Was, wenn Kamerling etwas bei Herrn Rohland versteckt hat.«

Mathilde riss die Augen auf. »Der Totengräber von Sankt Hedwig hat erzählt, dass derzeit kaum Beerdigungen stattfinden, weil der Boden gefroren ist.«

»Kamerling weiß nicht, dass Rohlands Leiche in eine Gruft gesperrt wird, und denkt, dass der Tote noch länger hier liegen wird«, führte Blom den Gedanken weiter aus. »Er kommt kurz darauf wieder, aber Rohland ist fort. Und mit ihm das ominöse Ding, worum auch immer es sich dabei handeln mag.«

Mathildes Wangen hatten sich vor lauter Aufregung gerötet. »Wir sind da an was dran. Jetzt müssen wir nur noch herausfinden, was diese Sache ist, die Kamerling bei Rohland versteckt hat, und wie dieser Sönke Fries ins Bild passt.«

»Was, wenn Fries hinter dem ominösen Ding her war und Kamerling hat es vor ihm hier versteckt?«

»Diese Annahme ergibt Sinn, ist am Ende aber nicht mehr als reine Spekulation.« Mathilde paffte. »Mir fällt nur einer ein, der unsere Theorie bestätigen kann.«

Blom seufzte. »Arthur Lugowski.«

27

Das Alt Berlin drohte aus allen Nähten zu platzen. Es wurde gegessen und geraucht, schwadroniert, gelacht, und Rollo kam mit dem Bierzapfen gar nicht mehr nach. Anspannung hing in der Luft, Rauflust und ein Hauch von Nervosität.

»Da bist du ja endlich, Chef«, rief Rollo, als Lugowski die Kneipe betrat. Er ließ alles stehen und liegen und eilte zu ihm. »Die Polente war vorhin hier und hat nach dir gesucht«, flüsterte er.

»Verdammt.« Lugowski fuhr sich durch sein störrisches Haar. »War ja klar, dass die früher oder später rausfinden werden, dass Kamerling einer von uns war, und dann angefangen, ihre Nasen in Dinge zu stecken, die sie nichts angehen.« Er warf einen besorgten Blick auf das vorherrschende Tohuwabohu. »Wie seid ihr verblieben?«

»Ich hab mich dumm gestellt«, erklärte Rollo. »Dann hab ich sie ins *Borchardt* und in die Oper geschickt. Hab behauptet, sie könnten dich dort finden. Das sollte sie fürs Erste beschäftigen. Ab morgen wird es aber schwierig werden, sie auf Distanz zu halten.«

Lugowski atmete auf. »Morgen ist morgen, und heute ist heute.« Er klopfte Rollo auf die Schulter. »Gut gemacht. Ich überleg mir was und kümmere mich um alles Weitere. Sieh bis dahin zu, dass sich keiner von den Jungs besäuft«, wies er an. »Ein bisschen Mut antrinken ist in Ordnung, aber sie brauchen einen klaren Kopf.«

»Wat is denn hier los?« Kalle war in das Lokal getreten und zeigte sich verwundert über die volle Bude. »Na da schau her, hoher Besuch, sojar der Chef hat sich wieder mal herverirrt«, riskierte er eine dicke Lippe.

»Heute geschlossene Gesellschaft«, rief Rollo. »Nimm's mir nicht übel, aber wir müssen wichtige Dinge besprechen, und wenn du was intus hast, sitzt deine Zunge locker. Zu locker.«

»Wat redest'n du für een Mist?« Kalle schob die Unterlippe nach vorn. »Det is ne fiese Unterstellung!«

»Von wegen fiese Unterstellung. Was war denn gestern? Da hast du mit Blom und seiner Alten über Kamerling geredet. Hast die Schnauze mal wieder nicht halten können«, schimpfte Rollo. »Glaubst du, ich hab das nicht mitbekommen? Du kennst das Credo vom Boss. Wer nicht drin ist, ist draußen.«

Kalle blickte zu Lugowski. »Ihr könnt sagen, wat ihr wollt.« Wie ein trotziges Kind stampfte er mit dem Fuß auf den Boden. »Blom is eener von uns. War er immer, wird er immer sein. Auch wenn der Junge grad keene krummen Dinger drehen darf. Und darum kann ik ooch mit ihm reden. Alle anderen ...« Kalle presste die Lippen fest aufeinander, tat, als würde er sie verschließen und den Schlüssel wegwerfen.

»Von mir aus«, brummte Lugowski. »Kannst bleiben, aber ich behalt dich im Auge.«

Kalle quetschte sich zwischen Ede und Zieman auf eine Bank. »Ein Bier!«, rief er Rollo zu. »Ein kleines«, fügte er schnell hinzu.

Lugowski blickte in die Runde, zählte einmal laut durch und nickte zufrieden, dann stellte er sich auf einen Stuhl und klatschte in die Hände. Das Gemurmel verstummte, alle Blicke richteten sich auf ihn. »Männer«, rief er mit polternder Stimme. »Die meisten von euch haben bereits Wind davon bekommen: Tobias Nees, dieser Judas, hat sich von Raik Hartmann kaufen lassen wie eine billige Hure.«

Fäuste schlugen auf Tische, Verwünschungen und Flüche waren zu hören. Lorenz spuckte auf den Boden, was ihm eine Schelte von Rollo einbrachte.

»Unser Plan wurde gestohlen, unser Tantelmacher ermordet.«

Raunen erklang und schwoll an.

»Saubande!«, schrie jemand.

»Mörderpack!«

»Det dürf ma uns nich jefallen lassen!«

Lugowski hob die Hände und machte eine beschwichtigende Geste. »Männer!«, rief er erneut. »Beruhigt euch.« Er wartete, bis alle wieder still waren, dann sprach er weiter. »Hartmann will uns ausstechen«, sagte er. »Er will der mächtigste Boss in Berlin werden und uns auf die hinteren Ränge verweisen. Aber das lassen wir nicht zu.« Er reckte die Faust in die Höhe.

Die Männer johlten, als würden sie in den Kampf ziehen.

»Wir werden Christian Kamerling rächen!«, legte Lugowski nach. »Wir werden uns das, was uns gehört, zurückholen.«

Das Johlen wurde lauter. Die Männer begannen mit den flachen Händen auf die Tische zu klopfen.

»Wir müssen zuschlagen, bevor sie merken, dass wir Bescheid wissen.« Lugowski musste mittlerweile schreien, um sich Gehör zu verschaffen. »Wir werden Hartmann und seine Leute überraschen. Trinkt aus!«, rief er. »Der Krieg hat begonnen. Und zwar jetzt.«

28

Längst war der Abend angebrochen, und der Himmel über Berlin zeigte sich nachtblau und klar. Neben der Mondsichel leuchteten erste Sterne am Firmament. Schweigend gingen Blom und Mathilde weiter durch die Stadt, bis sie bei der alten Gerberei ankamen. Alles war ruhig, nur der Ruf eines Käuzchens und das leise Plätschern des Landwehrkanals waren zu hören.

»Alles dunkel«, fluchte Mathilde. »Scheint, als wäre keiner da. Kamerlings Freundin meinte doch, Lugowski sei meistens hier.«

»Dann lass es uns im Alt Berlin versuchen.«

»Gleich.« Mathilde schlich über die Zufahrt bis zu dem großen Ziegelbau. »Bist du nicht auch neugierig, was der Alte und seine Männer da drin treiben?« Sie stellte sich unter ein Fenster und streckte sich. »Hilf mir mal!«

Blom trat neben sie und machte ihr die Räuberleiter. »Und?«, flüsterte er, während der Stoff ihres Kleids seine Nase kitzelte. Unwillkürlich fiel ihm der Rockfischen-Trick ein, den so manche Diebin beherrschte.

Rockfischen: *Unter einem bodenlangen Kleid schnallt man sich einen Gürtel um die Taille, an dem viele Bindfäden mit scharfen Haken angebracht sind, die ungefähr bis zu den Waden reichen. Auf dem Markt steigt man nun einfach über die Gegenstände, die man stehlen möchte, und geht in die*

Knie, bis das Gewünschte an einem der Haken hängt. Danach spaziert man so nonchalant wie möglich davon.

»Kannst du was erkennen?«, fragte Blom.

Mathilde kniff die Augen zusammen. »Es ist stockdunkel, aber ich kann Umrisse sehen. Ich glaube, das sind Fässer. Jede Menge davon.«

»Das würde zu der Behauptung passen, dass Arthur Wein und Delikatessen importiert.«

»Wenn der Alte saubere Geschäfte macht, dann fress ich einen Besen.« Mathilde ging so nah an die Scheibe heran, dass ihre Nasenspitze das kalte Glas berührte. »Da sind auch noch Kisten und irgendwelche Maschinen.« Sie hielt inne. »Hast du das gehört?«

»Nein. Was?«

»Da war eine Stimme.« Mathilde legte das Ohr gegen die Scheibe und lauschte. Dann sprang sie von Bloms Händen und sah ihn mit großen Augen an. »Da drin ruft jemand um Hilfe.«

Sie eilten zum Tor und rüttelten daran.

»Abgesperrt«, sagte Mathilde.

»Was hast du erwartet?« Blom betastete das Schloss, zündete ein Streichholz an und leuchtete hinein.

»Worauf wartest du?«, fragte Mathilde. »Mach es auf.«

»Ich bin kein Zauberer.« Blom klopfte seine Kleider ab und ging schließlich um das Gebäude herum zu dessen Rückseite, wo sich ein alter Bootsschuppen und ein Haufen Sperrmüll befanden.

»Ich dachte, du bist Berlins bester Einbrecher?« Mathilde trippelte nervös von einem Fuß auf den anderen, während sich Blom im fahlen Mondlicht durch morsche Latten, zerbrochene Kisten und alte Bootstaue wühlte.

»Erstens waren alle meine Einbrüche von langer Hand geplant …« Blom zog einen rostigen Nagel aus einem Stück Holz und betrachtete ihn. »Und zweitens bin ich aus der Übung, was ich unter anderem dir zu verdanken habe.« Mit dem Nagel, einem Metallbeschlag und einem kurzen Stück Draht ging er zurück zum Tor. Dort zündete Blom erneut ein Streichholz an, hielt den Nagel in die Flamme und bog ihn anschließend. Er trat an das Tor und nestelte an dem Schloss herum. »Verdammt«, murmelte er, »das ist gute Qualität.«

»Da drin ist jemand in Not«, drängte Mathilde. Sie legte den Kopf in den Nacken und starrte für einen Moment in die Sterne, die unberührt von dem, was hier unten geschah, vor sich hin funkelten.

»Ich mach so schnell ich kann.« Ein leises Klacken erklang, gefolgt von einem genüsslichen Seufzer. »Herrlich«, murmelte Blom und drückte die Tür auf.

Mathilde eilte an ihm vorbei in die Werkhalle, zündete eine Laterne an und sah sich um. Überall standen Flaschen, Fässer und Bottiche. »Wo sind Sie?«, rief sie.

»Hier«, antwortete eine gedämpfte Stimme. »In einem Fass.«

Während Mathilde versuchte, den Mann zu finden, musterte Blom die Gerätschaften und öffnete eine Kiste. Sie war randvoll mit Etiketten. »Château Haut-Brion. Premier Cru Classé«, las er und musste lachen. »Arthur, der alte Fuchs, importiert gar keinen Wein. Er panscht ihn sich selbst zusammen und bringt ihn teuer unter die Leute.« Er entkorkte eine Flasche und nahm einen Schluck. »Gar nicht mal so übel, das Zeug. Wobei ich lieber nicht wissen will, was da wirklich drin ist.«

»Hilf mir mal.« Mathilde zerrte an einem Deckel und öffnete das Fass.

Ein rothaariger Mann blickte ihnen entgegen. Sein Haar war zerzaust, das Gesicht glänzte feucht, es war nicht klar, ob vor Schweiß oder vor Tränen. »Blom?« Er wirkte überrascht und blickte anschließend zu Mathilde. »Danke«, murmelte er. »Vielen Dank. Ich hatte schon Angst, ich müsse hier drin verrecken.«

»Tobi?« Blom fasste ihn unter den Armen und zog ihn hoch. »Was ist passiert? Bist du überfallen worden? Oder hat Arthur dich hier reinstopfen lassen?«

Nees sagte nichts, sondern kletterte aus dem Fass und schaute zu Boden.

»Raus mit der Sprache!«

»Bitte«, flehte er. »Lasst mich gehen, bevor sie zurückkommen. Die machen mich glatt alle. Ich bin ein toter Mann.«

Blom schnupfte eine Prise Tabak. »Was hast du angestellt?«

»Ist doch egal. Es ist nicht deine Angelegenheit.« Er streckte ihm die gefesselten Hände entgegen. »Macht mich los und lasst mich gehen. Rasch, ich fleh euch an.«

»Von wegen nicht meine Angelegenheit«, sagte Blom. »Wenn der Alte rausfindet, dass ich hier eingebrochen bin, dich aus dem Fass geholt und habe laufen lassen, dann lande ich als Nächster in dem Ding.«

»Das tust du nicht.« Nees schaute mit fiebrigem Blick erst zur Tür und dann zum Fenster. »Erstens bist du sein Liebling, und selbst wenn er zornig auf dich ist … er wird dich nie und nimmer umbringen.«

»Warum wollen die dich kaltmachen? Was hast du angestellt?«, wiederholte Blom. »Es muss schon mächtig Zündstoff haben, wenn Arthur dir ans Leder will. Raus mit der Sprache, was wird hier gespielt?«

Nees wischte sich den Schweiß von der Stirn. »Es geht um Raik Hartmann und um den Plan.« Er sprach so eilig, dass er sich beinahe verhaspelte. »Albert Krömers Plan.«

»Krömer? Wer ist Krömer?«

»War«, verbesserte Nees. »Krömer war Vorarbeiter und hat unter anderem an der Errichtung der Nationalgalerie mitgewerkelt. Ich hab keine Zeit, dir alle Details zu erklären, jedenfalls hat er es geschafft, beim Gießen der Fundamente einen heimlichen Zugang durch ein Abflussrohr zu finden. Er wollte eines Tages oder, besser gesagt, eines Nachts in die Galerie eindringen und Bilder stehlen.« Ein Geräusch ließ ihn zusammenzucken.

Mathilde ging nachschauen. »Das war nur der Wind«, erklärte sie.

»Krömer hat lange auf den passenden Zeitpunkt gewartet«, erklärte Nees weiter. »Zu lange. Er war kein geborener Verbrecher, kein Talent wie du, sondern nur ein einfacher Handwerker mit einer waghalsigen Idee. Vor ein paar Wochen ist er am Flecktyphus gestorben. Den Plan hat er seiner Frau hinterlassen, und weil die nicht den Nerv hatte, einen Einbruch zu begehen, verscherbelte sie den Wisch an Lugowski.«

»Nicht übel.« Bloms Gaunerherz schlug schneller. »Ein heimlicher Zugang in die Nationalgalerie ... Ein Traum! Aber was hat das Ganze mit Kamerling zu tun? Und mit dir?«

»Albrecht Dürer, du weißt schon, der Maler.« Nees sah sich noch einmal hektisch um. »Momentan hängt ein Selbstbildnis von ihm in der Nationalgalerie. Eine Leihgabe aus München. Es gibt offenbar einen Sammler, der bereit ist, ein Vermögen dafür zu bezahlen.«

»Verstehe.« Langsam dämmerte es Blom. »Und mit diesem Vermögen will sich Arthur den Traum vom Gourmettempel erfüllen. Früher hätte er mich für den Bruch angeheuert, ohne Zweifel.«

Nees nickte. »Der Alte will Krolls Etablissement kaufen, darin das edelste Restaurant der Stadt einrichten. Auch eine Wein- und Delikatessenhandlung soll dazugehören.«

»So was in der Art wie Lutter & Wegner?«, warf Mathilde ein.

»Größer und pompöser.« Nees zog die Nase hoch. »Der Alte will alles in den Schatten stellen.«

Blom deutete auf die Fässer und die Weinflaschen. »Und was ist das hier?«

»Wir haben dochnahlisiert.«

»Dochnahliwas?«

»So nennt sich ein Verfahren, künstlichen Wein herzustellen. Besser, einfacher und billiger als Chaptalisieren, Gallisieren oder Petiotisieren. Arthur hat es perfektioniert.« Nees stieg hektisch von einem Fuß auf den anderen. »Ich hab keine Zeit. Er soll es euch selbst irgendwann erklären.« Er streckte nun Mathilde die gefesselten Hände entgegen. »Bitte«, flehte er. »Lasst mich doch endlich laufen.«

»Das war noch nicht die ganze Geschichte«, ging Blom dazwischen. »Was ist mit Kamerling? Was ist mit dir?«

»Kamerling hätte den Plan bei der Witwe abholen sollen. Ein simpler Botendienst, aber …« Nees seufzte aus voller Brust. »Ich hatte Geldsorgen … Raik Hartmann hat über einen geschwätzigen Buchmacher davon Wind bekommen und mir einen Batzen Geld geboten, damit ich ihm verrate, was bei Lugowski Sache ist.«

»Und du hast ihm von Krömers Plan erzählt?«

Nees nickte. »Als Hartmann erfahren hat, dass Krolls Etablissement zum Verkauf steht, hat er sich in den Kopf gesetzt, ein Spielcasino darin einzurichten.«

»Und Sönke Fries war einer von Hartmanns Leuten?«, fragte Blom.

Nees nickte erneut.

Blom lächelte. »Es ergibt Sinn«, murmelte er. »Endlich ergibt alles einen Sinn. Auch die Sache mit dem Grab.«

»Erklär es mir«, forderte Mathilde. »Was ergibt Sinn?« Eine Maus huschte durch die Werkhalle, draußen schrie das Käuzchen schon wieder, was Nees abermals zusammenzucken ließ.

»Wenn ich mir alles richtig zusammenreime, ist Folgendes passiert«, begann Blom seine Theorie zu erläutern. »Arthur ersteht Krömers Plan. Er schickt Kamerling los, um ihn bei der Witwe abzuholen. Ein einfacher Botengang. Zumindest denken das die beiden.«

Mathilde nickte. Nun schien auch bei ihr der Groschen gefallen zu sein. »Sie wussten nicht, dass sie verraten worden waren. Wie hätten sie auch ahnen können, dass es einen Maulwurf gibt.« Sie warf einen Seitenblick auf Nees.

Der stand noch immer nervös neben dem Fass und wartete darauf, dass sie endlich seine Fesseln lösten.

»Mittlerweile gab es noch jemanden, der es auf Krömers Plan abgesehen hatte, nämlich Raik Hartmann«, überlegte Blom. »Er schickt einen oder mehrere seiner Männer los, um Kamerling den Plan abzunehmen.«

»Kamerling kann allerdings seinen Häschern entkommen«, sprach Mathilde weiter. »Auf seiner Flucht verschlägt es ihn in den Hof von Scharrenbergs Bestattungsunternehmen. Das Fenster zum Kühlraum steht offen, und er versteckt sich dort.«

»Weil er Angst hat, dass die Kerle ihm irgendwo in der Stadt oder zu Hause auflauern, beschließt er, Krömers Plan sicherheitshalber im Sarg von Herrn Rohland zu verstecken. Ein schwerer Fehler, wie sich schon bald herausstellen wird.«

»Nicht schlecht, Herr Detektiv«, sagte Mathilde. »Kamerling vermutet, dass der alte Herr Rohland bei den vorherrschenden Temperaturen nicht so bald unter der Erde landen wird, und erlebt bei seiner Rückkehr eine böse Überraschung.« Sie sah zu Nees. »Warum ist er nicht zu Lugowski gegangen und hat den Alten alles regeln lassen?«

Nees verdrehte die Augen. »Du weißt doch, wie der Alte tickt. Er gibt sich jovial und freundlich, aber in Wahrheit haben alle Angst vor ihm. Kamerling wollte sich wohl den Wutausbruch und die Vorhaltungen ersparen. Er wollte dem Boss wahrscheinlich erst unter die Augen treten, wenn er den Plan wiederbeschafft hatte.«

»Er findet also heraus, wo die Leiche abgeblieben ist, macht Abdrücke von den Schlössern in Sankt Hedwig und fertigt Tantel an.«

»Anschließend bricht er in die Krypta ein und holt den Plan zurück, doch dann …«

»… wird er in der Kapelle niedergeschlagen und beraubt.«

»Wahrscheinlich von Hartmanns Männern. Die waren ihm noch immer auf den Fersen.«

»Fries«, schaltete sich Nees nun wieder ein. »Hartmann hat Sönke Fries geschickt. Der hatte was verbockt und sollte sich rehabilitieren.« Erneut streckte er ihnen die Hände entgegen. »Jetzt wisst ihr alles. Euer Rätsel ist gelöst.«

»Nein, ist es nicht.« Blom sah Nees direkt in die Augen. »Christian Kamerling und Sönke Fries sind tot. Beiden wurde der Hals aufgeschlitzt. Von wem? Und warum?«

Nees zog die Schultern hoch. »Ich weiß es nicht. Ich schwöre es. Beim Leben meiner Mutter.«

»Was ist mit Lugowski?«, fragte Mathilde. »Könnte er dahinterstecken?«

Nees schüttelte den Kopf. »Nein, der Alte war's nicht. Der denkt doch, dass ich seinen Tantelmacher auf dem Gewissen habe.«

»Dann muss Hartmann für die Morde verantwortlich sein«, spekulierte Mathilde. »Aber warum? Warum sollte er Kamerling umbringen? Immerhin hatte er doch den Plan. Der Mord an Sönke Fries ergibt noch weniger Sinn.«

»Es war keiner von ihnen«, sagte Nees. »Wenn Arthur und Konsorten jemanden aus der Welt schaffen, dann tun sie das so unauffällig wie möglich und lassen die Leiche heimlich, still und leise verschwinden. Die Aufmerksamkeit der Polizei ist so ziemlich das Letzte, worauf die beiden aus sind. Nie im Leben würden sie den Mord inszenieren. Bitte«, flehte er zum wiederholten Mal. »Lasst mich endlich laufen. Lugowski und die Jungs sind auf dem Weg ins Café Keck, um sich den Plan zu holen und Kamerling zu rächen. Das wird brutal und blutig. Egal, welche Seite gewinnt, ich bin geliefert.«

Blom musterte ihn. »Gut«, sagte er schließlich und löste die Fesseln. »Sieh zu, dass du Meter machst. Und falls sie dich erwischen …«

»Werden sie nicht.« Nees rieb sich die Handgelenke. »Ich bin raus.«

Ehe sie sich versahen, war er davongehuscht und in der Dunkelheit verschwunden.

»Wir sollten uns auch aus dem Staub machen.« Mathilde schnappte sich die Weinflasche, die Blom vorhin entkorkt hatte, und ging zur Tür. »Lugowksi darf niemals herausfinden, dass wir den Verräter befreit haben, sonst gibt's gewaltigen Ärger.«

Blom stand einfach nur da und starrte vor sich hin.

Mathilde lief zurück und packte ihn am Arm. »Los, Felix, wir müssen fort, bevor wir noch tiefer in die Sache hineingezogen werden.«

Erneut reagierte Blom nicht. »Es ergibt keinen Sinn«, murmelte er.

»Doch, das tut es. Wir haben es doch eben durchgesprochen.«

Blom massierte sich die Nasenwurzel. »Ja, aber nur bis zu dem Punkt, an dem Fries Kamerling in der Krypta niederschlägt, den Plan an sich nimmt und verschwindet.« Er runzelte die Stirn. »Egal, wie ich es drehe und wende, für alles, was danach geschah, können weder Hartmann noch Lugowski verantwortlich sein. Am Ende gibt es nur eine logische Lösung.« Er blickte hoch und sah Mathilde an. »Es muss eine dritte Partei geben. Die ist das letzte Teil des Puzzles.«

»Eine dritte Partei?«, wiederholte Mathilde.

»Überleg doch mal. Arthur und Hartmann sind hinter dem Plan von diesem Krömer her. Beide schicken einen ihrer Jungs los, um ihn zu beschaffen – und jetzt sind genau diese zwei Männer tot. Weder Arthur noch Hartmann haben einen Grund, ihren eigenen Mann umzubringen – noch dazu auf so grausame Art und Weise – es muss also jemand anderer gewesen sein.«

»Stimmt. Damit hast du wahrscheinlich recht, aber weißt du was? Das ist nicht unser Problem. Wir wissen, wer den Sarg von Herrn Rohland geöffnet und warum er es getan hat. Auftrag erledigt.« Mathilde nahm einen Schluck aus der Flasche und musterte anerkennend das Etikett. »Was auch immer dieses Dochnahlisieren ist, von dem Nees geredet hat … das Gesöff, das dadurch entsteht, ist durchaus trinkbar.« Sie stellte die Flasche auf den Boden und eilte zur Tür. »Lass uns nach Hause gehen. Heim in den Krögel.«

Blom folgte ihr auf die Straße, Mathilde war im Begriff nach rechts abzubiegen, doch er blieb stehen. »Geh ruhig schon vor. Ich muss noch was erledigen.«

»Ich hoffe, es ist nicht das, was ich denke.«

»Ich fürchte doch. Ich muss ins Café Keck, um den Wahnsinn zu verhindern.« Blom seufzte. »Lugowski und die Jungs wollen sich für den Mord an Kamerling rächen. Es wird Verletzte geben, womöglich sogar Tote. Auf jeden Fall wird ein Bandenkrieg ausbrechen. Blut wird vergossen werden, Chaos über die Stadt kommen. Dabei ist Hartmann mit großer Sicherheit unschuldig – zumindest, was Kamerling betrifft.«

»Bist du sicher, dass du dich da einmischen solltest? Gut möglich, dass du zwischen die Fronten gerätst.«

»Die Jungs sind Teil meines Lebens.« Bloms Stimme war belegt. »Arthur war stets wie ein Vater für mich, ich weiß um den guten Kern unter seiner rauen Schale. Wenn ihm irgendetwas zustoßen würde, könnte ich mir das nie verzeihen.«

»In Ordnung«, sagte Mathilde und sah ihn ernst an. »Unter einer Bedingung: Ich komme mit.«

29

Schlesinger und Bruno gingen schweigend vom Opernhaus in Richtung Polizeipräsidium, während Droschken langsam an ihnen vorbeiglitten, deren Lenker all ihre Fähigkeiten und ihr Fingerspitzengefühl einsetzen mussten, um auf den vereisten Straßen nicht ins Schlittern zu geraten. Außer den beiden Kriminalbeamten waren nur wenige Männer unterwegs, die allesamt nach Schnaps und Bier rochen und jedes noch allein herumstreifende Frauenzimmer ansprachen.

»Von wegen Lugowski ist im Borchardt. Von wegen er ist in der Oper«, schimpfte Bruno. »Am liebsten würde ich jetzt sofort ins Alt Berlin fahren und diesem verlogenen Rollo eine Abreibung verpassen.«

»Lassen Sie's gut sein«, winkte Schlesinger ab. »Wir knöpfen uns diesen Kerl samt seinem Chef morgen früh vor. Lassen Sie uns sehen, ob Professor Liman etwas herausgefunden hat, und dann gehen wir nach Hause.«

»Ärger«, murrte Bruno und wich einem struppigen Hund aus, der vor ihnen über die Straße trottete. »Nichts als Ärger mit dem elenden Pack.«

»Sehen Sie es positiv. Immerhin war das Essen bei Borchardt wirklich vorzüglich.«

»Und so teuer wie eine halbe Monatsmiete.«

Sie bogen auf den Molkenmarkt und betraten das Präsidium.

Obwohl es bereits spät war, ging es noch immer zu wie in einem Ameisenhaufen. Nach wie vor schleppten Umzugshelfer Kisten, Säcke und Mobiliar durch das verwinkelte Gebäude, und mehr als einmal kam es in den schmalen Gängen und auf den schiefen, ausgetretenen Treppen zu Kollisionen, auf die meist laute Diskussionen und nicht wenige Flüche folgten.

Als wäre das Chaos nicht schon groß genug, karrten die grünen Kastenwagen mehr Verhaftete herbei denn je, während junge Konstabler mit angespannten Mienen in den Höfen darauf warteten, endlich zum Einsatz gerufen zu werden. Reichskanzler Bismarck hatte Druck auf den Polizeipräsidenten Guido von Madai ausgeübt, das Problem mit den roten Reichsfeinden endlich in den Griff zu bekommen. Dieser hatte die Anweisungen weiter an seine Truppe gegeben. Es stand eine unruhige und ereignisreiche Nacht voller Razzien bevor.

Schlesinger und Bruno zählten zu den wenigen Polizisten, die von der Jagd auf Sozialdemokraten freigestellt waren. Sie begaben sich in die Kriminalabteilung, wo der junge Konstabler, der dort die Stellung hielt, ihnen zuwinkte.

»Sie haben eine Nachricht von Professor Liman.« Er hielt einen großen braunen Umschlag in die Höhe.

»Danke.« Schlesinger schnappte ihn, eilte ins Büro und öffnete das Kuvert.

»Und?« Bruno war neben ihn getreten.

»Kleinen Moment.« Schlesinger zog mehrere vollgekritzelte Seiten hervor, die mit Obduktionsbericht Christian Kamerling betitelt waren. »Offenbar hatte Liman noch keine Zeit, das Protokoll abtippen zu lassen.« Er reichte Bruno die Aufzeichnungen. »Können Sie seine Schrift entziffern?«

Bruno hielt das Papier ins Licht der Gaslampe, kniff die Augen zusammen und überflog das Geschriebene. »Der Halsschnitt war nicht die Todesursache«, fasste er zusammen. »Kamerling wurde durch einen Stich in den Bauch getötet, der die Leber und irgendeine Ader erwischt hat.«

»Das habe ich mir schon gedacht.« Schlesinger setzte sich hinter den Schreibtisch. »Die Verstümmelung erfolgte also post mortem.«

»Abgesehen davon hat die Untersuchung der Leiche nicht viel Neues ergeben. Liman konnte ein paar oberflächliche Abwehrverletzungen feststellen. Das Opfer hat sich wohl gewehrt, hatte aber nicht mehr viel Kraft.«

»Und das Papier in seiner Hand?«

Bruno präsentierte einen weiteren, etwas kleineren Umschlag, aus dem er ein dünnes, etwa zehn mal zehn Zentimeter großes Stück Papier hervorzog. Es war zerknittert, hatte ein paar Wasserflecken und war ganz offensichtlich die rechte untere Ecke einer Zeitungsseite. »Sieht mir von der Gestaltung her ganz nach *Berliner Tageblatt* aus.« Bruno reichte Schlesinger den Schnipsel. »Vorne befindet sich ein Ausschnitt aus einem Fortsetzungsroman, wenn ich mich nicht täusche. Auf der Rückseite wird über Außenpolitik berichtet.«

Schlesinger legte das hauchdünne Papier vor sich auf den Tisch und strich es vorsichtig glatt. »Seien Sie so gut und besorgen Sie die letzten Ausgaben der Zeitung. Ich bin sicher, irgendwo im Haus gibt es welche.«

Bruno nickte und verschwand. Kurz darauf kam er zurück und hielt das Gewünschte triumphierend in die Höhe. »Kommissar Dobler aus der Sitte hatte welche«, erklärte er. »Der hortet das Zeug und stopft sich damit bei Bedarf die Schuhe und die Jacke aus. Hilft gut gegen die Kälte.«

Sie verglichen das Fragment und stellten fest, dass es aus der Ausgabe von vergangenem Dienstag stammte.

»Fortsetzungsroman, sag ich doch.« Bruno tippte auf *Das Recht des Lebenden. Roman von Lewin Schücking.* »Meine Frau liest gern so was. Ziemlicher Mumpitz, wenn Sie mich fragen. Da trieft die Gefühlsduselei aus allen Buchstaben.«

»Wie kommt der Schnipsel in die Hand des Toten?«, fragte Schlesinger. »Und welche Bedeutung kann er für unsere Ermittlung haben?«

Bruno kratzte sich im Nacken. »Ich fürchte, keinen großen. Ich denke, es kam zu einem kurzen Handgemenge, dabei hat Kamerling nach irgendetwas gegriffen und dabei das Papier erwischt. Unser Mörder stopft vielleicht seine Jacke auch mit Zeitungen aus, genau wie Dobler und viele andere Menschen in der Stadt.« Er zuckte mit den Schultern und gähnte. »Schade, ich hatte mir auch mehr erhofft.«

Brunos Gähnen war ansteckend. Schlesinger tat es ihm gleich und rieb sich die Augen.

»Machen wir Feierabend«, schlug Bruno vor. »Gönnen wir uns eine Mütze Schlaf. Morgen fühlen wir Lugowski auf den Zahn und denken über die Sache mit der Zeitung noch einmal nach.«

Schlesinger sah ein, dass sein Assistent recht hatte. »Gut«, sagte er und stand auf. »Dann bis morgen.«

30

Arthur Lugowski stand am Eingang der Kaisergalerie und hatte beide Hände in den Manteltaschen vergraben. In der einen befand sich ein kurzläufiger Revolver, in der anderen sein Messer. Obwohl ein eiskalter Wind durch die Straße pfiff, spürte er keine Kälte. Der Zorn, der in ihm loderte, hielt ihn warm, seine Entschlossenheit ließ keinen Platz für Furcht oder Zweifel.

Er betrachtete seine Männer, die ihm mit teils ängstlichen, teils nervösen und erregten Mienen entgegenblickten. »Erzähl uns, was du von Nees erfahren hast«, wies er Ede an.

»Im Café Keck …« Der Hüne räusperte sich. »Hintenraus geht's offenbar in ein großes Extrazimmer, das Hartmann an Hochzeitsgesellschaften und dergleichen vermietet. In sein Büro gelangt man durch einen Flur hinter der Seitentür.« Er nickte, ganz so als wolle er sich selbst beschwichtigen. »Ich bin sicher, dass Tobi mir die Wahrheit gesagt hat.«

Lugowski klopfte ihm auf die Schulter. »Wir trennen uns und bilden kleine Gruppen«, erklärte er den Männern. »Ihr geht zu zweit und zu dritt in die Passage. Verteilt euch, tut, als wärt ihr angeheitert und auf der Suche nach Amüsement.« Er deutete auf Ede und Lorenz. »Ihr beide setzt euch in die Nähe der Seitentür und sondiert die Lage. Ihr anderen wartet auf mein Zeichen. Dann zückt ihr eure Waffen, sichert erst den Gastraum und folgt uns dann in Hartmanns Büro.«

»Sollen wir gleich alle auf einmal ausschalten?«, fragte Kalle.

Lugowski überlegte. »Nein. Erst entwaffnen wir sie, dann quetschen wir sie aus. Ich will genau wissen, wer Kamerling ermordet hat und warum, und was es mit diesem Sarg auf sich hat. Danach sehen wir weiter.«

»Bist du sicher, Chef?«, unterbrach Zieman. »Vielleicht sollten wir die Lokalität erst auskundschaften. Wir sollten herausfinden, wie viele Leute Hartmann da drin hat und ob sie bewaffnet sind.«

»Papperlapapp. Bist du ein Weichei? Hast du die Hosen voll?«, zischte Lugowski. »Wir schlagen hier und jetzt zu. Auf diese Weise haben wir das Überraschungsmoment auf unserer Seite.«

»Der Boss hat recht«, erklärte Ede. »Die Schweine haben einen von uns auf dem Gewissen, und obendrein haben sie unseren Plan gestohlen. Wenn wir ihnen das durchgehen lassen, glauben sie, wir wären schwach. So wie auch alle anderen Banden in der Stadt das tun werden, und ihr wisst, was dann geschieht. Sie werden uns zerfleischen wie hungrige Wolfsrudel.«

»Es ist immer noch früh genug, wenn wir morgen oder übermorgen zuschlagen.« Zieman übernahm die Stimme der Vernunft.

»Nein, ist es nicht. Jetzt platzt mir gleich der Kragen!«, grollte Lugowski. »Der Dürer hängt nur noch bis übermorgen Mittag in der Galerie. Danach geht er zurück nach München, zu den Deppen in Lederhosen. Wir müssen ihn uns also in den nächsten sechsunddreißig Stunden schnappen – besser noch früher. Die Uhr tickt.« Er blickte in die Runde. »Seid ihr bereit?«

Die Männer nickten. »Bereit.«

***

»Wir müssen uns beeilen.« Blom sprang aus der Kutsche und stürmte auf die Kaisergalerie zu. Die kalte Luft brannte ihm in der Lunge, Seitenstechen begann ihn zu plagen. Er ignorierte den Schmerz und rannte so schnell weiter, dass er beinahe auf einer vereisten Stelle ausgerutscht und hingefallen wäre. Er ruderte mit den Armen durch die Luft, bis er seine Balance wiederfand.

»Warte!« Mathilde hastete ihm hinterher und fasste ihn am Oberarm. »Hast du einen Plan? Eine Waffe? Irgendwas?«

Blom rang nach Atem und tastete seine Taschen ab. Vergeblich. Er schüttelte den Kopf.

»Dachte ich mir.« Mathilde sah sich um und stellte sicher, dass die Luft rein war. Dann raffte sie ihren Rock und zückte den kurzen Schlagstock, den sie stets an der Außenseite ihres Oberschenkels trug. »Besser als nichts.«

Blom nickte ihr zu. »Wollen wir reingehen?«

»Wollen nicht, aber so, wie ich dich kenne, lässt du mir keine Wahl.«

***

Raik Hartmann stand in der offenen Tür, blickte in das große Hinterzimmer und betrachtete die Vielzahl von Männern, die sich darin versammelt hatten. Es roch nach Schweiß und Nikotin, nach Seife und Pomade. Nervöses Gemurmel war zu hören und konspiratives Flüstern. »Verdammt, Josef«, murrte er seinem Handlanger zu. »Ich weiß nicht, ob das so eine gute Idee war.«

Osche kratzte sich im Nacken. »Gut oder nicht, Chef. Wir brauchen die Kohle. Und auf die Schnelle gab es keine bessere Möglichkeit dranzukommen, als den Raum zu vermieten.«

Hartmann rieb sich über die Stelle, wo ehemals sein Ohr gewesen war. »Es kribbelt. Und du weißt, was das bedeutet.«

»Ärger«, sagte Osche. »Wenn die Narbe juckt, bedeutet das Ärger.«

»Wir sollten die Sache abblasen.«

»Ich fürchte, dafür ist es zu spät.« Osche drehte sich um. »Gehen wir zurück ins Büro und kümmern uns ums Geschäft.«

***

Lugowski und seine Männer hatten sich, wie abgemacht, in kleine Gruppen aufgeteilt.

Eine nach der anderen betrat die Passage und schlenderte so unauffällig wie möglich zwischen schimmernd glasierten Fliesen und glänzenden Scheiben hindurch. Das Licht war gedämpft, die Luft stickig. Schritte hallten von den Wänden und dem gewölbten Glasdach wider.

Nach und nach stiegen die Jungs in den ersten Stock, betraten das Café Keck und mischten sich unter die Gäste.

»Ich mach die Schweine alle«, knurrte Ede, nachdem er sich mit dem Rücken zum Gastraum an einen Tisch neben der Tür zum Hinterzimmer niedergesetzt hatte. »Christian, die arme Sau … Nicht nur, dass sie ihn umgebracht haben … Ich hab gehört, die haben ihn auch noch verstümmelt.« Er schob die Hand unter seine Jacke und wartete. »Ich sag dir, ein schneller Tod ist noch zu gut für die verdammten Hurensöhne, genau wie für Nees.«

»Ganz meine Rede.« Lorenz, der ihm gegenübersaß, hielt

sich die Speisekarte vors Gesicht und tat, als studiere er sie. In Wahrheit schielte er darüber hinweg und sondierte die Lage. »Die Leute hier scheinen mir harmlos zu sein. Von denen brauchen wir nichts zu befürchten, aber die grobschlächtigen Kerle, die ins Hinterzimmer gehen, gefallen mir weniger.«

Ede wandte langsam den Kopf und beobachtete die Szenerie. »Geschlossene Gesellschaft«, murmelte er leise. »Die gehören nicht zu Hartmann. Warten wir noch, bis sie mit ihrer Feier beginnen und beschäftigt sind, dann schlagen wir zu.«

»Sie schließen die Tür.« Lorenz ließ die Menükarte sinken und schaute zu Ede. »Bereit?«

»Von mir aus kann's losgehen.«

Lorenz blickte zur Eingangstür, wo Lugowski und Zieman standen, hob und senkte den Kopf.

Lugowski steckte die Finger in den Mund und pfiff drei Mal kurz hintereinander.

Ede zog seine Pistole, riss die Seitentür auf und rannte in den dahinterliegenden Flur. Lorenz und die anderen hinterher.

***

Schwer atmend kamen Blom und Mathilde in das Café gestürmt und blickten in alle Richtungen.

»Da!« Blom zeigte auf die Seitentür, die sperrangelweit offen stand und durch die gerade zwei Männer in langen Mänteln verschwunden waren. »Das waren Lugowski und Zieman.« Er rannte ihnen nach. »Wartet!«, rief er.

Doch die beiden hörten ihn offenbar nicht. Mit gezückten Waffen eilten sie in einen Raum am Ende des Flurs.

Blom und Mathilde hasteten hinterher bis in eine Art Büro, in dem zwei grimmig dreinblickende Männer mit erhobenen Händen hinter einem Schreibtisch standen. Lugowski und seine Leute hatten ihre Waffen auf sie gerichtet, während Ede die Tür sicherte.

»Blom?« Ede runzelte die Stirn.

»Felix?« Lugowski wirkte irritiert. »Täubchen? Ihr beide habt mir gerade noch gefehlt.«

»Er war's nicht.« Blom hielt sich die Seite und zeigte auf Hartmann.

»Was zur Hölle tust du hier?«

»Ich will dich davor bewahren, einen riesengroßen Fehler zu begehen.«

»Endlich mal einer, der vernünftig ist«, murrte Hartmann.

»Halt die verdammte Fresse!«, motzte Kalle ihn an.

»Der Krömer-Plan«, fing Blom zu erzählen an. »Hartmann hat ihn nicht.«

»Natürlich hab ich ihn nicht«, schimpfte der. »Die verdammten Hurenböcke haben meinen Mann umgebracht und ihn sich gekrallt.« Er deutete auf Lugowski.

»Wir? Wir haben nichts davon getan.« Lugowski wirkte irritiert und ließ langsam seine Waffe sinken.

Blom atmete auf. »Nach allem, was Nees erzählt hat …«

»Nees?« Lugowski runzelte die Stirn. »Verdammt, Felix, bist du etwa in meine Fabrik eingebrochen?«

»Sei froh«, ging Mathilde dazwischen. »Sonst würdet ihr euch jetzt hier gegenseitig die Schädel einschlagen.«

»Hört zu, es muss eine dritte Partei geben«, erklärte Blom und ließ sich auf einem Sessel nieder. »Derjenige hat Sönke Fries und Christian Kamerling umgebracht und den Krömer-Plan an sich genommen.«

»Stimmt das?«, wandte sich Hartmann an Lugowski. »Du hast den Plan nicht?«

»Wäre ich sonst hier, du Schwachkopf?« Lugowski nickte seinen Männern zu, woraufhin diese ihre Waffen wegsteckten. Allgemeine Erleichterung und Entspannung machten sich breit. »Wenn ich im Besitz des verdammten Plans wäre, würde ich in der Nationalgalerie stehen, den Dürer einpacken und mir dazu noch ein paar Bilder für meine gute Stube aussuchen.« Er räusperte sich. »Du hast ihn also auch nicht?«

»Verdammt, nein.« Hartmann lehnte sich zurück und rieb sich die Narbe. »Wenn ich den Plan hätte, würde ich das Gleiche tun und nicht mein Hinterzimmer an irgendein illegales Gesocks vermieten.«

In diesem Moment brach draußen die Hölle los.

***

»Polizei!«, hallte eine heisere Stimme von den Wänden. »Keiner rührt sich von der Stelle!«

Das Gegenteil geschah. Die meisten Besucher des Café Keck schnellten hoch und versuchten, aus dem Lokal zu fliehen. Ein Tisch kippte um, Gläser zersprangen, und ein Aschenbecher rollte über den Boden. Mit erschrockenen Mienen drängten Männer und Frauen fluchend hinaus in die Passage, wo sich noch mehr Polizisten in Stellung gebracht hatten.

»Zurück!«, rief einer von ihnen. »Jeder Widerstand ist zwecklos, die Straße ist besetzt, die Galerie umstellt.« Er blies kräftig in seine Trillerpfeife.

Mehr als ein Dutzend Konstabler in Uniformmänteln, Pickelhauben und mit gezückten Säbeln strömten in das

Hinterzimmer. Es folgte ein kurzes Handgemenge, ein paar Beschimpfungen wurden ausgesprochen, dann schien die Meute einzusehen, dass es nichts brachte, sich zu widersetzen.

»Allesamt abführen!«, kommandierte der Einsatzleiter und wandte sich einem seiner Männer zu. »Haben Sie das gesamte Lokal gesichert? Haben wir wirklich alle erwischt?«

»Ein Trupp durchkämmt gerade jeden Winkel.«

»Recht so!« Der Kommandant zwirbelte seinen Schnurrbart. »Stellen Sie sicher, dass uns keiner durch die Lappen geht.«

***

»Verdammt.« Hartmann sprang auf. »Ich hab von Anfang an gesagt, dass es eine Schnapsidee ist«, maulte er Osche an.

»Die haben gut gezahlt, was hätte ich tun sollen?« Osche trat an das deckenhohe Regal aus dunkelbraunem Nussbaumholz, das an der hinteren Wand stand, riss ein paar dicke Wälzer heraus und warf sie achtlos auf den Schreibtisch.

»Was ist hier los?«, rief Lugowski und trat neben ihn.

»Nachdem der Krömer-Plan flöten gegangen ist, haben wir nach einer zusätzlichen Einnahmequelle gesucht, um Krolls Etablissement wenigstens anzuzahlen.« Hartmann rüttelte an dem Regal, das sich keinen Millimeter bewegte. »Josef hier ist auf die bescheuerte Idee gekommen, das Hinterzimmer für teures Geld an die Sozis zu vermieten.« Er fegte noch mehr Bücher heraus, die mit lautem Poltern auf den Boden fielen.

Von draußen waren schwere Stiefel zu hören, die näher und immer näher kamen.

»So helft doch mal! Ihr müsst ziehen.« Hartmann zeigte auf das Regal, woraufhin Lugowski und Ede mitanpackten.

Ein Knacken ertönte, mit einem lauten Knirschen bewegte sich das massive Möbelstück und gab einen schmalen Durchgang frei.

»Los, rein mit euch.« Hartmann schnappte sich ein paar Unterlagen vom Schreibtisch und eilte in den Fluchtkorridor.

Wie im Gänsemarsch huschte ihm einer nach dem anderen hinter.

***

Die Gasflammen der Laternen flackerten im Wind, die metallenen Spitzen der Pickelhauben glänzten matt.

»Gute Arbeit, Männer!«, rief der Kommandant. »Diese Versammlung der roten Reichsfeinde haben wir ordentlich auseinander genommen.« Zufrieden nickend blickte er den Gefängniswagen nach, die mit ihrer Fracht in Richtung Molkenmarkt fuhren.

Nur wenige Meter weiter drängten sich Lugowski, Hartmann und ihre Leute in einer dunklen Toreinfahrt. Sie warteten, bis die Luft rein war, und traten schließlich auf die Straße. Erleichtert atmeten sie auf, Kalle begann zu lachen und Lorenz wischte sich Schweiß von der Stirn.

»Noch mal Schwein gehabt«, murrte Ede und rückte seine Mütze zurecht.

»Das kannst du laut sagen.« Osche fuhr sich durchs Haar und blickte zu seinem Chef.

Der hatte sich mit Lugowski etwas abseits hingestellt. »Wir müssen herausfinden, wer unsere Männer bestialisch umgebracht hat«, sagte er. »Und wir müssen den Plan wiederbeschaffen.«

Lugowski nickte. »Wir sollten …«

»Felix!«, unterbrach ihn Mathilde und sah sich hektisch um. »Wo steckt Felix?«

31

Die Glocken der Klosterkirche, die zur Frühmesse riefen, hatten ihn, so wie jeden Morgen, aus dem Schlummer gerissen. Er lauschte dem Gebimmel, das sich mit dem Lachen eines Kindes und dem Knurren seines Magens vermischte, und rieb sich die Augen. Sein erster Gedanke an diesem Tag galt dem bevorstehenden Frühstück, erst danach drängten sich die Bilder der zwei Leichen in seine Seelenwelt.

Beide Männer waren tot. Ermordet. Von ihm.

Er setzte sich auf, lehnte sich gegen das hölzerne Kopfteil des Bettes, betrachtete seine Hände und wunderte sich über sich selbst. Die vergangene Nacht war friedlich gewesen und hatte sich kein bisschen von jenen zuvor unterschieden. Er hatte tief und fest geschlafen und war weder von Albträumen noch von den Geistern der Getöteten heimgesucht worden.

Es tat ihm leid um die zwei Männer, und ihm war bewusst, dass die beiden ein derart grausames Ende wohl nicht verdient hatten, dennoch verspürte er keine Gewissensbisse. Nach den Taten hatte er befürchtet, dass Schuldgefühle ihn überkommen und von innen heraus zerfressen würden. Doch bisher war diese Art von Emotion ausgeblieben.

War er ein schlechter Mensch? Hatte ihn das Leben schon derart abgehärtet? Oder war seine Gleichgültigkeit der Tatsache geschuldet, dass der Plan jedwedes Opfer wert war?

Er schlug die Decke zurück, schwang die Beine aus dem Bett, stand auf und streckte sich. Kühle Luft umfing ihn und klärte seinen Geist.

Die Glocken hatten aufgehört zu läuten, im Haus gegenüber gingen vereinzelte Lichter an, Jalousien und Läden wurden geöffnet, aus der Ferne erklang ein Posthorn.

Er fuhr sich durchs Haar und schüttelte sich. Er hatte keine Zeit, um zu grübeln. Der Tag begann, und es gab viel zu tun.

Eilig zog er sich an, trat ans Fenster und blickte hinaus. Noch war draußen alles trüb und grau – dennoch verspürte er ein verheißungsvolles Kribbeln in der Magengrube.

Die kommenden achtundvierzig Stunden würden die wichtigsten seines Lebens sein.

Sie würden über sein weiteres Schicksal entscheiden und noch mehr.

Er atmete ein, streckte nochmals den Rücken durch, reckte das Kinn in die Höhe und ging zur Tür.

Er war bereit.

32

Der Nachtwächter beendete gerade seinen Dienst und schritt samt Stock und Laterne müde gähnend seinem Heim entgegen. Frühdroschken rollten gemächlich durch das Morgengrauen in Richtung Bahnhof. Arbeiter kauften auf dem Weg zu den unzähligen Berliner Baustellen in den sogenannten Viktualienkellern ein deftiges Frühstück, bestehend aus Salzgurken, Rollmöpsen und dergleichen.

Die Branntweinläden öffneten ihre Pforten, rotnasige Frauen zogen Wagen und Karren voller Wurzelgemüse in Richtung der Märkte, und eine Heerschar von Dienstmägden und Haushälterinnen schwärmte wie emsige Bienchen durch die Straßen und Gassen. Aus den Schornsteinen stieg Rauch gen Himmel, sein herber Geruch mischte sich mit dem Duft von frischem Kaffee und der kalten Morgenluft.

Für all diese Eindrücke hatte Kommissar Schlesinger keinen Sinn. Seine gesamte Aufmerksamkeit war einzig und allein auf eine Sache gerichtet: die Jagd nach dem Krawatten-Mörder. Sie waren zwar gestern mit ihren Ermittlungen ins Stocken geraten, aber so war das nun mal beim Weidwerk. Fährten verloren sich, führten ins Nichts, vermischten sich mit anderen Spuren … Genau solche Hürden und Fährnisse machten doch im Endeffekt den Reiz der Tätigkeit aus. Wie langweilig wäre die Jagd, wenn die Beute sich widerstandslos auf dem Präsentierteller zur Schau stellen oder einem mir nichts, dir nichts vor die Flinte spazieren würde?

Je schwieriger die Aufgabe, desto süßer der Triumph. Hindernisse und Rückschläge galt es daher willkommen zu heißen.

Mit dieser Erkenntnis betrat er das Polizeipräsidium am Molkenmarkt, in dem es trotz der frühen Stunde summte und brummte. Die Gesichter der Beamten wirkten müde, aber zufrieden. Es schien, als seien die nächtlichen Razzien erfolgreich verlaufen.

Schlesinger ging durch das Gebäude, wobei sein Körper vor lauter Jagdlust vibrierte, als hätte er die Fährte eines Zwölfenders aufgenommen. Im Büro angekommen, riss er das kleine beschlagene Fenster auf, atmete tief ein und blickte hinaus auf die Mühlendammschleuse.

»Morgen«, ertönte es da hinter ihm, und ein verschlafen wirkender Bruno Harting betrat den Raum. Seine Haare standen wild vom Kopf ab, die Krawatte saß schief, auch auf eine Rasur hatte er offensichtlich verzichtet. »Sie sind aber früh dran.«

Schlesinger schloss das Fenster und klatschte in die Hände. »Wir haben viel zu tun.«

»Wohl wahr.« Bruno gähnte und wirkte alles andere als motiviert. Exakt in diesem Augenblick klopfte es an der Tür.

»Ja bitte!«, rief Schlesinger.

»Arthur Lugowski will Sie sprechen«, erklärte ein junger Konstabler. »Er wartet vorn bei der Registratur.«

»Führen Sie ihn herein«, wies Schlesinger an, setzte sich hinter seinen Schreibtisch und lehnte sich zurück.

Nur wenige Augenblicke später wurde ein stattlicher Herr in das Büro geführt. Er hatte sein volles grau meliertes Haar nach hinten gekämmt, trug einen eleganten Dreiteiler, aus dessen Westentasche eine dicke goldene Uhrkette baumelte, und roch nach einer Mischung aus Eau de Cologne und Zigarrenrauch. »Guten Morgen, meine Herren.« Er lächelte, wobei er zwei Zahnreihen entblößte, die viel zu groß für seinen Mund schienen. »Mir wurde berichtet, dass Sie nach mir gesucht haben.« Ohne auf eine Aufforderung zu warten, setzte er sich und schlug die Beine übereinander.

»Da will wohl einer vermeiden, dass wir ihn in seinen Refugien aufsuchen.« Bruno musterte den Gangsterboss mit einer Mischung aus Neugier und Verachtung.

»Aber wo denken Sie hin, Herr Kommissar.« Interessiert sah sich Lugowski in dem kleinen Raum um. Ein kalter, modriger Luftzug drang durch die Ritzen der undichten Tür, während von draußen abwechselnd das Plätschern der Spree, gebrüllte Kommandos und lautes Fluchen zu hören waren. »Ich war gerade in der Nähe und dachte mir, ich erspare Ihnen Zeit und Mühe. Jetzt, da Sie doch so beschäftigt damit sind, die Sozialdemokraten zu jagen.«

»In erster Linie jagen wir einen Mörder.«

Lugowski zog seine buschigen Augenbrauen hoch. »Einen Mörder?«

»Sparen Sie sich die Scharade!«, schimpfte Bruno. »Sie wissen genau, dass einer Ihrer Leute umgebracht wurde.«

Lugowski fasste sich mit einer theatralischen Geste an die Brust. »Einer meiner Jungs? Aber welcher denn?«

»Christian Kamerling«, erklärte Schlesinger.

Lugowski atmete hörbar auf und legte den Kopf schief. »Nie gehört.«

»Kamerling hat also nicht für Sie gearbeitet?«

»Aber nein. Ich kann Ihnen gern meine Geschäftsunterlagen zukommen lassen. Darin sind sämtliche Angestellte und ihre Lohnkosten bis auf den letzten Pfennig aufgelistet.« Lugowski lächelte und ließ seinen Blick über Schlesingers Schreibtisch wandern.

»Sie können jemand anderen für dumm verkaufen«, schimpfte Bruno. »Wir wissen genau, dass Männer wie Sie mehrere Geschäfte betreiben und dabei immer zwei Buchhaltungen haben. Eine echte und eine geschönte.«

»Ts ts ts«, machte Lugowski, während er seine Aufmerksamkeit erst auf die Aktenordner im Regal und schließlich auf das Chaos auf Brunos Arbeitsplatz richtete. »Es kränkt mich, dass Sie solch eine schlechte Meinung von mir haben.« Er ließ seinen Blick auf einem Bericht ruhen und versuchte ganz offensichtlich, ihn zu lesen.

Bruno drehte das Papier um und beugte sich nach vorn. »Suchen Sie irgendwas?«

»Aber nein.« Lugowski schüttelte den Kopf. »Ich war nur neugierig. Man ist nicht alle Tage im Büro von zwei so wichtigen Polizisten.«

»Sönke Fries?«, fragte Schlesinger. »Sagt Ihnen der Name etwas? Oder Felix Blom?«

Lugowski antwortete nicht, sondern lauschte dem Geschrei, das von irgendwoher aus dem Gebäude ertönte.

»Fries. Blom«, rief Bruno in ungehaltenem Tonfall.

Lugowski blickte hoch. »Fries kenne ich nicht, aber Felix natürlich schon. Ein guter Junge, arbeitet als Privatdetektiv, gleich nebenan im Krögel.« Er verschränkte die Arme. »Apropos ... Sie haben ihn nicht zufällig gesehen ... kürzlich ... Ich habe nämlich schon länger nichts mehr von ihm gehört.« Er sah Schlesinger erwartungsvoll an.

»Wenn ich mich nicht irre, haben wir ihn vorgestern kurz vor der Kaisergalerie getroffen.«

»Vorgestern?«, hakte Lugowski nach.

Schlesinger nickte. »Wenn wir schon dabei sind ... Können Sie mir sagen, wo Sie in den Nächten von Freitag auf Samstag und von Samstag auf Sonntag waren?«

»Aber natürlich, ich war im Alt Berlin.« Lugowski deutete auf einen Bleistift und einen Notizblock, die auf Schlesingers Schreibtisch lagen. »Darf ich?«

Schlesinger schob ihm das Gewünschte zu, woraufhin Lugowski langsam und mit derart festem Druck, dass die Mine beinahe brach, ein paar Namen notierte. »Eduard Atzerot, Horst Grossmann, Werner Lorenz, Detlev Zieman und Roland Geier können mein Alibi bestätigen.« Er erhob sich. »Kann ich sonst noch etwas für Sie tun?«

»Das wär's fürs Erste«, sagte Schlesinger nach kurzer Überlegung. »Halten Sie sich zu unserer Verfügung.«

»Mit dem größten Vergnügen.« Lugowski deutete eine Verbeugung an und öffnete die Tür. Kalte Luft zog herein und wehte ein paar Blätter von Schlesingers Tisch. Der alte Gangsterboss ging nach draußen und ließ die schwere Holztür mit einem lauten Knall ins Schloss fallen.

»Der Kerl lügt wie gedruckt«, schimpfte Bruno. »Von wegen Alibi. Seine Jungs würden für ihn ...« Er kam nicht dazu, den Satz zu beenden, da es erneut an der Tür klopfte.

Ein hagerer Konstabler steckte den Kopf in den Raum und wandte sich an Bruno. »Kommissar Harting, es gibt da etwas, das Sie sich unbedingt anschauen sollten.«

Bruno rieb sich das stoppelige Kinn. »Kann das nicht warten?«, brummte er missmutig. »Ich bin gerade erst gekommen und habe einiges vorzubereiten.«

»Glauben Sie mir, das wollen Sie nicht versäumen.« Ein beinahe schelmischer Ausdruck legte sich auf das Gesicht des Beamten.

»Gehen Sie ruhig«, sagte Schlesinger. Er stand auf und hob die Blätter auf, die der Luftzug auf den Boden geblasen hatte. Gedankenverloren fuhr er mit den Fingern über die Namen, die Lugowski notiert hatte.

»Bin gleich wieder da.« Widerwillig stand Bruno auf und streckte sich. »Wehe, es ist nicht wichtig.«

Gemeinsam schritten sie durch die Flure bis zu dem Trakt, in dem die Arrestzellen untergebracht waren. Schwere eiserne Türen mit wuchtigen Beschlägen samt massiven Riegeln und Schlössern erinnerten an mittelalterliche Burgverliese. Vor einer blieb der Beamte stehen, holte seinen Schlüsselbund hervor und sperrte auf.

Die Tür öffnete sich nach innen, ihre Angeln quietschten. Der Gestank von allen nur erdenklichen Körperausscheidungen schlug ihnen entgegen, und Bruno vergrub die Nase in der Armbeuge. »Was soll das?«, murrte er. »Wer ist das Lumpenpack?«

»Das sind ein paar von den Sozis, die wir letzte Nacht geschnappt haben.«

Bruno wandte den Kopf ab und schnappte nach Luft. »Die fallen nicht in meine Zuständigkeit.« Er setzte an kehrtzumachen. »Ihnen ist hoffentlich klar, dass hier der Flecktyphus wütet und ich zwei kleine Bälger daheim habe. Wenn meine …«

»Schauen Sie sich das Gesindel noch einmal genau an«, sagte der Beamte, wobei seine Mundwinkel zuckten. »Glauben Sie mir, Sie werden's nicht bereuen.«

»Wehe, es handelt sich um einen Scherz.« Bruno kniff die Augen zusammen und starrte in die finstere Zelle, die aus kahlen Wänden und einem strohbedeckten Fußboden bestand. Sein Blick wanderte über die müden Gesichter der Männer, die auf dem schmutzigen Untergrund hockten, und hielt plötzlich inne. Seine Augen weiteten sich. »Da brat mir einer nen Storch. Wenn das nicht Felix Blom ist. Danach hat Lugowski also gesucht.«

»Ich sagte doch, Sie werden's nicht bereuen.« Der Beamte reichte Bruno eine Akte.

Bruno grinste und schlug sie auf. »So so, Blom, ein Sozialdemokrat also. Ich dachte immer, ich krieg Sie wegen Einbruch und Diebstahl dran, aber das soll mir auch recht sein.«

»Es handelt sich um ein Missverständnis«, erklärte Blom heiser. »Ich war zufällig im Café Keck, um Abendbrot zu essen. Ich hatte keine Ahnung, dass im Hinterzimmer eine illegale politische Versammlung stattfindet.«

»Warum haben Sie dann versucht abzuhauen?« Bruno stopfte sich ein extragroßes Stück Tabak in den Mund und kaute genüsslich schmatzend darauf herum.

Blom seufzte. »Ihre Kollegen haben wie eine Horde Barbaren herumgebrüllt. Ich habe mich erschreckt und bin instinktiv weggelaufen.« Er zucke demonstrativ mit den Schultern.

»Das Märchen können Sie Ihrer Großmutter erzählen.« Brunos Grinsen wurde breiter. »An einer verbotenen Zusammenkunft teilgenommen«, las er laut vor. »Widerstand gegen die Staatsgewalt.« Er schüttelte den Kopf. »Und das, obwohl Sie eine satte Vorstrafe haben.«

»Ich hab an keiner Zusammenkunft teilgenommen«, beteuerte Blom.

»He, du da.« Bruno machte einen Schritt in die Zelle und stupste mit der Schuhspitze einen Kerl mit vernarbtem Gesicht an, der an Bloms Schulter lehnte und leise schnarchte. »Kalle, wenn ich mich recht erinnere.«

Kalle riss die Augen auf und wischte sich einen Speichelfaden aus dem Mundwinkel' »Gibt's schon Frühstück?«

»Kennst du den?« Bruno deutete auf Blom.

»Klar, det is Felix Blom. Wer kennt den nich?«

»Scheint, als würde man Sie in sozialdemokratischen Kreisen gut kennen.«

Blom schnaubte. »Sie wissen ganz genau, dass Kalle kein Sozialdemokrat ist, sondern einer von Lugowskis Jungs. Zufällig war er auch im Café Keck.«

»So isses.« Kalle gähnte.

Bruno blätterte weiter. »Karl-Heinz Rosental, so heißt er also wirklich.« Er pfiff durch die Zähne. »Mehr Vorstrafen als meine Schwiegermutter Haare auf den Beißern. Sein Wort wird vor dem Richter nicht viel Gewicht haben. Genauso wenig wie Ihres.« Mit einem genüsslichen Gesichtsausdruck schlug Bruno die Akte zu. »Felix Blom, ein roter Reichsfeind, ein revolutionärer Agitator, ein spitzer Dorn im Auge des Kanzlers.« Er zuckte mit den Schultern. »Mir soll's recht sein.«

»Sie können mich nicht für etwas wegsperren, das ich nicht getan habe«, sagte Blom.

»Keine Sorge, ich werde Sie nicht wegsperren.« Bruno lachte. »Sofern Sie mir nichts Neues über die Morde an Sönke Fries und Christian Kamerling erzählen können, lasse ich Sie verbannen.«

»Wie bitte?!«

»Ich lasse Sie verbannen.« Bruno ließ sich jede Silbe auf der Zunge zergehen. »Ab sofort sind Sie nicht mehr mein Problem. Sie werden der Stadt verwiesen, Blom. Für Sie heißt es, Nimmerwiedersehen Berlin.«

33

»Verbannung? Soll das ein Scherz sein? Was um alles in der Welt heißt das? Sind wir jetzt im Mittelalter?« Blom stand auf und stemmte sich mit dem Rücken gegen die kalte Mauer, in deren Steine unzählige Häftlinge ihre Namen geritzt hatten. Seine Gliedmaßen waren steif von der harten und unbequemen Nacht, Knochen und Muskeln schmerzten.

»Was glaubst du wohl, was das heißen könnte?« Ein wuchtiger Kerl mit einem fleischigen roten Gesicht fuhr sich mit beiden Händen über sein fettiges Haar und zupfte ein paar Strohreste daraus. »Seit der olle Wilhelm den Ausnahmezustand ausgerufen hat, kann uns die Regierung ohne Prozess der Stadt verweisen«, klärte er Blom auf.

»›Einschränkung des Aufenthaltes‹, nennen sie das in ihrer Beamtensprache«, meinte ein hagerer Kerl mit eingefallenen Wangen, dessen Anzug lose um den ausgemergelten Körper schlotterte, als wäre er eine Vogelscheuche. »Die schmeißen dich glatt aus Berlin raus, und du darfst bis auf Weiteres nicht zurückkommen.«

»Heimat- und existenzlos ist man dann. Von Weib und Kindern fortgerissen, verjagt wie ein tollwütiger Hund.«

»Und wie wollen die das kontrollieren?«, wollte Blom wissen.

»Indem sie immer wieder bei dir zu Hause auftauchen und auf deiner Arbeit. Sie lauern dir in deiner Stammkneipe auf, bei deinen Freunden, Verwandten und in deiner Kirche. Die jagen dich wie Vieh. Und wenn sie dich erwischen, sperren sie dich weg, und zwar richtig lange.«

»Und jeden, der dir Unterschlupf gewährt, gleich mit dazu. Also denk bloß nicht, die würden die Sache nicht ernst nehmen.«

»Wenn's stimmt, was ich gehört habe, dürfen wir von zu Hause ein paar Sachen holen, werden zum Bahnhof eskortiert und in einen Zug gesetzt.«

»Ich schau, dass ich irgendwie nach Hamburg komme«, murrte der hagere Mann. »Dort hab ich Verwandtschaft. Bei denen kann ich hoffentlich fürs Erste unterkommen.« Er vergrub das Gesicht in den schmutzigen Händen.

»Na, die werden sich bedanken, wenn du dort unangemeldet auftauchst und um Kost und Logis bittest.«

»In Leipzig haben sich einige Genossen zusammengetan, um den Verbannten aus Berlin unter die Arme zu greifen«, flüsterte eine Stimme aus der hinteren Ecke. »Dort sind auch jene Männer hin, die im Dezember ausgewiesen wurden. Denen sollten wir uns anschließen, uns neu formieren und dann die verdammte Regierung stürzen.«

Kalle sah zu Blom hoch, seine Augen glänzten feucht. »Verdammt, Felix. Ick hab keene Verwandten, und Jenossen noch viel weniger. Allet, wat ick hab, is hier in Berlin. Wenn ick von hier wechmuss, dann geh ick ein wie ne kaputte Pflanze. So wie der Vadder und die Brüder von Zieman, die hat's een Tach vor Weihnachten erwischt. Soll ihnen jar nich jut jehn, wat man so hört.«

Blom seufzte. »Ich fürchte, mir würd es ähnlich ergehen. Der Krögel, die Detektei, Auguste und Mathilde ... Das ist mein Zuhause, mehr noch: meine Welt.«

»Wat tun wir denn nu?«

Just in diesem Moment waren wieder die Riegel der Tür zu hören. Ein Lichtkegel bildete sich auf dem strohbedeckten Fußboden aus und wurde größer und größer. Grimmig blickte ihnen ein Konstabler in die verzweifelten Visagen. »Auf mit euch, verdammtes Dreckspack!«, brüllte er.

Die Gefangenen mussten sich in einer Reihe aufstellen und tapsten mit gesenktem Blick im Gänsemarsch aus der Zelle und durch das verwinkelte Gebäude. In einem schmutzigen Innenhof wurden sie über die Details ihrer Verbannung aufgeklärt.

»Gegen Personen, welche sich der Agitation im Sinne von Paragraph eins, Absatz zwei des »Gesetzes gegen die gemeingefährlichen Bestrebungen der Sozialdemokratie« strafbar machen, kann neben dem Freiheitsentzug auch die Einschränkung ihres Aufenthaltes erkannt werden«, ließ der Konstabler einen Untergebenen mit lauter Stimme vorlesen. »Aufgrund dieses Erlasses Seiner Majestät kann ihnen der Aufenthalt in bestimmten Bezirken und Ortschaften durch die Landespolizeibehörde versagt werden. Sie sind daher …«

»Wenn sie dich heimführen, um ein paar Habseligkeiten zu holen, dann versuch zu türmen. Verstehst du? Hau ab!«, flüsterte Blom in Kalles Ohr. »Wir treffen uns in einer Stunde bei Arthur in der alten Gerberei.«

»Spinnste?«, zischte Kalle. »Der Alte macht uns kalt, wenn wir sein Jeschäft in Jefahr bringen. Du hast doch jehört, wat die Jungs vorhin jesacht ham. Jeder, der uns Unterschlupf jewährt, macht sich strafbar.«

»Arthur soll sich nicht anstellen, der macht sich andauernd strafbar. Ich hab eine Idee, wie wir uns eventuell retten können. Dabei kriegt der Alte auch, was er …«

»Ruhe!«, brüllte der Konstabler. »Haltet verdammt noch mal das Maul. Sonst setzt's was!«

Schweigend hörten sie sich den Rest der Belehrung an, daraufhin wurden sie auf die Straße geführt, durch die eisiger Wind blies.

»Eine Stunde. Alte Gerberei«, zischte Blom Kalle zu.

Ein uniformierter Wachmann, dessen Gesicht von Pockennarben überzogen war, packte Blom unsanft am Oberarm und führte ihn bis in den Krögel. »Sie können so viel mitnehmen, wie Sie tragen können«, erklärte er. »Sie haben genau fünfzehn Minuten, um zu packen und sich zu verabschieden. Verstanden?«

Noch ehe Blom eine Antwort ausspucken konnte, wurde die rote Tür der Detektei aufgerissen, und Mathilde kam in den Innenhof gerannt. »Wo warst du denn nur?«, rief sie. »Ich war schon beinahe krank vor Sorge, hab die ganze Nacht kein Auge zugetan.« Ihr Blick fiel auf den Wachmann, und sie runzelte die Stirn. »Haben die dich etwa verknackt?«, flüsterte sie.

»So isses.« Der Polizist grinste. »Schlechte Nachrichten, verehrte Dame.«

Unvermittelt musste Blom an eine alte Masche denken, die Lugowskis Jungs früher gerne abgezogen hatten …

Der Polizistentrick: *Falsche Beamte tauchen bei dem Opfer daheim auf und teilen ihm mit, dass ein nahestehender Mensch in Schwierigkeiten steckt. Die entstehende Verwirrung wird zum Diebstahl genutzt.*

Leider war dies heute keine Finte, sondern die Realität. Blom nickte. »Ich war gestern nicht schnell genug, und obwohl die Polente genau weiß, dass ich kein Sozialdemokrat bin, haben sie mich zum gemeingefährlichen Revolutionär erklärt. Oder, besser gesagt, mein alter Freund Bruno

Harting hat es getan. Ich soll der Stadt verwiesen werden.«

Mathilde riss die Augen auf. »Ich mach mich sofort auf die Suche nach einem Anwalt …«

»Vergiss es«, sagte Blom. »Ich wurde in einem Lokal aufgegriffen, in dem sich eine verbotene Gruppierung versammelt hat, und habe versucht zu fliehen. In Kombination mit meiner Vorstrafe wird es verflixt schwer, juristisch dagegen anzukommen. Und selbst wenn irgendein Paragraphenreiter mich noch einmal rausboxt, wird Bruno sich was Neues einfallen lassen.«

»Heißt das, du lässt dich widerstandslos aus der Stadt werfen?«

»Tick-Tack.« Demonstrativ hielt der Wachmann Blom seine Taschenuhr vors Gesicht. »Wenn Sie nachher zu wenig Zeit zum Packen haben, will ich keine Beschwerde hören. Nicht einen Mucks in diese Richtung.«

»Mathilde, hilf mir bitte, ein paar Sachen zusammenzusuchen.« Blom fasste sie an der Hand und zog sie in die Detektei.

Als der Wachmann ihnen folgen wollte, stellte sich Blom in die Tür. »Bitte geben Sie sich einen Ruck, und gönnen Sie mir und meiner Frau einen Moment der Privatheit. Wer weiß, wann ich sie das nächste Mal wiedersehe.«

»Von mir aus.« Der Konstabler hielt erneut die Taschenuhr hoch. »Aber in zehn Minuten geht es los, selbst wenn ich Sie mit heruntergelassener Hose und ohne Koffer rausschleifen muss.«

Blom schloss die Tür und huschte in das Hinterzimmer. »Hör zu«, flüsterte er. »Ich habe eine Idee.«

»Dem Himmel sei Dank. Für einen kurzen Moment dachte ich schon, du würdest klein beigeben.«

»Ich brauche deine Hilfe.«

»Sag mir einfach, was ich tun soll.«

»Lenk den Kerl da draußen ab, sodass ich mich aus dem Staub machen kann.«

»Nichts leichter als das. Und dann?«

»Dann drück mir die Daumen oder zünd irgendwo ein Kerzlein für mich an, besser noch zwei.«

»Ist das alles?«

Er seufzte. »So wie es aussieht, muss ich mich wieder in den Schatten von Berlin verwandeln. Ich will dich da nicht mit reinziehen.«

Mathilde seufzte. »Manchmal muss man Feuer mit Feuer bekämpfen. Gib Bescheid, wenn ich etwas tun kann.«

Blom lächelte. »Das werde ich.«

»Viel Glück.« Sie öffnete die Tür und winkte den Wachmann in das Büro. »Könnten Sie mir vielleicht kurz helfen?«

»Wobei?« Der Uniformierte betrat den Raum und sah sich um.

Mathilde deutete an die Decke. »Wir haben da so einen unschönen Wasserfleck?« Sie klimperte mit den Wimpern. »Wissen Sie vielleicht, was man dagegen tun kann?«

Der Mann sah sie an, als ob sie nicht mehr alle Tassen im Schrank hätte. »Sie machen mir Spaß. Glauben Sie, das gehört zu meinem Aufgabengebiet?«

»Bitte«, gab Mathilde die Jungfrau in Nöten, während Blom sich leise hinter ihnen vorbeischlich. »Nein, Liebster«, rief sie in die Kammer hinein. »Nimm die andere Hose und vergiss die Socken nicht, die dir meine Mutter gestrickt hat.«

Der Uniformierte sah auf seine Uhr, schob sich an Mathilde vorbei und warf einen Blick in das kleine Hinterzimmer. »Wo ist er?«, brüllte er.

Mathilde zuckte gelassen mit den Schultern und zündete sich eine Zigarre an. »Wer?«

»Ihr Mann.«

»Tut mir leid, ich weiß nicht, von wem Sie reden«, konnte Blom sie beim Davonhuschen noch sagen hören. »Ich bin nicht verheiratet.«

34

»Was soll das heißen, Blom ist weg?!«, brüllte Bruno.

Der junge Konstabler, der ihm die Meldung überbracht hatte, zog den streng gescheitelten Kopf ein. »Er ist verschwunden. Offenbar hat er sich aus dem Staub gemacht.«

»Zum Donnerwetter noch mal! Das darf ja wohl nicht wahr sein.« Bruno schlug mit der Faust auf den Tisch.

Der Konstabler machte vorsichtig ein paar Schritte rückwärts. »Fahndungsbilder wurden in Auftrag gegeben, die werden noch heute überall in der Stadt verteilt. Außerdem durchkämmt eine Truppe von Männern gerade Bloms Wohnung und die Detektei. Es wurden auch Leute losgeschickt, um in diesem Lokal nachzusehen, in dem er sich des Öfteren aufhält. Diesem …« Er schnippte mit den Fingern in der Luft. »Wie heißt die Bude noch mal?«

»Alt Berlin.« Bruno holte tief Luft und blickte zu Schlesinger, der ihn fragend ansah. »In Ordnung.« Er räusperte sich und nickte dem jungen Mann zu. »Sie können gehen. Halten Sie mich auf dem Laufenden.«

Der Konstabler verschwand derart eilig, dass er beinahe über die Türschwelle gestolpert wäre.

»Ich weiß nicht, was Sie haben?« Schlesinger lehnte sich zurück und musterte Bruno. »Sie wollten diesen Blom loswerden. Jetzt ist genau das passiert. Weswegen grämen Sie sich also?«

»Ich wollte, dass er aus der Stadt verschwindet, aber er ist immer noch hier. Und wie ich ihn kenne, brütet er irgendetwas aus, das uns Ärger machen wird.«

Schlesinger zuckte mit den Schultern. »Ist doch großartig. Sobald er irgendwo auftaucht, können Sie ihn schnappen und wegsperren – und zwar richtig lange. Sie müssen keine Beweise sammeln oder sich mit irgendwelchen Winkeladvokaten herumschlagen. Blom wurde verhaftet, hat Widerstand geleistet und ist untergetaucht. Zusammen mit seiner Vorstrafe reicht das aus, um ihn für einige Jahre hinter Gitter zu bringen.« Er lächelte. »Das Gras wächst nicht schneller, wenn man daran zieht.«

Bruno runzelte die Stirn.

»Soll heißen: Nur Geduld, Herr Harting. Ich habe prophezeit, dass Blom einen Fehler begehen wird. Das hat er getan – und zwar schneller als erwartet. Nun brauchen Sie nur noch zu lauern und im richtigen Moment zuzuschlagen.« Während die Glocke der nahen Nikolaikirche elfmal läutete, ließ Schlesinger gedankenverloren seine Finger über Lugowskis Namensliste gleiten und betrachtete die krakeligen Buchstaben. Anschließend blickte er auf das Zeitungsfragment, das noch immer vor ihm auf dem Tisch lag, und strich auch darüber. Mit einem Mal sprang er auf, ging zum Fenster und hielt das dünne Papier gegen das Licht. »Sehen Sie nur!«, rief er.

Bruno trat neben ihn und kniff die Augen zusammen. »Ich weiß nicht, was Sie meinen.«

Schlesinger antwortete nicht, sondern eilte stattdessen zurück zum Schreibtisch und nahm einen Bleistift zur Hand. »Haben Sie irgendetwas Scharfes dabei?«

Bruno fasste in seine Tasche und reichte ihm ein Klappmesser.

Schlesinger schob die Klinge heraus, schabte damit an der Bleistiftmine und verteilte das entstehende schwarze Pulver über den Rand des Abrisses, dann rieb er es mit der Fingerspitze vorsichtig über das Papier. »Sehen Sie jetzt?«

Bruno riss die Augen auf, als er die Linien und Punkte sah, die sich hell in dem dunkelgrau verfärbten Papier abzeichneten.

»Arthur Lugowski hat mich indirekt darauf gebracht«, erklärte Schlesinger. »Er hat beim Schreiben derart stark auf das Blatt gedrückt, dass man seine Buchstaben mit den Fingern nachspüren konnte.«

Bruno hielt sich die Schrift nah vors Gesicht und versuchte zu erkennen, was dort stand.

»Die Lichtverhältnisse hier drin sind wirklich schlecht«, sprach Schlesinger weiter. »Darum haben wir es bis jetzt nicht gesehen.«

Bruno hörte ihm gar nicht richtig zu. »...hr mit«, entzifferte er. »Dann folgt ein Abstand und dann Ja... könnte das ein s sein?«, überlegte er laut.

Schlesinger nahm ihm den Schnipsel ab und betrachtete ihn eingehend. »Ich denke, es heißt Jaschwitz. Und sehen Sie diese dünne Linie ganz vorn, genau dort, wo das Papier gerissen ist? Sie ist unten leicht nach links geschwungen und könnte von einem U stammen.«

»... Uhr mit Jaschwitz«, fasste Bruno zusammen.

Schlesingers Augen begannen zu strahlen. »Eine Verabredung mit einem gewissen Herrn Jaschwitz. Wenn das Zeitungsfragment tatsächlich von dem gesuchten Mörder stammt, ist es durchaus möglich, dass er das notiert hat. Wahrscheinlich lag die Zeitung unter dem Papier, auf das geschrieben wurde. Und das Geschriebene hat sich einfach durchgedrückt.«

Bruno öffnete die Bürotür. »Kann uns mal jemand ein Berliner Adressbuch bringen?«, brüllte er hinaus auf den Flur.

Kurz darauf erschien ein junger Beamter mit dem Gewünschten.

Bruno nahm es entgegen, schlug es auf und begann zu blättern. »Janusch ...«, murmelte er. »Jarke ... Jaroschek ...«

»Kein Jaschwitz.« Schlesinger hatte ihm über die Schulter geblickt. »Nun, das will ja noch nichts heißen. Es gibt viele Menschen in Berlin, die nicht da drin vermerkt sind.«

Bruno nickte. »Lassen Sie uns ins Archiv gehen und die Kollegen befragen.« Noch einmal betrachtete er die Schrift. »Jaschwitz ist kein sehr geläufiger Name.« Er ging voran in den Flur, wo reges Treiben herrschte, und führte Schlesinger durch den Trubel hindurch in einen düsteren Raum, in dem deckenhohe Regale standen und in dem es nach Schimmel und altem Papier roch. »Das sind unsere Verbrecheralben.« Er präsentierte einen dicken, ledergebundenen Wälzer. »Leopold von Meerscheidt-Hüllessem hatte vor drei Jahren die Idee dazu. Der Kerl ist ein arroganter Fatzke, aber der Einfall war gut, das muss man ihm lassen.« Er legte das Album auf den großen Tisch aus massivem Eichenholz, der in der Mitte des Raums stand, schlug es auf und fing an, es durchzublättern.

»Und?« Schlesinger musste niesen, als Staub in seine Nase stieg. »Irgendein Jaschwitz?«

»Bisher nicht.« Bruno griff nach dem nächsten Band, während Schlesinger begann, alte Fallakten durchzusehen, die von Raub, Mord, Diebstählen, Erpressung und anderen Straftaten zeugten.

»Ich kenn einen Jaschwitz«, erklärte da plötzlich eine sonore Stimme hinter einem Regal. Kurz darauf tauchte ein älterer untersetzter Mann auf, der seine Glatze mit ein paar langen dünnen Strähnen seitlich überkämmt hatte. Er trug einen Stapel mit Akten auf dem Arm, legte sie auf den großen Tisch und begann sie alphabetisch zu sortieren. »Der hat aber ganz sicher nichts mit einem Mord am Hut.«

Schlesinger blickte ihm direkt in die Augen. »Sie wissen hoffentlich schon, dass meist jene Menschen Dreck am Stecken haben, von denen man es am wenigsten glaubt.«

»Der nicht«, erklärte der Mann und sortierte seelenruhig weiter. »Ich rede nämlich von Maximilian von Jaschwitz«, erklärte er. »Mein Schwager hat unter ihm gedient. Jaschwitz ist der Flügeladjutant des Kaisers, ein angesehener Offizier, ein Veteran und hochdekorierter Kriegsheld. Er gilt als Wohltäter und Ausbund von Disziplin und Moral. Die Quintessenz des Preußentums.«

Schlesinger pfiff durch die Zähne. »Verstehe.« Er überlegte. »Ich kann nachvollziehen, warum Sie ihn nicht mit den Taten in Verbindung bringen wollen. Dennoch … Wir dürfen keine Option ausschließen.« Er lächelte. »Außerdem wollte ich schon immer mal ins Schloss des Kaisers.«

35

Blom zog seine Ballonmütze tief in die Stirn und eilte mit gesenktem Blick in Richtung der alten Gerberei.

Den ganzen Weg über war er in Gedanken versunken. Er versuchte, die Risiken abzuwägen, die seine Idee mit sich brachte, und spielte verschiedene Szenarien durch. Ganz gleich wie er es drehte und wendete: Er würde schlecht vorbereitet sein und sich in große Gefahr begeben müssen.

»He! Du! Das ist Privatbesitz«, stellte sich Ede ihm in den Weg, als er über den Zufahrtsweg hastete.

»Ich bin's.« Blom blickte hoch und schob die Mütze aus dem Gesicht.

»Scheiße, Felix.« Ede lachte erleichtert auf. »Wir dachten schon, die Schweine hätten dich im Café Keck drangekriegt.«

»Haben sie auch. Ich soll verbannt werden, deswegen muss ich dringend mit Arthur reden.«

Ede, dem das Lachen offenbar im Hals stecken geblieben war, kratzte sich am Kopf. »Der Alte ist beschäftigt.«

»Der Alte schuldet mir was.« Blom kniff die Augen zusammen. »Um genau zu sein, schuldet ihr mir alle was. Wenn ich gestern nicht eingeschritten wäre, dann wär die Kacke jetzt am Dampfen, und zwar ordentlich. Ohne mich würdest du vielleicht schon die Radieschen von unten ansehen.«

»Da hast du wohl recht.« Ede überlegte kurz und nickte schließlich. »Komm mit. Über die Weinpanscherei weißt du ja sowieso Bescheid.« Sie gingen ein paar Schritte. »Übrigens: Hast du Kalle gesehen?«

»Dem ist es genauso ergangen wie mir. Er sollte aber bald hier eintreffen.«

Gemeinsam betraten sie das Gebäude und die Werkhalle, wo Lugowski gerade eine Gruppe von Männern herumführte. »Und das ist unser absoluter Verkaufsschlager«, erklärte er ihnen, wobei der Stolz in seiner Stimme nicht zu überhören war. »Château Haut-Brion. Den reißen uns die reichen Idioten aus den Händen. Wir kommen mit dem Produzieren gar nicht mehr nach.« Er lachte laut. »Hol Gläser!«, wies er Zieman an. »Lass unsere Besucher von dem edlen Nektar kosten.«

»Chef.« Ede räusperte sich. »Hier ist jemand, der dich sprechen möchte.«

Lugowski und die Männer drehten sich um, und Blom erkannte verdutzt, dass die Gäste des Gangsterbosses keine Geringeren waren als Raik Hartmann und eine Handvoll seiner Jungs.

»Felix.« Lugowski klemmte seine Zigarre in den Mundwinkel und breitete die Arme aus. »Wie schön. Wir hatten schon befürchtet, die Polente hätte dich erwischt.«

»Danke, dass du aus lauter Sorge deine Anwälte zu meiner Rettung losgeschickt hast. Es ist ja nicht so, als hätte ich euch allen den Arsch gerettet«, gab Blom sich zynisch.

»Erstens war ich höchstpersönlich heute im Präsidium, um mich so unauffällig wie möglich nach deinem Verbleib zu erkundigen. Zweitens bist du bei mir eingebrochen und hast den Verräter Nees befreit und laufen lassen«, zog Lugowski gleich und hob eine der buschigen Augenbrauen. »So wie ich es sehe, sind wir quitt.« Er wandte sich Hartmann und dessen Männern zu. »Wo war ich stehen geblieben?«

»Beim edlen Nektar.«

»Genau.« Lugowski grinste. »Das Geschäft mit gefälschten Jahrgangsweinen der großen französischen Domains ist eine wahre Goldgrube. Wir haben in sämtlichen deutschen Weinbaugebieten zwischen Bodensee und Mosel die Pressrückstände von Winzern aufgekauft. Für einen Spottpreis. Das Zeug mischen wir mit Hobelspänen, übergießen das Ganze mit Kartoffel-Zuckerwasser, kochen die Pampe auf und lassen den Sud in den Tanks hier ziehen.«

»Wird das Gesöff auf diese Weise nicht zu süß?«, fragte Osche.

Lugowski schüttelte den Kopf. »Wir haben ein gutes Mischverhältnis ausklamüsert«, erklärte er. »Und wenn nötig, gießen wir Weinstein oder Schwefelsäure dazu.« Er klopfte Zieman auf den Rücken. »Detlev hier hat auf einem Trödelmarkt ein altes Rezeptheft entdeckt. Es stammt von einem gewissen Herrn Dochnahl und enthält eine Vielzahl von Anleitungen und Zusammenstellungen, wie man aus Abfällen Wein zusammenpanschen kann. Wir haben die Formeln noch verfeinert.« Er zapfte Wein in ein Glas und hielt es gegen das Licht. »Seht ihr die brillante Farbe? Die haben wir mit roter Runkelrübe und Maulbeeren hingekriegt.« Er reichte Hartmann das Glas.

»Brillant.« Hartmann nippte und brach in schallendes Gelächter aus. »Ich werd verrückt! Das Zeug schmeckt wie echter Wein. Ach, was sag ich. Der Fusel geht runter, als wären edelste Trauben aus Bordeaux von französischen Jungfrauen gestampft und anschließend in alten Eichenfässern gereift worden.«

»Ich weiß. Die Geldsäcke reißen uns das Zeug aus den Händen. Die Trottel können einen echten *Haut-Brion* nicht von Hundepisse unterscheiden. Die wollen nur eine Bouteille mit einem Etikett, das was hermacht, und darin eine halbwegs saufbare Flüssigkeit.« Lugowski hielt sich vor Lachen den Bauch. »Ihr solltet mal das Geschwätz hören, wenn die sich über den Wein unterhalten. Erfrischende Säure«, äffte er seine Kunden nach. »Weicher warmer Eindruck am Gaumen. Äußerst harmonisch und körperreich …«

Hartmann kriegte sich vor lauter Lachen nicht mehr ein.

»Es kommt aber noch besser. Wir tüfteln gerade an der Herstellung von Champagner«, erklärte Lugowski mit stolzgeschwellter Brust. »Die Sache mit den Bläschen will noch nicht so recht klappen, aber das kriegen wir sicher auch noch hin.«

Blom blickte verwirrt zwischen Hartmann und Lugowski hin und her. »Sagt mal, was ist hier eigentlich los? Gestern wart ihr kurz davor, euch gegenseitig abzumurksen, und heute seid ihr beste Kumpels?«

»Geschäftspartner«, korrigierte Lugowski. »Wir hatten Zeit, die Sache ins Reine zu bringen.«

»Ihr habt euch verbrüdert, während ich mir in einer kalten, stinkenden Zelle den Hintern abgefroren habe?«

»Arthur und ich haben erkannt, dass wir nicht nur denselben Traum, sondern auch dasselbe Problem haben.« Hartmann klopfte Blom väterlich auf die Schulter. »Wir beide wollen Krolls Etablissement übernehmen, ohne den Dürer haben wir dafür allerdings nicht den nötigen Zaster.«

»Gemeinsam können wir die Kohle bis zum Ende des Jahres eventuell aufbringen«, erklärte Lugowski. »Ich mit dem Wein, Raik mit dem Glückspiel.«

»Sollten wir es schaffen, uns Krolls Etablissement zu krallen, werden wir kooperieren. Wir bringen zusammen, was zusammengehört. Ein Casino und einen Gourmettempel.«

»Brot und Spiele.«

Blom war sprachlos, was äußerst selten vorkam. »Hat zufällig jemand Schnupftabak dabei?«, fragte er schließlich. »Meiner wurde mir abgenommen.«

Die Männer schüttelten den Kopf.

»Chef.« Ede war erneut in die Werkhalle gekommen. »Hier ist noch mehr Besuch.«

»Was ist heute nur los?« Lugowski schnaubte. »Kalle. Was führt dich her? Bist du auch gekommen, um mich anzujammern?«

»Nee, ick bin jekommen, weil Felix jesacht hat, ick soll. Er hat nämlich nen Plan, wie wir der Verbannung und der Polente entjehn können.«

»Verbannung?« Es dauerte ein paar Augenblicke, bis Lugowski verstand. »Seid ihr beide des Wahnsinns?«, grollte er. »Ab in mein Büro! Und zwar dalli!«

Gemeinsam mit Hartmann schritten sie in Lugowskis Arbeitszimmer einen Stock höher. Der alte Gangsterboss nahm hinter seinem Schreibtisch Platz und starrte Blom und Kalle grimmig an, als wären sie zwei Schuljungen, denen eine Standpauke drohte. »Raus mit der Sprache! Ist die Polente hinter euch her?«

Hartmann stellte sich neben Lugowski, Kalle schielte zu Blom.

»Ja, aber ich habe eine Idee, wie wir sie loswerden können«, sagte der.

»Scheiße, Felix, kannst du diesen Plan vielleicht irgendwo anders umsetzen? Wie du dir vielleicht denken kannst, ist die Polente das Letzte, was ich hier gebrauchen kann.«

»Ich schaff's nicht ohne deine Hilfe.«

Lugowski lehnte sich zurück, fasste sich mit einer theatralischen Geste an den Kopf und raufte sich sein dichtes Haar.

»Es soll nicht zu deinem Nachteil sein«, erklärte Blom.

Der Gangsterboss zündete sich eine Zigarre an. »Ach ja? Und was soll mein Vorteil sein?«

»Der Dürer.«

Lugowski beugte sich nach vorn, und auch Hartmann spitzte seinen verbliebenen Lauscher. »Du willst also deine Prinzipien über Bord werfen und in die Nationalgalerie einbrechen?«

Blom nickte. »Ich gebe zu, der Plan ist riskant. Normalerweise braucht ein derartiger Coup viel Vorlauf und Vorbereitung, aber wir haben nur bis zum heutigen Abend Zeit.«

»Ja, es wird knapp.« Hartmann runzelte die Stirn. »Soweit ich weiß, geht das Gemälde morgen Mittag zurück nach München zu den Weißwurstfressern.«

»Das ist richtig«, erklärte Blom. »Aber zuvor gibt es noch eine festliche Abschlussveranstaltung. Eine Art Verabschiedung in Form einer Matinee, ich hab davon in der Zeitung gelesen. Alle Augen werden auf den Dürer gerichtet sein, womit es unmöglich wird, ihn unbemerkt verschwinden zu lassen. Wenn ihr das Bild wollt, muss ich es heute Nacht stehlen.«

»Der Dürer ist kein Portemonnaie. Das ist kein Taschendiebstahl. Aber wenn einer es schafft, dann du.« Lugowski lächelte väterlich.

»Warum willst du das tun?«, fragte Hartmann. »Was hast du davon?«

»Dieser Bruno hat mich an den Eiern«, erklärte Blom. »Sollte ich allerdings seinem neuen Vorgesetzten den

Mörder von Christian Kamerling und Sönke Fries liefern, werde ich hoffentlich rehabilitiert – und Kalle obendrauf.«

»Und wie hängen der Diebstahl des Dürers und die Mörderjagd zusammen?« Lugowski schaute den Rauchkringeln hinterher, die in Richtung Decke schwebten.

»Denk doch mal nach.« Blom grinste schelmisch. »Beide Angelegenheiten lassen sich in einem Aufwasch erledigen.«

Nach ein paar Augenblicken des Schweigens meinte Hartmann: »Der Junge ist schlau.« Er setzte sich und schlug die Beine übereinander. »Der Mörder hat Kamerling und Fries auf dem Gewissen, weil er sich den Krömer-Plan krallen wollte.«

»Und wenn wir davon ausgehen, dass er von euren Absichten wusste, dann wird auch er den Plan benutzen wollen, um den Dürer zu stehlen«, ergänzte Blom. »Soweit wir wissen, befindet sich das Gemälde noch immer in der Nationalgalerie. Der Mörder wird sich hüten, tagsüber zuzuschlagen, solange Wärter und Besucher anwesend sind.«

»Er wird warten, bis die Galerie ihre Pforten schließt«, sagte Hartmann. »Dann sucht er sich seinen Weg durch den geheimen Gang bis zu dem Gemälde.«

»Und ich werde dort warten und ihm, samt dem Bild, durch den Gang hinausfolgen«, erklärte Blom seine Idee. »Ihr bringt euch mit euren Jungs an strategisch klugen Orten im Umkreis des Museums in Stellung, und ich signalisiere euch, wo wir sind. Dann schnappt ihr euch den Kerl und voilà.«

Hartmann strich über die Narbe hinter seiner Schläfe. »Fragt sich nur, wie du vorher hineinkommen willst?«

»Oooch«, winkte Kalle ab. »Felix is der beste Dieb der Stadt. Et jibt nix, wo der nich reinkommt.«

»Er ist aber eingerostet und unvorbereitet.« Lugowski schaute zu Blom. »Hast du den Kasten überhaupt schon mal von innen gesehen?«

Blom schüttelte den Kopf. »Es ist völliger Wahnsinn, das ist mir klar. Aber was bleibt mir anderes übrig?«

36

»Weißt du, was König Friedrich einst sagte, als er beschloss, diese Anlage zu erbauen?«, fragte Hartmann, während er und Lugowski über die Schlossbrücke schritten und die Insel betraten, die von der Spree und dem Schifffahrtskanal gebildet wurde.

»Sag's mir.«

»Kein unheiliger Fuß soll diesen Boden betreten.« Hartmann konnte ein Lächeln nicht unterdrücken, auch Lugowski stand ein Grinsen im Gesicht.

»Na, wenn der wüsste.«

Langsam schlenderten die beiden Gangsterbosse zwischen dem Dom und dem Lustgarten hindurch. Sie hatten sich wie typische Touristen aus der Provinz gekleidet, mit breitkrempigen Reisehüten und dick gefütterten Wintermänteln, die Portemonnaies an langen Ketten in der Hosentasche, den Berlinführer aufgeschlagen in der Hand. Zwei Herren im besten Alter, die sich die Sehenswürdigkeiten der Stadt anschauten und sich dem Müßiggang hinzugeben schienen.

Zu ihrer Linken tauchten nun das Alte und das Neue Museum auf, in denen Schätze des Altertums ausgestellt waren, wie zum Beispiel antike Münzen, die Büste des Perikles oder Bildnisse von Julius Cäsar und Kleopatra. Doch die Gangsterbosse würdigten die prächtigen Gebäude, die von Stüler und Schinkel, den größten Baumeistern des Jahrhunderts, erbaut worden waren, keines Blickes. Ihre ganze Aufmerksamkeit war geradeaus gerichtet auf eine Art griechischen Tempel, der auf einem massiven Unterbau stand: die Nationalgalerie, die an die großen Tage Athens und Spartas denken ließ.

Blom hatte sie losgeschickt, um die Anlage auszukundschaften.

Hartmann legte ein dünnes Notizheft in seinen Baedeker und zückte einen gut gespitzten Bleistift. »So kann ich unauffällig Notizen machen.«

Lugowski lächelte und deutete auf seinen Spazierstock, in den in regelmäßigen Abständen schmale Kerben geritzt waren. »Falls wir was abmessen müssen.«

Als ein Wachmann an ihnen vorbeiging, räusperte sich Hartmann. »Die Fassade ist einem griechischen Tempel nachempfunden«, las er laut aus dem Reiseführer vor. »Das monumentale Treppenhaus einem Schloss, die angehängte Apsis einer Kirche. In dieser Kombination soll das Gebäude architektonisch die Einheit von Nation, Geschichte und Kunst verdeutlichen.«

Lugowski brummte zustimmend, als würden ihn die Ausführungen tatsächlich interessieren.

»Grundlage der Sammlung ist die Schenkung des Bankiers Joachim Wagener«, las Hartmann weiter und äugte dem Wachmann hinterher. »Sowie die Kartons des Malers Peter Cornelius, die dieser im Maßstab eins zu eins als Vorlage für Fresken und Gemälde gezeichnet hatte.« Als der Wächter endlich aus ihrem Blickfeld verschwunden war, ließ er den Reiseführer sinken. »Klingt verdammt langweilig.«

»Und gleichzeitig verdammt aufregend.« Lugowski sah sich um. »Ich habe meine Männer losgeschickt, um sie nach dem verborgenen Zugang suchen zu lassen. Die Jungs haben die gesamte Umgebung durchkämmt. Sie sind sogar mit einem Kahn an der Spree entlanggefahren, um vom Wasser aus das Ufer zu sondieren.«

»Meine Leute haben genau dasselbe getan, aber nicht mal ansatzweise etwas gefunden. Ich habe schon kurz überlegt, ob es sich bei dem Krömer-Plan um einen Betrug handelt. Andererseits …« Hartmann zuckte mit den Schultern. »Was wäre ein verborgener Eingang, wenn man ihn einfach so finden könnte?«

Sie schritten durch die große Toreinfahrt im Erdgeschoss, die direkt in den Unterbau führte. Lugowski schüttelte den Kopf. »Freier Eintritt«, murmelte er. »Die lassen sich ganz schön viel Kohle durch die Lappen gehen. Jeder schäbige Nachtklub verlangt mittlerweile Geld, damit man reindarf.«

»Jede billige Kaschemme ist auch unterhaltsamer als die Ölschinken und Steinfritzen da drin.«

Lugowski zeigte an die Decke, die mit Szenen aus der Nibelungensage bemalt waren. »Die sehen eigentlich ganz spannend aus. Kämpfe, Liebe, Intrigen …«

Hartmann sah sich um. »Das einzig Spannende ist der Dürer und die Frage, wie dein Junge an ihn rankommen wird. Genug geplaudert. Machen wir uns an die Arbeit.«

So unauffällig wie möglich begannen die beiden, Räume abzuschreiten, Dimensionen zu notieren sowie Fenster und Türen zu untersuchen. Immer ein Auge Richtung Tür, klopften sie Mauern ab, bestimmten Baumaterialen und fertigten Skizzen an.

»So was sieht man selten«, erklärte eine alte Dame, die penetrant nach Veilchenparfüm roch. »Zwei derart stattliche Herren, die so sehr an der deutschen Kunst interessiert sind.« Ächzend ließ sie sich auf einer der großen, ovalen

Sitzinseln nieder, die in der Mitte des Saals standen, und lächelte ihnen zu.

»Lass uns die Fliege machen«, flüsterte Hartmann.

»Einen Moment«, entgegnete Lugowski. »Ich glaube, ich bin entbrannt für dieses reizende Wesen.«

»Du meinst die alte Schabracke?«

»Nein, die da.« Lugowski zeigte auf ein kleines Gemälde, das eine junge Mutter mit rotblondem Haar zeigte. Mit liebevollem Blick betrachtete sie den Knaben auf ihrem Schoß, der die molligen Ärmchen nach ihr ausstreckte. Er kniff die Augen zusammen. »Adalbert Begas«, las er. »Der würde sich gut in unserem Etablissement machen. Am besten über meinem Schreibtisch.«

Hartmann fasste Lugowski am Arm. »Das einzige Bild, das wir für unseren Laden brauchen, ist der Dürer. Lass uns verschwinden. Blom wartet.«

37

Schlesinger und Bruno schlängelten sich durch das Gewirr im Polizeipräsidium, traten hinaus auf den Molkenmarkt und gingen den kurzen Weg bis zur Prachtstraße Unter den Linden.

»Ich muss Sie leider enttäuschen«, erklärte Bruno. »Der Kaiser residiert nicht im Schloss auf der Spreeinsel, sondern hier.« Er deutete auf einen langgezogenen viereckigen Bau, der im rechten Winkel an die barocke Bibliothek grenzte, die die Berliner wegen ihrer geschwungenen Bauform »Kommode« nannten.

Schlesinger musterte das Palais mit seiner dezent gestalteten Fassade aus Putz und Sandstein. Unterhalb des Dachs, auf dem massive steinerne Adler saßen, lief gleich einem Band ein Terrakottafries um den Bau, das mit Figuren und Wappenschildern geziert war. »Er haust im Vergleich zu anderen Adeligen, die ihm im Rang weit untergeordnet sind, recht bescheiden. Das macht ihn äußerst sympathisch.«

Bruno kaute auf seinem Tabak herum. »Hören Sie, ich will meinen Hals nicht wegen Majestätsbeleidigung riskieren, aber der Alte kann, bei aller Liebe, ganz schön eigen sein. Er hält zum Beispiel nicht viel von der Polizei. Er ist ein Mann des Militärs. Darum übernehmen auch Kerle wie dieser Jaschwitz seinen Personenschutz. Das sind alles ehemalige Soldaten. Reichskanzler Bismarck hingegen ist um einiges vernünftiger – der lässt uns auf sich aufpassen.«

»Mal sehen, wie Seine Majestät die Sache sieht, sollte sein Flügeladjutant tatsächlich mit dem Krawatten-Mörder in Verbindung stehen.« Schlesinger schritt in Richtung Haupteingang. Der wurde von einer Art Balkon überdacht, der auf vier Säulen ruhte.

Augenblicklich kamen zwei Wachsoldaten mit Pickelhauben herbeigeeilt und stellten sich ihm in den Weg. »Gehen Sie weiter«, erklärten sie in strengem Tonfall, der keinerlei Widerrede zuließ.

Bruno zückte seine Plakette.

Einer der Soldaten, ein wettergegerbter Mann mit einem langen gezwirbelten Schnurrbart, nahm sie ihm aus der Hand, hielt sie ins Licht und betrachtete sie genau. »Auch mit der können Sie das Palais nicht einfach betreten. Sie müssen erst um eine Audienz ansuchen.«

»Wir möchten uns nur kurz mit Herrn von Jaschwitz unterhalten«, fiel Schlesinger dem Paradepreußen ins Wort.

»Der Herr Hauptmann ist mit wichtigen Aufgaben beschäftigt.« Der Soldat gab Bruno seine Marke zurück.

»Wir brauchen nur wenige Minuten. Sein Name ist im Zusammenhang mit einer Mordermittlung aufgetaucht.«

Der Wachsoldat wirkte verunsichert. Er überlegte kurz, gab dann seinem Kameraden ein Zeichen und bedeutete den beiden Polizisten, ihm zu folgen.

Er führte sie an dem Gebäude vorbei in die schmale Oranische Gasse, wo sich ein weiteres, deutlich weniger repräsentatives Tor befand, der Eingang für Dienstboten. Er kontrollierte noch einmal die Polizeiplakette, ließ sich ihre vollen Namen und Rangbezeichnungen nennen und notierte diese. »Warten Sie hier«, wies er an und verschwand.

Es dauerte einige Minuten, bis er endlich mit energischem Schritt zurückkam, ein gestrenges »Folgen Sie mir«

von sich gab und die ungebetenen Besucher in ein kleines Teezimmer führte.

Obwohl sie sich offensichtlich im Personaltrakt befanden, war die Ausstattung des Raums äußerst erlaucht. Ein schwerer Lüster hing von der stuckverzierten Decke, die Wände waren mit Tapeten aus karmesinrotem Brokat bezogen, der Boden von dicken, eng geknüpften Teppichen bedeckt. Unter dem strengen Blick des Wachsoldaten, der in der Tür stehen geblieben war, ließen sie sich auf einem filigranen Canapé nieder.

Kurz darauf waren abermals schwere Schritte zu hören, die immer näher kamen, bis ein groß gewachsener grauhaariger Mann mit steifer Haltung und harten Gesichtszügen den Raum betrat. Er trug einen edlen schwarzen Anzug, der von keinem Stäubchen verunziert wurde, und ein schneeweißes Hemd mit hohem, gestärktem Kragen. »Sie wünschen?«, kam er ohne Geplänkel auf den Punkt.

Die beiden Polizisten erhoben sich. »Ich bin Kommissar Schlesinger, und das ist mein Kollege Kommissar Harting. Wir sind von der Kriminalabteilung. Es geht um Christian Kamerling.« Schlesinger beobachtete das Gesicht des Mannes, das nicht die geringste Regung zeigte. »Und Sönke Fries«, legte er nach.

Jaschwitz verzog nach wie vor nicht die geringste Miene. »Ich habe keine Ahnung, wovon Sie sprechen.«

»Die beiden Männer wurden auf brutale Art und Weise ermordet.« Schlesinger zog das abgerissene Stück Zeitungspapier aus seiner Tasche und zeigte es ihm. »Das wurde in der Hand eines Opfers gefunden.« Er deutete auf die Schrift. »… Uhr mit Jaschwitz.«

Der Flügeladjutant des Kaisers betrachtete das Indiz. »Interessant«, sagte er knapp.

»Soweit wir wissen, sind Sie die einzige Person dieses Namens, die in der Stadt ansässig ist.«

Jaschwitz zuckte mit den Schultern. »Der Name ist sehr selten.« Er grübelte schweigend. Lediglich das Ticken einer Pendeluhr war zu hören.

»Auch die Kollegen von der Fremdenpolizei wissen von keinem Jaschwitz, der sich momentan in der Stadt aufhält«, erklärte Schlesinger weiter. »Wie Ihnen sicher bekannt ist, werden die Reisenden, die per Boot oder Bahn in Berlin ankommen, genauestens überprüft. Dank des Kleinen Belagerungszustands ist das derzeit alles sehr streng geregelt.«

»Ich würde Ihnen gern weiterhelfen …«, setzte Jaschwitz an. »Sönke Fries, sagten Sie und …«

»Christian Kamerling.«

»Ich habe ein wirklich gutes Namensgedächtnis, aber das sagt mir gar nichts. Haben die beiden gedient?«

»Nicht, dass wir wüssten«, erklärte Bruno.

»Waren Sie jemals in einem Tingel-Tangel namens Räuberhöhle oder im Café Keck?«, fragte Schlesinger. »Hatten Sie jemals mit Arthur Lugowski, Raik Hartmann oder Felix Blom zu tun?«

»Nein, nein und nochmals nein.« Jaschwitz schüttelte den Kopf.

»Ist Ihnen schon einmal eine besondere Art der Verstümmelung untergekommen«, ließ Schlesinger nicht locker, »bei der der Hals aufgeschlitzt und die Zunge durch das entstehende Loch gezogen wird?«

»Ist das den Männern passiert?« Ein kurzer Anflug von Bestürzung war in Jaschwitz' Zügen zu erkennen, dann kehrte die strenge und beherrschte Miene zurück. Erneut schüttelte er den Kopf. »Tut mir wirklich leid. Es muss sich um einen anderen Jaschwitz handeln.«

Schlesinger blickte auf das Papier. »Uhr ...«, murmelte er. »Hatten Sie in letzter Zeit irgendwelche Verabredungen? Oder stehen welche an?«

Jaschwitz sah ihn irritiert an und lachte kurz auf. »Ich bin der Flügeladjutant Seiner Majestät. Ich bin höchstpersönlich für die Sicherheit des Kaisers verantwortlich. Jeder einzelne meiner Tage besteht aus einer Aneinanderreihung von zig Terminen. Ich begleite Seine Majestät zu sämtlichen öffentlichen oder privaten Veranstaltungen. Davor lasse ich mir die Gebäude und Räumlichkeiten zeigen, in denen er sich aufhalten wird. Ich treffe mich mit einer Vielzahl von Wach- und Dienstpersonal, mit Hotel-, Theater- und Museumsdirektoren und arbeite gemeinsam mit ihnen Sicherheitskonzepte aus.« Er blickte auf die Uhr. »Apropos ... Ich muss mich jetzt leider wieder meinen Aufgaben widmen.«

Schlesinger und Bruno bedankten sich, sahen Jaschwitz nach, wie er durch eine hohe Doppelflügeltür verschwand, und ließen sich dann von dem Wachsoldaten hinaus auf die Straße führen.

»Schon wieder eine Spur, die ins Nichts führt«, murrte Bruno.

»Man wächst mit seinen Herausforderungen«, erklärte Schlesinger, während sie langsam durch die Stadt spazierten. »Früher oder später werden wir diesen Fall lösen.«

»Und wie wollen wir weiter vorgehen?«

Schlesinger dachte kurz nach. »Arthur Lugowski«, sagte er schließlich. »Ich denke, er weiß mehr, als er zugibt.«

38

Blom ging ungeduldig in Lugowskis Büro auf und ab. »Was habt ihr in Erfahrung gebracht?«, fragte er, als die beiden Gangsterbosse endlich von ihrer Mission zurückkehrten.

Hartmann zog sein Notizbuch aus dem Reiseführer und blätterte. »Wenn Arthur und ich uns nicht verrechnet haben, ist die Nationalgalerie ungefähr dreiundsechzig mal einunddreißig Meter groß«, erklärte er. »Hinten raus nach Norden wird sie durch einen halbkreisförmigen Ausbau erweitert, sodass sich eine Gesamtlänge von sechsundneunzig Metern ergibt.«

»Das Gebäude sieht wie ein Tempel aus, der auf einem kastenartigen Unterbau steht. Laut Reiseführer ist das gesamte Bauwerk zwölf Meter hoch«, erklärte Lugowski.

»Soweit wir wissen, gibt es in der Nationalgalerie keinen Keller. Damit ist das Souterrain, das halb über und halb unter der Erde liegt, das tiefste Stockwerk. Darin befinden sich laut Osches Recherchen die Wohnungen des Kastellans, des Portiers und des Hausdieners.« Hartmann deutete auf seine Skizze. »Ich kann nicht garantieren, dass alles zu einhundert Prozent akkurat ist, aber anhand der Fenster und anderer architektonischer Merkmale haben wir abgeleitet, dass es im Souterrain ungefähr so aussieht.«

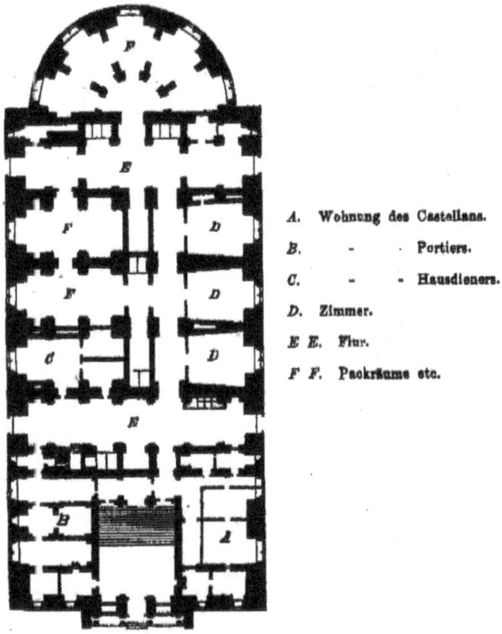

Souterrain.

Blom studierte die Zeichnung. »Die Angestellten wohnen also im Museum«, murmelte er, »und werden somit die gesamte Nacht anwesend sein.«

»Sieht verdammt danach aus.« Lugowski klopfte ihm auf die Schulter. »Aber ein paar schlaftrunkene Bedienstete sollten doch wohl kein Problem sein für den großen Felix Blom.«

»Ich bin eingerostet, du hast es selbst gesagt.« Blom seufzte. »Weiter.«

»Neben den privaten Zimmern der Angestellten befinden sich unten auch noch Verwaltungsräume, Magazine und eine Küche.«

»Existieren Fenster?«

Die beiden Gangsterbosse nickten. »Sie sind recht klein, aus bruchsicherem Glas, und nur von innen zu öffnen. Außen gibt es keine Griffe.«

»Verstehe.« Blom nickte. »Ich hatte mir schon etwas in die Richtung gedacht. Alles andere wäre zu simpel. Bewegen wir uns ins Erdgeschoss.«

»Hinein kommst du durch eine große Toreinfahrt in der Mitte der Freitreppe.« Hartmann blätterte um und präsentierte weitere Skizzen.

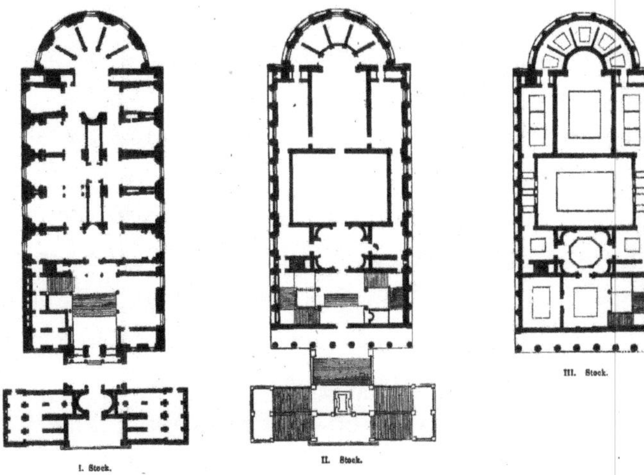

»Hier starten die Ausstellungsräume«, erklärte er.

»Verstehe.« Blom betrachtete den Plan. »Die Fenster?«

»Wie im Souterrain. Nur von innen zu öffnen und aus bruchsicherem Glas.«

»Aus welchem Material bestehen die Wände?«

»Sandstein aus Nebra«, erklärte Lugowski. »Innen teilweise mit Marmor verkleidet oder mit Stuccolustro überzogen. Auf jeden Fall massiv. Nichts, durch das man sich einfach durchbohren könnte.«

»Wo befindet sich unser Dürer?«

»Unser Dürer ist gut. Du gefällst mir.« Hartmann tippte auf die nächste Skizze. »Im ersten Obergeschoss, und zwar im hinteren Cornelius-Saal.«

»Es gibt zwei Möglichkeiten, in diese Etage zu gelangen«, erklärte Lugowski. »Entweder durch das Treppenhaus innen oder von außen über die Haupttreppe. Beide führen in eine Kuppelhalle, von der aus du in die weiteren Räume gelangst.«

»Die Cornelius-Säle sind nach oben hin offen. Das heißt, sie ziehen sich bis in den dritten Stock und werden von einem Glasdach überspannt.«

Blom horchte auf. »Das klingt interessant. Erzählt mir mehr.«

Lugowski rauchte und kratzte sich am Kopf. »Wenn du mich fragst, ist dieser Weg zu riskant. Erstens kommst du nicht ungesehen aufs Dach. Das Gelände rund um die Galerie ist gut bewacht. Solltest du es dennoch schaffen, müsstest du dich durchs Glas bohren.«

»Ich habe mit einem Experten gesprochen«, sagte Hartmann. »Er meint, das Glas steht unter hoher Spannung. Du kannst also nicht das kleinste Loch machen, ohne dass es in tausend Scherben zerspringt, was einen Riesenkrach machen und sofort alle Wachleute alarmieren würde.«

Blom fuhr sich mit beiden Händen übers Gesicht. »Und sonst?«

»Rund um die Cornelius-Säle herum befinden sich kleinere Räume, in denen Gemälde ausgestellt sind. Die Wände und Fenster sind genauso beschaffen wie in den unteren Teilen der Galerie.«

»Der Dürer thront in der Mitte von Raum zwei auf einem massiven Marmorpodest. Er befindet sich unter einem Glassturz und misst ungefähr siebzig mal fünfzig Zentimeter, ist also recht kompakt.«

»Endlich mal gute Nachrichten. Ich hatte schon befürchtet, es handle sich um eines dieser überdimensionalen Gemälde, aber das scheint einfach zu transportieren.« Blom überlegte. »Leinwand?«

Lugowski schüttelt den Kopf. »Öl auf Holz.«

»Verstehe. Etwas unhandlich, aber dennoch tragbar.« Blom starrte auf die Skizzen, rieb sich die Augen und dachte nach. »Mit einfachen Taschenspielertricks werde ich nicht weit kommen«, überlegte er laut. »Auch andere Kniffe greifen hier nicht.«

»Nachschlüssel können wir ebenfalls vergessen. Mos Finger sind hinüber, und Kamerling ist tot.« Lugowski blickte zu Hartmann. »Kennst du einen guten Tantelmacher?«

»Leider nicht.« Er lehnte sich zurück und massierte seine Narbe. »Ich kann mit fingerfertigen Kartenspielern und skrupellosen Schlägern aufwarten. Einen guten Maler und einen exzellenten Schreiner hätte ich noch im Repertoire.«

»Mist«, murrte Blom.

»Warum gehst du es nicht wie damals an, als du ins Bankhaus Magnus eingestiegen bist?«, fragte Lugowski.

»Auf den Einbruch habe ich mich wochenlang vorbereitet. Jetzt haben wir gerade mal ein paar läppische Stunden. Die Zeit zerrinnt uns zwischen den Fingern.« Blom starrte auf die Skizzen, plötzlich zuckten seine Mundwinkel.

»Diesen Gesichtsausdruck kenne ich doch.« Lugowski zeigte mit dem Finger auf ihn. »Du hast eine Idee.«

Blom nickte. »Sie ist hochriskant«, erklärte er. »Aber wohl die einzige Möglichkeit.«

39

Dr. Max Jordan, ein hochgewachsener Mann Anfang vierzig mit Halbglatze und Spitzbart, rückte seine Goldrandbrille zurecht und schritt mit prüfendem Blick durch das Gebäude. Sein Gebäude. Zumindest, was die Zuständigkeit anbelangte. Als Direktor der Nationalgalerie war er verantwortlich für die Verwaltung und Erweiterung der Kunstsammlung, die Koordination des Personals und die Repräsentation der Institution nach außen.

Um letztgenannter Aufgabe gerecht zu werden, unternahm er nun einen Kontrollgang durchs Haus. Am nächsten Morgen, wenn sich hier die Crème de la Crème der Berliner Gesellschaft einfand, mussten die Säle und Räume in optima forma erstrahlen. Sollte es irgendwo Mängel und Schönheitsfehler geben, so musste er sie heute ausfindig machen, um sie innerhalb der kommenden Stunden beheben zu lassen.

Wie ein Gockel stolzierte er durch die Skulpturensäle und hielt bei Johann Friedrich Drakes »Winzerin« inne. Die tief stehende Wintersonne projizierte sanfte Schatten auf das marmorne Gesicht des Mädchens, das einen Korb voller Weintrauben auf dem Kopf balancierte, sodass es beinahe so schien, als würde es lächeln.

»Wir schließen gleich«, sagte er in freundlichem Tonfall zu einer alten Dame, die vor Karl Echtermeyers »Tanzendem Faun« stand und diesem ungeniert auf den Schritt starrte. »Sie müssen nicht hetzen, aber bitte kommen Sie langsam zum Ende.«

Die Frau löste ihren Blick vom Gemächt des tamburinschwingenden Waldgeists und schaute den Direktor an. »Ist es wahr, dass morgen Seine Majestät die Galerie mit seiner Anwesenheit beehren wird?«, fragte sie in ehrfürchtigem Tonfall.

»So ist es«, sagte Jordan mit einem Lächeln auf den Lippen und setzte seinen Kontrollgang fort. In der Tat würde Kaiser Wilhelm morgen Vormittag höchstpersönlich in die Nationalgalerie kommen, um sich vor dem offiziellen Festakt in Ruhe und unter Ausschluss der Öffentlichkeit Dürers »Selbstbildnis im Pelzrock« anzusehen, bevor dieses am Mittag seine Reise zurück in die Alte Pinakothek nach München antreten würde.

Gemächlich stieg er in den ersten Stock, musterte den Teppich, der die Treppe bedeckte, und nahm anschließend den Boden und die Türstöcke im Kuppelsaal in Augenschein. Er hielt nach Kratzern, Schlieren und Flecken Ausschau, als aus dem Cornelius-Saal plötzlich lautes Geschrei erklang.

»Was soll denn das?«, schimpfte eine Männerstimme. »Schluss mit den Faxen, und zwar augenblicklich!«

»Ihr habt doch gehört, was der Herr gesagt hat«, rief eine Frau.

Das Geschrei wurde noch lauter.

Mit eiligen Schritten lief Jordan zur Quelle des Trubels. »Grundgütiger!«, entfuhr es ihm.

Vier Bälger im Alter von geschätzten drei bis sieben Jahren rannten wie von der Tarantel gestochen wild brüllend um die Sitzgarnitur, die im Zentrum des Raums stand. Es war nicht klar, ob die Dreikäsehochs spielten oder sich voller Zorn jagten.

»Aus jetzt, und zwar auf der Stelle!«, brüllte der Aufseher, doch seine Machtworte stießen auf taube Ohren, genauso wie das Flehen der Frau, die neben ihm stand.

»Was ist denn hier los?« Jordan versuchte, das kleinste der Kinder, das an ihm vorbeisauste, zu schnappen, doch das Gör schlug einen Haken und entwischte ihm wie ein Wiesel.

»Ich bitte Sie inständig um Verzeihung«, rief die Frau, als sie seinen bösen Blick bemerkte. »Normalerweise wissen sie sich zu benehmen.« Sie klatschte in die Hände. »Heinrich! Wilhelm! Viktoria! Charlotte!«

»Sind das Ihre?«, schnauzte der Wärter ungehalten.

»Ich bin ihre Gouvernante.« Sie machte einen Schritt nach vorn und packte den ältesten Jungen am Kragen seines Lodenmantels. »Aus jetzt, Heinrich!«, schimpfte sie. »Sonst berichte ich eurem Herrn Papa, wie ihr euch aufgeführt habt.«

Der Kleine, ein hübscher Knabe mit zahlreichen Sommersprossen und langen, seidigen Wimpern, riss die stahlblauen Augen auf. »Bitte nicht dem Vati sagen. Bitte nicht.«

»Keine Stiefel auf der Bank!«, brüllte der Aufseher, als das kleinere Mädchen auf das Sitzmöbel kletterte, das mit edlem dunkelviolettem Samt bezogen war.

Jordan blickte strenger drein als Albrecht Dürer, der ihnen aus dem anschließenden Saal entgegenschaute. »Haben Sie denn gar keinen Respekt vor den großen Meistern?«

»Es ist mir unsagbar peinlich.« Die Gouvernante war den Tränen nahe. »Das sind eigentlich gute, wohlerzogene Kinder. Ich hätte ihnen keinen Zucker geben dürfen – danach sind sie immer so aufgekratzt.« Sie hastete zu der Kleinen, packte sie am Ohrläppchen und bugsierte sie auf die Bank, dann fing sie die restlichen Plagegeister ein und platzierte sie daneben. »Ruhe jetzt!«

»Was ist denn hier für ein Affenzirkus?« Ein älterer Herr mit Stock und Zylinder hatte den Saal betreten. Er betrachtete die Kinder, die nun wie die Orgelpfeifen dasaßen und dreinschauten, als könnten sie kein Wässerchen trüben.

Jordan atmete auf. Der Spuk war vorüber. »Wir schließen gleich«, erklärte er. »Wenn Sie bitte so freundlich …«

»Fräulein Hilde«, rief Heinrich da plötzlich. »Charlotte hat sich angepullert.«

»Um Gottes willen.« Die Gouvernante eilte zu dem kleinen Mädchen, das laut zu schluchzen begonnen hatte, und hob es hoch. Auf der Rückseite ihres rosafarbenen Kleids, auf Höhe des Popos, prangte ein nasser Fleck, genau wie auf dem violetten Samt der Bank.

»Das darf doch wohl nicht wahr sein.« Jordan schlug die Hände über dem Kopf zusammen und wandte sich in Richtung Aufseher. »Halten Sie hier nicht Maulaffen feil«, rief er mit zorngerötetem Gesicht. »Holen Sie etwas, um das sauber zu machen.«

Der Mann verdrehte die Augen und verschwand.

»Das ist mir ja alles so peinlich.« Fräulein Hilde blickte verzweifelt drein.

Die Geschwister starrten betreten auf das Malheur und rümpften ihre Nasen. »Das stinkt«, sagte Heinrich.

Der Aufseher kam zurück, hielt in der einen Hand einen vollgefüllten Eimer, in der anderen einen Schwamm und ein Stück Seife. »Ausgerechnet heute«, murrte er und wollte mit dem Schrubben beginnen.

»Ist das etwa Leimseife?«, fragte der elegante Herr.

Der Wachmann nickte.

»Die wird nichts gegen den Urin ausrichten können«, erklärte der Herr. »Im Gegenteil. Das Glycerin zersetzt das Protein. Sobald alles getrocknet ist, wird es noch intensiver zu riechen beginnen.«

Der Gouvernante kullerten dicke Tränen über die blassen Wangen. »Meine Großmutter hat solche Unfälle immer mit Backpulver beseitigt«, schluchzte sie. »Ich könnte versuchen ...«

»Nicht auf Samt.« Der edle Herr schüttelte den Kopf. »Natron ist viel zu scharf. Es würde das Violett ausbleichen. Glauben Sie mir, ich bin vom Fach.«

»Vom Fach?«, schritt Jordan ein. »Was schlagen Sie vor? Was können wir tun, damit bis morgen alles wieder gut ist?«

Der Mann klemmte sich ein Monokel vors Auge und begutachtete das Möbelstück. »Wie kann aus einem derart kleinen Kind so viel Flüssigkeit rinnen?« Er seufzte. »Der Harn ist tief in die Polsterung eingedrungen.« Er wandte sich an Fräulein Hilde. »Was haben Sie dem Kind zu trinken gegeben?«

»Milch, Wasser und Apfelsaft.«

Der Herr fasste in seine Tasche, zückte ein Portemonnaie und zog eine Visitenkarte daraus hervor. *Herbert Ide, Wasch- und Fleckenreinigungsanstalt. Hoflieferant des Kaisers und Königs,* stand darauf geschrieben. »Wenn Sie wollen, nehme ich mich der Sache gerne an.«

Jordan atmete auf. Ides Künste waren bis weit über die Stadtgrenzen bekannt.

Herr Ide betrachtete das Sitzmöbel und klopfte mit seinem Gehstock gegen den hölzernen Unterbau. »Die Sitzinsel besteht aus einzelnen Modulen«, stellte er zufrieden fest. »Ich könnte die betroffene Bank herausmontieren und abholen lassen. Bei mir in der Reinigung habe ich die nötigen Substanzen und Maschinen, um das Polster professionell aufzubereiten.«

Jordan lächelte. »Das wäre einfach grandios.«

Fräulein Hilde wirkte nicht ganz so begeistert über die frohe Botschaft. »Wie viel wird das ungefähr kosten?«, fragte sie mit bebender Stimme.

Ide rechnete leise, wobei er die Finger zu Hilfe nahm. »Ungefähr sechzig Mark«, erklärte er schließlich.

»Oh nein, das kann ich mir doch nicht leisten.« Sie fasste sich an die Brust. »Und die Herrschaften werden es sicher nicht bezahlen. Sie werden behaupten, es sei meine Schuld.«

»So weinen Sie doch nicht. Ich bitte Sie.« Herr Ide reichte ihr ein spitzenbesetztes Taschentuch. »Es bricht mir das Herz, ein derart bezauberndes Fräulein so verzweifelt zu sehen.« Er räusperte sich und deutete eine Verbeugung an. »Bitte erlauben Sie mir, die Kosten zu übernehmen.«

Fräulein Hilde setzte an, etwas zu sagen, doch Ide bedeutete ihr zu schweigen. »Ich bestehe darauf.«

Jordan lächelte. »Welch Ehrenmann. Was für ein Kavalier.«

Ide wandte sich an den Aufseher. »Verfügen Sie über Werkzeug im Haus?«

»Natürlich.«

»Sehr gut. Würden Sie es bitte holen und mir helfen, die Bank herauszuschrauben. Ich lasse in der Zwischenzeit nach meinen Leuten schicken, damit sie sie abholen.« Er zückte seine Taschenuhr. »Wann findet der Empfang morgen statt?«

»Um zehn Uhr erwarten wir den ersten wichtigen Gast.«

»Oh.« Ide saugte Luft durch die Zähne. »Meine Leute und ich müssen morgen früh nach Brandenburg, um in Schloss

Sanssouci die Vorhänge zu reinigen.« Er überlegte. »Wie lange wird heute jemand hier im Haus sein?«

»Der Kastellan und der Hausdiener wohnen im Souterrain, sind also die ganze Nacht über zugegen«, erklärte Jordan. »Ich werde aber sicher auch noch länger hier sein.«

Herr Ide nahm die Hand der Gouvernante in die seine. »Für Sie, Fräulein Hilde, werde ich Himmel und Hölle in Bewegung setzen und die Bank noch heute reinigen.«

Die Kinder kicherten. »Verliebt, verlobt, verheiratet«, sangen sie.

Ide wandte sich an Jordan. »Ich werde Ihnen die Bank am Abend wiederbringen. Vertrauen Sie mir, sie wird sein wie neu.«

»Danke, werter Herr, wie kann ich Ihnen nur danken«, sagte Fräulein Hilde und stupste die Kinder an.

»Danke, werter Herr«, wiederholten diese kichernd.

Die Sonne war längst hinter dem Neuen Museum untergegangen, und die peniblen Ausbesserungsarbeiten in der Nationalgalerie hatten endlich ein Ende gefunden. Das Haus erstrahlte ohne den geringsten Makel, alles glänzte wie die goldene Totenmaske des Priamos. Es war perfekt – bis auf die Lücke in der Sitzinsel im Cornelius-Saal.

Direktor Jordan stand am Fenster und blickte hinaus. Langsam wurde er nervös. Die Leerstelle wirkte schrecklich auf ihn, geradezu monströs. Eine Dissonanz in der perfekt austarierten Harmonie des Saals.

Was, wenn Herr Ide zu viel versprochen hatte?

Vielleicht hätten sie es doch besser mit der Leimseife oder dem Backpulver versuchen sollen. Alles war besser als dieses fürchterliche Loch.

Jordan wandte sich an den Wärter, der schräg hinter ihm stand und darauf wartete, endlich in den wohlverdienten Feierabend entlassen zu werden. »Die Sitzgruppe im Skulpturensaal hat dieselben Maße, nicht wahr? Können wir zur Not ein Teil davon ausbauen und hier einsetzen? Besser wir haben dort eine Lücke als hier im Cornelius-Saal.«

Der Wärter gähnte und wirkte alles andere als arbeitswillig, doch dann hellte sich seine Miene plötzlich auf. »Nicht nötig.« Er deutete nach draußen, wo im Schein einer Straßenlaterne eine Kutsche stehen geblieben war, an deren Seite in geschwungenen goldenen Lettern ein Schriftzug schimmerte: *Herbert Ide, Wasch- und Fleckenreinigungsanstalt, Hoflieferant des Kaisers und Königs.*

Herr Ide stieg gemeinsam mit zwei hünenhaften Männern in Arbeitsuniform aus. Vorsichtig entluden sie die Sitzbank und trugen sie in Richtung Museum.

»Dem Himmel sei Dank!« Direktor Jordan eilte freudig erregt nach unten und öffnete das Tor. »Hereinspaziert!«, rief er, wobei sein Blick sofort auf den Samt fiel.

»Wie neu.« Ide lächelte selbstgefällig. »Nicht umsonst vertraut alles, was Rang und Namen hat, uns seine Flecken an.«

Tatsächlich war auf dem Bezug nicht mehr die geringste Spur des Malheurs zu sehen. Jordan beugte sich vor und schnupperte. Alles roch einwandfrei. »Sie sind ein Held«, sagte er und sah erleichtert zu, wie Ides Angestellte die Bank in den Cornelius-Saal schleppten, sie behutsam in die Sitzgruppe einpassten und die dazugehörigen Schrauben festzogen.

»Wir haben den Samt mit unserer Spezialmischung gereinigt«, erklärte Ide stolz. »Er ist noch ein bisschen feucht, aber keine Sorge, bis morgen ist alles fein.«

Jordan schüttelte seine Hand. »Wie kann ich Ihnen nur danken?«

Ide winkte ab. »Schon gut. Wie heißt es so schön? Jeden Tag eine gute Tat.« Er wandte sich an seine Männer, die sich mit Taschentüchern den Schweiß von der Stirn wischten. »Los, Jungs.« Er klatschte in die Hände. »Gute Arbeit.«

Gemeinsam verließen sie den Saal. Ide drehte sich noch einmal um, warf einen Blick auf den Dürer und zwinkerte ihm zu.

Jordan löschte das Licht. »Gute Nacht.«

40

Blom hatte reglos ausgeharrt, bis er sicher war, dass sich niemand mehr in den Räumlichkeiten der Nationalgalerie aufhielt. Vorsichtig schob er den kleinen Riegel im Inneren der Bank zur Seite, klappte die Sitzfläche hoch und kroch aus dem Versteck, das Hartmanns Schreiner geschaffen hatte.

Ach, Felix, wenn du nur wüsstest, welche Welten in Büchern verborgen sind, hatte Mathilde gesagt. Und sie sollte recht behalten. Es war die *Ilias* und die darin beschriebene List des Odysseus gewesen, die ihn auf die Idee gebracht hatte, in einer Art trojanischer Bank in den Cornelius-Saal einzudringen.

Ein wohliger Schauer durchfuhr ihn, während er sich umsah. Die Nationalgalerie bei Nacht war von magischer Schönheit und ließ Blom an ein Elfenreich denken. Mondschein fiel durch das Glasdach und tauchte den Saal in kühles Licht. Die überdimensionalen Zeichnungen, die die Wände zierten, die sogenannten Cornelius-Kartons, die als Vorlage für Fresken geschaffen worden waren, wirkten lebensecht. Heerscharen von Engeln und Propheten, die apokalyptischen Reiter und sogar der Heiland höchstpersönlich blickten auf ihn herab, und Blom glaubte den einen oder anderen im Angesicht seiner Chuzpe schmunzeln zu sehen.

So weit lief alles wie geschmiert. Wer hätte das gedacht? Schnellschüsse dieser Art waren risikoreich, genau wie

Einbrüche, bei denen viele Akteure involviert waren. Doch alle hatten ihren Part mit Bravour gespielt, allen voran die Kleinsten. Hartmann hatte einen Batzen Geld springen lassen, um Frau Stübbes vier Bälger anständig einzukleiden. Anschließend war Mathilde mit ihnen in die Nationalgalerie gegangen, um hier mit dem kleinen Ensemble die Scharade aufzuführen. Es war den Kindern nicht schwergefallen, sich danebenzubenehmen, und dass sie einen Pipi-Streich mithilfe einer Wasserflasche spielen sollten, fand die freche Bande unglaublich lustig.

Lugowski hatte mit der Maschine, die seine Weinetiketten herstellte, Visitenkarten gedruckt und anschließend einen bühnenreifen Auftritt in der Rolle des Herrn Ide hingelegt. Der Rest der Männer organisierte in der Zwischenzeit einen Lieferwagen und Arbeitskleidung und versah alles mit dem Firmensignet der Herbert Ide Wasch- und Fleckenreinigungsanstalt. Die Bank aus der Nationalgalerie wurde derart gewitzt umgebaut, dass man ihre Sitzfläche hochklappen und in den Hohlraum darunter kriechen konnte.

Blom setzte sich auf das Corpus Delicti, schlug die Beine übereinander und kostete es in vollen Zügen aus, wieder der Schatten von Berlin zu sein.

Nun hieß es abwarten. Denn der letzte Akt stand noch bevor.

Er blickte durch das Glasdach, betrachtete das Himmelszelt und wähnte sich selbst auf einem anderen Stern. Unwillkürlich musste er an früher denken. Die Zeit seiner Kindheit.

Üblicherweise verscheuchte Blom die Geister der Vergangenheit, wann immer sie an seine Türe klopften. Zu schmerzhaft war die Erinnerung an das, was seinerzeit geschehen war. Noch nie hatte er darüber gesprochen, niemandem je eine Silbe davon erzählt. Arthur ahnte wohl einige Details, doch weder Auguste noch Mathilde oder sonst jemand wussten auch nur annähernd etwas von der klaffenden Lücke in seinem Leben und dem dunklen Loch in seiner Seele.

Um auf andere Gedanken zu kommen, richtete Blom seine Aufmerksamkeit auf das Selbstporträt Albrecht Dürers, den Grund seiner Anwesenheit. Unter einem Glassturz, nur minimal gesichert, blickte ihm der Maler mit ernsthafter Miene entgegen, als stünde er kurz davor, ihn für sein Vorhaben zu schelten. Die ebenmäßigen Züge waren äußerst symmetrisch, sein schulterlanges Haar gelockt, der lange Schnurrbart seitlich gezwirbelt. Er trug einen braunen Mantel, die feinen Finger ruhten sacht auf dessen Pelzbesatz aus Marderfell.

Es würde ein Leichtes sein, das Bild zu stehlen. Um einiges einfacher, als den Mörder zu stellen. Doch Blom war zuversichtlich. Eine große Hürde war genommen, alles Weitere würde sich finden.

Erneut richtete er den Blick auf Dürers christusgleiches Antlitz und wartete. Wann der Mörder wohl auftauchte?

Minuten vergingen, Stunden, das Licht wurde wärmer, die Dämmerung brach an, der Himmel hellte auf. Aus Schwarz wurde Grau, aus Grau blasses Blau, in das sich pfirsichfarbene Schlieren mischten.

Wo blieb der Kerl denn bloß?

Das Klimpern eines Schlüsselbunds und das Herannahen schwerer Schritte rissen Blom aus seinen Überlegungen.

»Ist für die Matinee alles vorbereitet?«, fragte eine sonore Stimme.

»Wir sollen in den Cornelius-Sälen noch einmal die Böden wischen«, erklärte eine zweite Stimme. »Und die Handläufe im Treppenhaus polieren. Als wären die nicht ohnehin schon picobello.«

Verflixt und zugenäht. Das durfte nicht wahr sein. Das waren Aufseher. Blom rief sich Hartmanns Grundrissplan in Erinnerung und überlegte, ob er am Dürer vorbei in die Fächerkabinette laufen sollte und von dort aus durch die Gemälderäume bis in den Kuppelsaal. Nein, das war viel zu riskant. Ihm blieb nur eine Möglichkeit, nicht entdeckt zu werden. Er musste zurück in seine trojanische Bank.

Eilig huschte er zu der Sitzinsel, verschwand in ihrem Inneren, klappte die Sitzfläche nach unten und schob den Riegel vor.

Die Schritte kamen näher und blieben schließlich stehen.

»Und gestern hat wirklich so ein Gör auf die Bank gepullert?«, hörte Blom eine der Stimmen fragen.

»Ja, und zwar direkt vor den Augen des Herrn Direktor. Du hättest seine Visage sehen sollen.« Gelächter erklang.

»Wie gut, dass dieser Kerl, der sich um die Wäsche des Hofs kümmert, zufällig hier war.«

»Ich möchte nicht wissen, was der schon alles gesehen hat.«

»Wie viele Unterhosen der olle Willi wohl im Schrank hat?«

Die Männer prusteten vor Lachen.

»Derart gute Laune zu solch früher Stunde?«, erklang eine dritte Stimme.

»Guten Morgen, Herr Direktor. Wir haben gerade Herrn Ides Werk begutachtet.«

»Sehr schön.« Jemand klatschte in die Hände. »Dann wollen wir sicherstellen, dass sich der Rest des Saals genauso makellos präsentiert. Seine Majestät beehrt uns nicht alle Tage mit seiner Anwesenheit.«

Sie würden also fürs Erste in dem Raum bleiben. Was sollte er jetzt bloß tun? Blom unterdrückte ein Niesen und hoffte, dass er nicht den ganzen Tag in der Möbelkiste ausharren musste. Er atmete so ruhig wie möglich und dachte darüber nach, warum der Mörder in der Nacht nicht aufgetaucht war.

War der Krömer-Plan etwa nur eine Mär? Gab es gar keinen geheimen Eingang? Oder war dem Täter etwas dazwischengekommen? Wollte er etwa gar nicht den Dürer stehlen? Würde er einen anderen Tag abwarten und ein anderes Gemälde rauben?

Wie Blom es auch drehte und wendete. Er steckte in der Klemme. Im wahrsten Sinne des Wortes.

41

Die vergangene Nacht war die bisher kälteste seit Schlesingers Ankunft in Deutschland gewesen. Eisiger Wind war durch die Gassen gepfiffen und hatte schaurige Geräusche verursacht. Schlesinger hatte sich die Decke über den Kopf gezogen und von der afrikanischen Sonne sowie dem Rauschen des Atlantiks geträumt, bis er ohne erkennbaren Grund plötzlich hochgeschreckt war. Sein Herz hatte gerast, die Haare in seinem Nacken sich aufgestellt. *Kokanisa liboso* nannten die Menschen in Loango solch einen Zustand. Die Ahnung von etwas Unheilvollem.

»Schlecht geschlafen?«, fragte Bruno, als sie sich nach dem Frühstück, wie verabredet, in der Nähe des Halleschen Tors trafen.

»Ist das so offensichtlich?«

Bruno ließ die Frage unbeantwortet, stattdessen deutete er auf ein lang gestrecktes Backsteingebäude, das in einiger Entfernung zu erkennen war. »Das ist die alte Gerberei«, erklärte er. »Hoffen wir, dass der schmierige Kerl uns gestern die Wahrheit gesagt hat.«

Nachdem sie den restlichen Teil des vergangenen Tags damit zugebracht hatten, vergeblich nach Lugowski und Blom zu suchen, hatte Bruno ein paar Kontakte spielen lassen und es schließlich geschafft, einen zwielichtigen Schmalspurganoven ausfindig zu machen, der ihnen für ein bisschen Schmiergeld und eine Pulle Schnaps verraten hatte, dass Lugowski in letzter Zeit öfters am Landwehrkanal gesichtet wurde und wohl in der alten Gerberei ein undurchsichtiges Geschäft betrieb. Und er hatte ihnen noch etwas verraten: Christian Kamerling war tatsächlich Lugowskis Tantelmacher gewesen.

Schlesinger zeigte auf einen groß gewachsenen Mann, der am Ende des Zufahrtswegs stand und die Straße beobachtete. »Sieht ganz danach aus. Der Kerl wirkt, als würde er etwas bewachen.«

Bruno spuckte Kautabak aus. »Das ist Ede Atzerot, einer von Lugowskis Jungs. Scheint, als wären wir hier goldrichtig.«

***

Arthur Lugowski tigerte unruhig in seinem Büro auf und ab. Er hatte die ganze Nacht über kein Auge zugetan und war nun müde und aufgekratzt zugleich. »Verdammt«, murrte er zum gefühlt einhundertsten Mal. »Wo steckt der Junge denn bloß? Er müsste längst zurück sein. Seid ihr sicher, dass ihr Felix nicht übersehen habt?«

Osche strich über sein ölig glänzendes Haar und nickte. »Absolut sicher. Unsere Leute haben sich rund um die Nationalgalerie herum platziert und sich die ganze Nacht lang die Ärsche abgefroren. Wenn Blom das Gebäude verlassen hätte, dann hätten sie das mitbekommen.«

»Sieht ganz danach aus, als wäre irgendetwas schiefgelaufen.« Raik Hartmann fuhr über die Narbe hinter seiner Schläfe. »Kein Wunder. Der Plan war völlig wahnsinnig. Entweder ist Blom in der Bank erstickt oder er wurde erwischt.«

Mathilde, die mit Lugowski um die Wette paffte und das kleine Zimmer mit dickem blaugrauem Zigarrenrauch anfüllte, verschränkte die Arme. »Nein«, sagte sie in entschlossenem Tonfall. »Es muss etwas anderes passiert sein. Die Bank ist luftdurchlässig, und wenn Felix erwischt worden wäre, dann hätten die Jungs, die die Galerie beobachtet haben, es ja wohl gemerkt.«

Kalle begann zu husten und wedelte mit der Hand in der rauchgeschwängerten Luft herum. »Ich mach ma Durchzug«, erklärte er und trat ans Fenster. »Mist«, rief er plötzlich und deutete nach draußen. »Polente!«

***

Blom hatte jegliches Zeitgefühl verloren. Wie lange steckte er schon hier drin? Sein Rücken schmerzte, die Füße waren eingeschlafen und kribbelten, als würden Ameisen darin wohnen. Zudem schien ihm sein Versteck von Minute zu Minute enger und die Luft stickiger. Ruhig Blut, sagte er in Gedanken zu sich selbst. Dies war ein wahrlich schlechter Zeitpunkt für einen Anfall von Platzangst.

Er erinnerte sich an seine Zelle in Moabit und versuchte sich abzulenken, indem er Augustes Lächeln heraufbeschwor, sich in Gedanken darin einhüllte wie in eine kuschelige Decke. Unvermittelt tauchte Mathildes Gesicht vor seinem inneren Auge auf. Blom blinzelte es fort und dachte wieder an seine Liebste. Wie es ihr wohl in Wien erging? Ob sie gerade durch den Prater, über die Ringstraße oder den Stephansplatz schlenderte? Oder durch die Donauauen wandelte? Er vermisste sie bitterlich und wollte unbedingt hier in Berlin sein, wenn sie zurückkam. Nicht in der Verbannung und schon gar nicht wieder im Knast.

Er presste das Ohr so fest es ihm möglich war gegen das Holz, um zu erlauschen, was im Cornelius-Saal vor sich ging. Nichts, die Museumsangestellten schienen fort zu sein und die Matinee hatte noch nicht begonnen. Vorsichtig hob er das Brett der Sitzbank ein paar Zentimeter in die Höhe und sog gierig die kühle Luft ein, die ihm entgegenströmte. Dann spähte er hinaus, stellte sicher, dass er allein war, schlüpfte schließlich aus der trojanischen Bank und huschte auf wackligen Beinen in die halbrunde Apsis. Dort streckte er seine eingeschlafenen Glieder und versuchte, sich die Grundrisspläne in Erinnerung zu rufen.

Der Dürer und der Mörder. Wie hatte er sich im Hinblick auf die beiden nur derart irren können? Er war felsenfest davon überzeugt gewesen, dass der Mörder genau dieses Gemälde stehlen wollte und kein anderes. Würde der Kerl etwa zu einem späteren Zeitpunkt zuschlagen und mit einem weniger meisterhaften Kunstwerk vorliebnehmen? Er betrachtete die Bilder, die in den fächerförmigen Kabinetten hingen. Sie waren hübsch, manche von ihnen würden auch einiges an Geld einbringen – aber auf keinen Fall so viel, dass es zwei brutale Morde rechtfertigte. Dürers Selbstporträt war mit Abstand das Wertvollste in diesem Gebäude.

Oder täuschte er sich da etwa?

Plötzlich durchfuhr ihn ein Gedanke, und er schlug sich unwillkürlich mit der flachen Hand gegen die Stirn. Aber natürlich! Was hatte einer der Männer vorhin gesagt? *Seine Majestät beehrt uns nicht alle Tage mit seiner Anwesenheit.* Herr Dürer war bei weitem nicht das Kostbarste, das die Nationalgalerie zu bieten hatte. Es war ein ganz anderer Mann. Ein Mann, der jeden Augenblick hier eintreffen würde: Kaiser Wilhelm.

Der Mörder hatte es auf den alten Regenten abgesehen. Gut möglich, dass er Vergeltung für die Verbannungen und den Kleinen Belagerungszustand üben wollte.

Noch bevor er sich Gedanken darüber machen konnte, wie er nun weiter vorgehen sollte, fiel Blom etwas anderes ein: Woher wusste der Mörder überhaupt von dem Krömer-Plan? Außer Lugowski, Hartmann und ihren Leuten hatte niemand eine Ahnung davon. Sein Magen krampfte, sein Atem stockte.

Der Mörder musste einer von ihnen sein.

***

Dienstag, zehn Uhr mit Jaschwitz. Diese Information hatte er einem der Lakaien aus dem kaiserlichen Haushalt entlocken können – oder besser gesagt: fünfzig Mark waren dazu in der Lage gewesen.

Es war allgemein bekannt, dass sich Seine Majestät Ausstellungen und dergleichen gern in Ruhe allein, unter Ausschluss der Öffentlichkeit ansah, und ihm war klar gewesen, dass sich der alte Despot den Dürer auf keinen Fall entgehen lassen würde – immerhin galt das Porträt als eines der wichtigsten Kunstwerke der Nation.

Er hatte sich als regierungstreuer Anhänger des Kaiserhauses ausgegeben, den Lakaien nach Dienstschluss abgepasst und ihm in einem nahegelegenen Lokal ein paar Schnäpse spendiert. Unter dem Vorwand, er wolle seinen geliebten und verehrten Wilhelm so gerne mal aus der Nähe sehen, hatte er dem Diener den Termin in der Nationalgalerie entlocken können.

Dienstag, zehn Uhr mit Jaschwitz. Noch eine halbe Stunde.

Bei dem Geheimgang, der in die Galerie führte, handelte es sich um eine schmale Röhre, in die er mehr schlecht als recht hineingepasst hatte. Ihr Einstieg war ohne den Krömer-Plan tatsächlich nicht zu entdecken. Er befand sich in der Ufermauer, dort, wo die Friedrichsbrücke auf die Kolonnaden traf, und zwar knapp über der Wasseroberfläche der Spree. Das Ganze war mit einem perfekt eingepassten Stein verschlossen, sodass von außen rein gar nichts von dem dahinterliegenden Hohlraum zu ahnen war.

Kurz vor dem Morgengrauen, als die Stadt noch in tiefem Schlummer lag, war er am Rand der Brücke nach unten geklettert, hatte die Röhre freigelegt und sich hineingequetscht. Dann war er Meter für Meter durch ein enges, unterirdisches Labyrinth gerobbt, wobei er mehrfach beinahe steckengeblieben wäre.

Die Quälerei hatte sich ausgezahlt, denn am Ende der Strapaze hatte – wie in dem Plan beschrieben – ein mit Gips verschlossener Ausstieg auf ihn gewartet. Es war nicht einfach gewesen, den Putz leise zu durchdringen, doch schließlich hatte er es geschafft und sich in einem düsteren, staubigen Lager im Souterrain der Nationalgalerie wiedergefunden.

Mit einem Gefühl des Triumphs hatte er sich den Schmutz von den Kleidern geklopft, voller Staunen den Raum sondiert und sich schließlich hinter einem Regal in Stellung gebracht.

Hier stand er nun und lauerte.

Dienstag, zehn Uhr mit Jaschwitz. Nicht mehr lange, dann war es so weit. Er würde vollenden, was die beiden Attentäter, Max Hödel und Karl Nobiling, im vergangenen Jahr nicht geschafft hatten. »Nieder mit dem Tyrannen!«, murmelte er leise und strich über den Griff seines Messers.

***

Ein Schwarm Saatkrähen stob hoch und flatterte laut krächzend durch die Luft, als die schwarz glänzende Kutsche mit den goldenen Intarsien nahe an ihnen vorbeifuhr.

»Die paar Meter hätten wir auch zu Fuß gehen können.« Wilhelm Friedrich Ludwig, König von Preußen und Kaiser von Deutschland, blickte erst aus dem Fenster und anschließend zu seinem Flügeladjutanten, der ihm gegenübersaß. Obwohl Seine Majestät in wenigen Wochen seinen zweiundachtzigsten Geburtstag feiern würde, wirkte er rüstig und agil. Er saß aufrecht, trug einen entschlossenen Gesichtsausdruck zur Schau und das, was ihm an Kopfbehaarung fehlte, machte er durch einen mächtigen gezwirbelten Schnauz- und einen buschigen Backenbart wett. Heute trug er ein weißes Hemd sowie einen rot-blauen Uniformrock, der mit goldenen Epauletten geschmückt war.

Jaschwitz schüttelte den Kopf. »Sie wissen, dass ich auf diese Weise Ihre Sicherheit besser gewährleisten kann.«

»Ach, Jaschwitz, mein Freund.« Der Kaiser seufzte leise und zwirbelte seinen Schnurrbart. »Wir waren im Krieg, auf langen, beschwerlichen Reisen, und wir haben mehrere Anschläge überstanden. Auf dem kurzen Weg vom Schloss bis zur Nationalgalerie wäre schon nichts passiert.«

»Vereiste Straßen haben mehr Menschen auf dem Gewissen, als man meinen würde.«

»Sie werden immer übervorsichtiger, Jaschwitz. Wie eine alte Mutter.«

»Und Sie werden immer übermütiger, wenn ich mir diese ungebührliche Anmerkung erlauben darf.«

Seine Majestät lächelte milde, strich über seinen Bart und streckte den Rücken durch. »Wie heißt es so schön: Wer die Freiheit aufgibt, um Sicherheit zu gewinnen, wird am Ende beides verlieren.«

Jaschwitz, der das Wesen seines Herrn genau kannte, nickte sanft. »Beim nächsten Mal gehen wir zu Fuß«, erklärte er, wohlwissend, dass er das niemals zulassen würde.

***

Bruno und Schlesinger ließen sich weder von Edes Beteuerungen noch von dem widerspenstigen Schloss am Eingangstor aufhalten. Mit gezückten Pistolen und angespannten Mienen stürmten sie in die alte Gerberei und sahen sich neugierig um.

Das Gebäude wirkte menschenleer. Abgesehen von Ede war niemand zu sehen, und außer einem leisen Blubbern war alles ruhig.

»Was ist das für ein komischer Geruch?« Bruno legte den Kopf in den Nacken und schnupperte.

»Und was ist das?« Schlesinger zeigte auf einen Stapel von Kisten.

»Das?« Breitbeinig stellte sich Ede den beiden in den Weg, stemmte die Hände in die Hüften und versperrte ihnen die Sicht auf den Rest der Fabrikhalle. »Ach, das sind nur ein paar Flaschen Wein, die wir aus Frankreich importiert haben, um sie hier in der Stadt weiterzuverkaufen.«

»Und das dahinten?« Schlesinger deutete auf eine mächtige Maschine, die sich silbern hinter Ede abzeichnete.

»Der Chef ist nicht hier«, versuchte Ede unbeholfen das Thema zu wechseln. »Versuchen Sie's doch mal im Alt Berlin.« In dem Moment erklang über ihnen ein Geräusch.

Schlesinger blickte Richtung Decke. »Und wer ist dann da oben?«

Bruno tippte mit dem Zeigefinger auf Edes Brust. »Wenn wir rausfinden, dass du uns verscheißern wolltest …«, setzte er in eisigem Tonfall an.

Edes rechtes Augenlid begann zu zucken, auf seiner Oberlippe bildeten sich Schweißperlen. »Mit hier meinte ich hier unten«, stammelte er. »Ich …«

Schlesinger ließ ihn einfach stehen, eilte, gefolgt von Bruno, über die Treppe nach oben und lauschte. Dann riss er die Tür auf, hinter der er Stimmen vernahm.

Das Erste, das er wahrnahm, waren Rauchschwaden, das Zweite eine Handvoll Menschen, die ihn völlig entgeistert anstarrten.

»Arthur Lugowski, Raik Hartmann, Josef Osche, Mathilde Voss und der flüchtige Kalle Rosental«, zählte Bruno auf. »Meine Fresse«, murmelte er. »Alles, was in der Berliner Unterwelt Rang und Namen hat, ist hier versammelt.« Er ließ seinen Blick durch den Raum wandern. »Der Einzige, der fehlt, ist Felix Blom.«

Lugowski stand hinter seinem Schreibtisch und versuchte recht ungeschickt, ein Stück Papier in einer Schublade verschwinden zu lassen. »Ich war doch gestern erst bei Ihnen. Was wollen Sie von uns?«

»Die Wahrheit.« Bruno spuckte auf den Boden, während Schlesinger demonstrativ seine Pistole entsicherte und den Raum betrat.

»Was haben Sie da?« Er deutete auf Lugowskis Hände.

»Nichts.«

»Von wegen.« Schlesinger richtete den Lauf seiner Waffe auf Lugowskis Kopf.

Der alte Gangsterboss schien zu überlegen.

»Her damit!« Bruno riss ihm das Papier aus der Hand. »Ein Plan. Interessant.« Er studierte den Grundriss und zeigte ihn seinem Vorgesetzten.

»Krolls Etablissement«, erklärte Hartmann. »Ich habe Ihnen doch bereits davon erzählt. Herr Lugowski und ich haben beschlossen, das Gebäude gemeinsam zu erstehen und umzubauen.«

Bruno kratzte sich im Nacken und grübelte. »Krolls Etablissement hat zwei Flügel«, erklärte er schließlich. »Vor allem aber ist es an der Hinterseite nicht abgerundet.« Er blickte zu Schlesinger. »Ich bin nicht bewandert, was Architektur anbelangt, aber eines kann ich mit Sicherheit sagen: Das ist nicht Krolls Etablissement.«

»Wir befinden uns in Gegenwart von Dieben und Einbrechern. Es ist davon auszugehen, dass es sich um einen Ort handelt, an dem es etwas zu holen gibt«, überlegte Schlesinger laut und blickte zu seinem Assistenten. »Könnte es ein Bankhaus sein? Oder ein Museum?«

Bruno konzentrierte sich. Man konnte die Rädchen, die sich in seinem Kopf drehten, beinahe rattern hören. »Die Nationalgalerie«, rief er schließlich. »Ja, ich bin mir sicher. Das ist die Nationalgalerie.« Er blickte um sich, schaute allen Anwesenden in die Augen. »Ist Blom etwa dort?«, fragte er. »Ist er gerade im Begriff, etwas zu stehlen?«

Die Angesprochenen sahen ihn nur schweigend an.

»Seit heute Morgen habe ich schon so eine seltsame Ahnung«, murmelte Schlesinger. »Das kann doch alles kein Zufall sein. Zwei Männer wurden brutal ermordet, unsere Ermittlungen haben uns zu Herrn Lugowski, Herrn Hartmann und Herrn Blom geführt ...« Gedankenverloren strich er über die wulstige Narbe an seinem Hals. »Was verbindet sie?«, überlegte er laut. »Was verbindet sie mit dem Zeitungsfragment? Was mit Jaschwitz?« Ein Satzfetzen fiel ihm ein, und er zuckte zusammen, ganz so, als wäre er aus einem Traum erwacht. »*Ich treffe mich mit einer Vielzahl von Wach- und Dienstpersonal, mit Hotel-, Theater- und Museumsdirektoren*«, zitierte er Jaschwitz und riss die Augen auf. »Die Matinee.«

Bruno runzelte die Stirn, doch dann klappte ihm die Kinnlade nach unten. »Jaschwitz sprach von Terminen mit Seiner Majestät«, sagte er. »Und von Sicherheitskonzepten. Dazu wurde Blom im Café Keck verhaftet, bei einer Versammlung der Sozialdemokraten.«

Schlesinger nickte. »Wäre es möglich …«

»… dass sie nichts stehlen, sondern den Kaiser töten wollen?«, vervollständigte Bruno den Gedankengang. Er hob seine Pistole und richtete sie auf Lugowski. »Ist das wahr?« Seine Stimme bebte. »Ist Blom in der Nationalgalerie, um Seine Majestät zu ermorden?«

»Um Gottes willen, nein!« Mathilde sah Bruno in die Augen. »Kommissar Harting«, sagte sie mit eindringlichem Tonfall. »Ich weiß, Sie können ihn nicht ausstehen, aber tief in Ihrem Herzen wissen Sie: Felix Blom ist kein Mörder.«

»Wenn dem so ist«, mischte sich Schlesinger ein, »was haben Sie alle, die Sie hier versammelt sind, denn sonst mit der Nationalgalerie, Sönke Fries, Christian Kamerling und dem Kaiser zu tun?«

Die Anwesenden sahen einander ratlos an. Mathilde zog an ihrer Zigarre, Hartmann kaute auf seiner Unterlippe herum, Osche kratzte sich am Kopf, Kalle stand in der Ecke und starrte auf den Boden.

»Was ist mit Ihnen?« Bruno deutete auf Lugowski, der plötzlich weiß wie die Wand geworden war.

Der alte Gangsterboss blickte hoch, schien aber alles, was rund um ihn herum geschah, gar nicht wahrzunehmen. »Detlev«, sagte er mit zitternder Stimme. »Wo ist eigentlich Detlev Zieman?«

***

Detlev Zieman! Blom schlug die Hand vor den Mund. Aber natürlich. Was hatte Kalle gesagt, als sie von der Verbannung erfahren hatten? *Wenn ick von hier wechmuss, dann geh ick ein wie ne kaputte Pflanze. So wie der Vadder und die Brüder von Zieman, die hat's een Tach vor Weihnachten erwischt. Soll ihnen jar nich jut jehn, was man so hört.*

Alles ergab plötzlich einen Sinn: Zieman war ein enger Vertrauter von Lugowski. Natürlich hatte er von dem Krömer-Plan gewusst. Er hatte ein Motiv, und nun auch die Gelegenheit.

Bloms Herz schlug so schnell und so laut, dass er fürchtete, irgendjemand könnte es hören. Was sollte er denn jetzt tun? Sollte er einfach verschwinden und den Dingen ihren Lauf lassen? Oder sollte er versuchen, den Anschlag zu verhindern? Und wenn ja – wie sollte er das anstellen?

***

»Detlev Zieman?«, fragte Schlesinger. »Wer soll das sein?«

Lugowski wirkte völlig bedröppelt, wie ein begossener Pudel. »Zieman ist mutig und gewieft«, murmelte er gedankenverloren. »Deswegen habe ich ihn zu meinem Handlanger gemacht.« Er blies Rauch aus und starrte auf die Lichtstrahlen, die sich in den Wölkchen brachen. »Er versteht was von Waffen, hat im Krieg seinen Mann gestanden. *Die Sieger aus den Schlachtentagen, die soll das Vaterland zum Dank zeitlebens auf den Händen tragen,* hat es geheißen. Aber von der Euphorie ist nichts geblieben, die Veteranen fühlen sich im Stich gelassen ... Dann die Verbannung seines Vaters und seiner Brüder ... Das hat wohl das Fass zum Überlaufen gebracht.«

»Als schließlich der Krömer-Plan ins Spiel kam, hat er seine Chance gesehen«, folgerte Mathilde. »Und sie ergriffen.«

»Dieser Zieman ist also in der Nationalgalerie und will mithilfe dieses Krömer-Plans den Kaiser töten«, fasste Schlesinger zusammen und sah Lugowski an. »Wir müssen sofort los, um das zu verhindern! Gibt es hier irgendwo eine Kutsche oder zumindest ein Pferd?«

Lugowski, aus dem jeglicher Kampfgeist gewichen schien, nickte matt. »Beides. Hintenraus«, sagte er. »Ede wollte gerade eine Auslieferung machen. Das Gespann sollte bereitstehen.«

Schlesinger rannte aus dem Büro und nach unten.

Bruno folgte ihm. »Glaubt nicht, dass ihr ungeschoren davonkommt!«, brüllte er über seine Schulter.

Sie eilten durch die Hintertür der Fabrikhalle, wo tatsächlich eine mit Weinkisten beladene Droschke wartete. Schlesinger schwang sich auf den Kutschbock und griff nach den Zügeln.

Sein Assistent nahm neben ihm Platz. »Warum steht auf der Kutsche was von einer Wasch- und Fleckenreinigungsanstalt?«, fragte er.

»Das ist eine Frage, die es ein anderes Mal zu klären gilt.« Schlesinger schnalzte mit der Zunge und ließ die Zügel knallen.

***

Mit klopfendem Herzen und schweißnassen Händen beobachtete Direktor Jordan die schwarze Kutsche, die durch die Toreinfahrt gefahren kam und direkt vor der Eingangstür stehen blieb.

»Welch eine Ehre! Welch eine Freude!«, rief er mit bebender Stimme, breitete die Arme aus und machte ein paar Schritte auf den Kaiser zu, der gerade ausgestiegen war. Dann besann er sich eines Besseren, blieb stehen und machte einen Kratzfuß sowie eine Verbeugung.

»Schon gut.« Jaschwitz trat neben ihn und signalisierte ihm, sich zu erheben. Der Flügeladjutant sah sich um. »Haben Sie alles wie vereinbart vorbereitet?«

»Aber ja, natürlich. Wir haben sämtliche Fenster und Türen genauestens überprüft und gesichert. Niemand kommt unbefugt ins Haus.« Jordan sah zu, wie weitere Kutschen angefahren kamen und mit einigen Metern Abstand stehen blieben. Ungefähr zwei Dutzend Soldaten in militärisch strenger Haltung entstiegen ihnen und umstellten das Gebäude. Genau wie Jaschwitz wirkten sie autoritär, aber nicht angsteinflößend, und strahlten eine ehrfurchtgebietende Selbstverständlichkeit aus. »Bitte sehr. Es ist alles für Sie vorbereitet.« Er deutete ins Innere der Nationalgalerie, wobei er kaum wagte, dem Kaiser ins Gesicht zu sehen. »Lassen Sie sich ruhig Zeit. Die Matinee beginnt erst in einer Stunde, und wenn Sie wünschen, können wir den Einlass natürlich noch weiter nach hinten verschieben.«

»Sehr freundlich«, erklärte Jaschwitz. »Aber das wird nicht nötig sein. Seine Majestät kennt die Dauerausstellung bereits. Er möchte nur kurz den Dürer betrachten.«

Gemeinsam mit Jaschwitz und dem Kaiser schritt Direktor Jordan durch das Treppenhaus in die zweite Etage bis in die Kuppelhalle. Dort blieb er stehen und deutete in die Cornelius-Säle, die in voller Pracht erstrahlten. Die Morgensonne warf ihre Strahlen durch die gläsernen Decken und tauchte die Räume in warmes Licht. Die Böden, die Abstandshalter aus Messing sowie sämtliche Beschläge waren auf Hochglanz poliert worden und funkelten um die Wette. Es roch nach Seife und Zitronensaft, nirgendwo war auch nur das kleinste Staubkörnchen zu sehen.

Alles war makellos und überaus prunkvoll.

Eines Kaisers würdig.

***

»Los!«, trieb Schlesinger die Pferde an. »Hüa!« Er ließ die Zügel knallen und fuhr beinahe in eine Touristengruppe, die vor dem Neuen Museum stand und einen Stadtplan studierte.

Wenige Meter vor der Nationalgalerie brachte er das Gefährt zum Stehen und sprang vom Kutschbock.

»Polizei!« Bruno, der ihm dicht auf den Fersen war, präsentierte den Soldaten, die den Eingang sicherten, seine Plakette.

»Wir müssen mit Herrn Jaschwitz sprechen«, erklärte Schlesinger atemlos. »Ist er hier?«

»Er hat soeben das Gebäude betreten, gemeinsam mit Seiner Majestät.« Der Soldat blieb breitbeinig stehen und machte keine Anstalten, die beiden Polizisten einzulassen. »Sie können gern hier auf ihn warten.«

»Der Kaiser schwebt in Lebensgefahr«, erklärte Schlesinger.

Der Soldat verzog keine Miene. »Sind Sie imstande, uns nähere Details zu nennen, wie genau sich diese Gefahr darstellt?«

»Wir haben Grund zur Annahme, dass ein Mann namens Detlev Zieman dem Kaiser nach dem Leben trachtet.«

»Unsere Sicherheitsvorkehrungen sind tadellos. Niemand kann das Gebäude unbefugt betreten.«

»Das glaube ich Ihnen gern.« Schlesinger sah dem Mann in die Augen. »Aber der Mörder ist bereits drinnen.«

***

Detlev Zieman blickte auf die Uhr. Es war fünf vor zehn. Pünktlichkeit war die Höflichkeit der Könige. Und, wie man hörte, auch jene des Kaisers.

Gleich war es also so weit.

Vorsichtig öffnete er die Tür des Lagers, schlich hinaus auf den Flur und eilte flink wie ein Wiesel ins zweite Geschoss. Er flitzte in die linke Gemäldegalerie, blieb neben dem Zugang zum hinteren Cornelius-Saal stehen und wartete.

Er hatte lange überlegt, wie er den Kaiser am besten ausschalten sollte. Sein erster Impuls war gewesen, an der Balustrade im dritten Geschoss zu warten und den Tyrannen von dort aus zu erschießen. Nach langem Hin und Her hatte er sich aber gegen diese Option entschieden, da sie ihm nicht sicher genug erschien. Schüsse konnten danebengehen oder die falschen Stellen treffen. Ein Herzstich oder ein Kehlenschnitt waren dagegen um einiges sicherer – und für ihn auch praktischer. Auf diese Art und Weise würde der Tod des Alten leise sein. Vielleicht konnte er danach durch den Geheimgang fliehen, bevor jemand merkte, was geschehen war.

Natürlich war er bereit, sich selbst für die Sache zu opfern, doch die Vorstellung davonzukommen gefiel ihm. Er hatte die Polizei mit der grotesken Verstümmelung der Leichen auf eine falsche Fährte geschickt, vielleicht konnte er sie noch weiter zum Narren halten. Endlich würde er dafür Rache nehmen, dass sein Vater und seine Brüder aus Berlin verbannt worden waren. Und mit dem Tod des Kaisers würde das Reich hoffentlich ins Chaos stürzen und würden sich die politischen Gegebenheiten ändern.

Der Klang von Schritten riss Zieman aus seinen Überlegungen. »Die Cornelius-Kartons kennen Sie ja sicher schon«, hörte er eine aufgeregte Stimme sagen. »Vielleicht wollen Sie nachher noch eine kurze Führung …«

»Sehr freundlich, aber wir wollen Sie nicht zu sehr aufhalten«, sagte eine andere Stimme. »Sie haben sicher noch einiges für den Abtransport des Gemäldes vorzubereiten.«

Der nervöse Mann, bei dem es sich wohl um den Museumsdirektor handelte, schien den Wink zu verstehen. »Wie Sie wünschen«, sagte er. »Geben Sie Bescheid, wenn ich etwas für Sie tun kann.«

Ziemans Puls beschleunigte sich. Er holte tief Luft, hielt den Atem an und warf einen Blick um die Ecke.

Und tatsächlich. Da stand er. Einer der mächtigsten Männer der Welt. Nur wenige Meter von ihm entfernt. Nicht ahnend, dass sein Schicksal ihn gleich ereilen würde.

***

»Geben Sie Bescheid, wenn ich etwas für Sie tun kann«, hörte Blom, der sich noch immer in einem der Fächerkabinette versteckte.

Er schluckte schwer. Nun kam also alles auf ihn an. Er stand in der Nationalgalerie nur wenige Meter entfernt von Seiner Majestät höchstpersönlich, und jener Mann, der den Regenten ermorden wollte, musste auch ganz in der Nähe sein. Wahrscheinlich lauerte Zieman in irgendeiner Nische, versteckte sich hinter einer Skulptur oder wartete in einem der anderen Räume.

Er musste handeln, musste etwas tun. Doch was?

Er war ein Einbrecher, ein Dieb, ein Privatdetektiv, aber kein Held. Und vor allem war er eines: unvorbereitet und unbewaffnet. Ein paar Kampftricks hatte ihm Ede vor Jahren mal beigebracht, aber die letzten Schlägereien lagen auch schon eine ganze Weile zurück.

Es war so still, dass Blom hören konnte, wie die hölzerne Wandvertäfelung knackte und der Wind Eiskristalle über das Glasdach trieb.

Mit einem Mal wurde die Ruhe vom Geräusch schwerer Schritte und aufgeregtem Gemurmel durchbrochen, und Blom atmete auf. Offenbar waren Soldaten eingetroffen. Sie würden sich um Zieman und den Kaiser kümmern, und er konnte in der Zwischenzeit unbemerkt verschwinden.

Er schielte um die Ecke und sah gerade noch, wie Zieman auf Socken und mit gezücktem Messer durch eine Seitentür in den Cornelius-Saal huschte. Ohne zu zögern durchtrennte er dort einem groß gewachsenen Mann, der nur ein paar Meter hinter dem Kaiser stand, mit einem gezielten Schnitt die Gurgel. Alles ging so schnell wie ein Wimpernschlag. Der Mann riss die Augen auf, fasste sich an den Hals, Blut quoll zwischen seinen Fingern hervor. Er öffnete den Mund, setzte wohl zu einem Schrei an, doch kein Laut drang aus seiner Kehle.

Der Kaiser schien von alledem nichts zu bemerken. Er war versunken im Anblick des Dürer-Gemäldes.

Geräuschlos legte Zieman den Sterbenden, der nun in sich zusammensackte, auf dem Boden ab. Er huschte an der Leiche vorbei und hob das Messer.

Die Kompanie war mittlerweile im Kuppelsaal angekommen und Blom wurde klar, dass die Soldaten den Kaiser nie und nimmer rechtzeitig erreichen würden.

Der einzige Mensch, der Seine Majestät jetzt noch vor dem sicheren Tod bewahren konnte, war er. Ohne noch länger nachzudenken trat er aus dem Schatten, rannte in Richtung des Dürers und schubste den erschrockenen Kaiser zur Seite.

Ziemans Hieb ging nur wenige Millimeter an dem alten Regenten vorbei und traf ins Leere. Mit wutentbranntem Gesicht richtete Zieman seine Aufmerksamkeit nun auf Blom. Erneut riss er das Messer in die Höhe und machte einen Satz auf ihn zu. Doch Blom packte den Angreifer am Handgelenk, zog es blitzschnell nach vorn und drängte sich hinter ihn. Er legte einen Arm um Ziemans Hals und drückte zu. Mit lautem Klirren fiel das Messer zu Boden.

Zieman wehrte sich, strampelte und schlug um sich, doch Blom hielt ihn mit der Kraft der Verzweiflung fest, umschlang mit dem anderen Arm Ziemans Brust und packte ihn an der Jacke. Die Schritte hinter ihnen wurden lauter, kamen näher. Schreie erklangen, gebrüllte Befehle, Hände packten ihn, rissen ihn zu Boden, sein Kopf schlug auf etwas Hartem auf, alles wurde schwarz.

***

Als Blom die Augen wieder öffnete, blickte er in die Gesichter mehrerer Männer, die sich über ihn beugten, darunter jenes von Kommissar Schlesinger.

»Haben Sie ihn?«, fragte Blom mit brüchiger Stimme.

Schlesinger nickte. »Kommissar Harting kümmert sich um Zieman.«

Ein weiteres Gesicht tauchte vor Bloms Augen auf. Es war faltig und wurde von einem mächtigen Schnurr- und Backenbart geziert.

Blom blieb bei seinem Anblick beinahe das Herz stehen. »Oh Gott«, murmelte er.

»Nicht ganz.« Der Kaiser lächelte.

42

Zwei Wochen später

Mit entschlossenem Schritt spazierte Kommissar Heinrich Schlesinger in Richtung Molkenmarkt. Die Straßen Berlins schienen ihm langsam vertraut, ihre Gerüche und Geräusche fühlten sich nicht länger fremd an. Zwar sehnte sich ein Teil von ihm noch immer nach Afrika, doch von Tag zu Tag wurde Deutschland ihm wieder mehr ein Zuhause – trotz aller Widrigkeiten. Der dicke schwarze Rauch, der ohne Unterlass aus Fabrikschloten und Schornsteinen quoll, kratzte in seiner Lunge. Sein Magen hatte sich noch nicht an die fettreiche Kost gewöhnt, die seine Zimmerwirtin ihm vorsetzte. Und just an dem Tag, an dem er endlich Zeit gefunden hatte, warme Winterkleidung zu kaufen, hatte der Frühling Einzug gehalten. Seither streckten Schneeglöckchen und Krokusse die Köpfe aus der Schneedecke, die Schwalben waren zurückgekehrt und der Wind roch nach feuchter Erde und trug etwas Verheißungsvolles in sich.

Er betrat das Polizeipräsidium und lief durch die verwinkelten Gänge, in denen er sich mittlerweile blind zurechtfand. Die Männer, die ihm entgegenkamen, grüßten ihn, nickten ihm zu und zogen ihre Hüte.

Seit er innerhalb weniger Tage nach seiner Ankunft einen Mörder gefasst und im Zuge dessen Lugowskis Weinfabrik entdeckt hatte, war die Stimmung hier eine andere. Die Blicke der Kollegen waren nicht mehr skeptisch und irritiert, sondern voller Achtung.

Schlesinger freute sich über die Respektbekundungen und war insgeheim stolz auf seinen Erfolg – wenn da nicht diese eine Sache gewesen wäre, die seinen Triumph ein wenig trübte: Felix Blom.

Blom war es gewesen, der in der Nationalgalerie das Leben des Kaisers gerettet hatte und seither von Seiner Majestät als Held angesehen wurde. Niemand hatte es daher gewagt zu hinterfragen, wie der Kerl in die Nationalgalerie gelangt war und was genau er dort eigentlich zu suchen hatte.

Schlesinger konnte verstehen, warum Bruno den Privatdetektiv nicht ausstehen konnte und ihm ans Leder wollte. Andererseits gab es Wichtigeres, mit dem er sich auseinandersetzen musste.

Er streckte den Rücken durch, betrat sein Büro und setzte sich an den Schreibtisch, auf dem seit ein paar Tagen bereits die Akte vom neusten Mordfall lag.

***

Arthur Lugowski saß in seinem Büro im Alt-Berlin und rauchte Zigarre. Längst hatte er aufgegeben zu zählen, wie oft er täglich in die Kiste griff.

Mit einem zufriedenen Grinsen betrachtete er Begas' »Mutter mit Kind«, das er vor ein paar Tagen aus der Nationalgalerie gestohlen hatte.

Tobias Nees war noch immer auf der Flucht und die Weinfabrik in der alten Gerberei war von der verdammten Polente hopsgenommen worden. Zum Trost hatte Felix Blom ihm den Krömer-Plan geschenkt, den er bei dem Handgemenge mit Zieman aus dessen Tasche stibitzt hatte.

Und nun hing das Meisterwerk über seinem Schreibtisch und bereitete ihm große Freude.

Raik Hartmann drängte ihn, das Bild zu verkaufen, doch er weigerte sich wie ein trotziger Junge, dem man sein Spielzeug wegnehmen wollte. Zu schön war die Frau mit der milchweißen Haut und dem rotbraunen Haar. Sie würden einen anderen Weg finden, die Kohle für Krolls Etablissement aufzutreiben. Er hatte da schon so eine Idee …

***

Blom betrat die Detektei und wischte sich die Überreste eines Schneeballs aus dem Gesicht. »Die Bälger hätten niemals warme Kleidung und feste Schuhe kriegen sollen«, schimpfte er. »Seit sie wieder draußen herumtoben können, sind ihre Streiche schlimmer denn je.«

Mathilde lächelte milde. »Ohne sie hättest du es niemals in die Nationalgalerie geschafft, vergiss das nicht.« Sie legte reichlich Holz nach, das rasch zu knistern und knacken begann. Wohlige Wärme breitete sich in dem kleinen Zimmer aus. »Und dann wäre alles anders gekommen. Außerdem haben die Kleinen auch durchaus freundliche Seiten.« Sie deutete nach draußen, wo die Kinder liebevoll mit Busso, dem kleinen Äffchen von Herrn Rossi, spielten. Blom dachte daran, womit der alte Italiener früher sein Geld verdient hatte.

Der Tiertrick: *Man trainiert einen Hund, einen Affen oder irgendein anderes Tier darauf, immer wieder nach Hause zurückzukehren. Anschließend verkauft man es teuer an jemanden, der nicht allzu weit weg lebt. Das Tier kommt brav wieder zu einem zurück, und man kann es erneut verkaufen.*

Aber nicht nur Busso und die Kinder waren im Hof. Um die Rasselbande herum werkelten die renommiertesten Handwerker der Stadt. Wie Ameisen wuselten sie umher und schleppten Schindeln, Balken und Ziegel. Sie verspachtelten Fugen, dämmten Wände, verlegten Rohre, reinigten Abflüsse und Schornsteine.

Blom gönnte sich eine Prise Schnupftabak und blickte hinaus. Ihm war im Gegensatz zu den anderen Krögel-Bewohnern und -Bewohnerinnen nicht zum Feiern zumute. Mathilde wich noch immer der Frage aus, wer der Mann war, den sie vor der Universität gesehen und der ihr solche Angst gemacht hatte. Bruno Harting malträtierte ihn wegen eines Gemäldes, das letzte Woche aus der Nationalgalerie verschwunden war – an einem Abend, für den er Gott sei Dank ein Alibi hatte. Was ihn aber noch viel mehr quälte, war die Tatsache, dass er seit Tagen nichts von Auguste gehört hatte. Weder war ein Brief aus Wien eingetroffen noch ein Telegramm, ja, nicht mal eine Ansichtskarte.

Der Kaiser hatte ihm für seine Heldentat die Erfüllung eines Wunsches gewährt, und er hatte sich für die Sanierung des Krögels entschieden. Die Mieter durften bleiben. Ob sie deswegen wütend auf ihn war?

Er kam nicht dazu, länger darüber nachzudenken, da ein schmaler, elegant gekleideter Mann den Hof betrat und auf die Detektei zusteuerte. »Ich glaube, wir kriegen Kundschaft.«

Mathilde lächelte und öffnete die Tür.

Nachwort

Wie bereits im ersten Teil der Felix-Blom-Reihe war es auch dieses Mal ein Artikel aus der *Berliner Gerichtszeitung*, der den Anstoß zu dieser Geschichte gab. Es war die Ausgabe vom 4. März 1879, die über den mysteriösen Einbruch in eine Krypta und das gewaltsame Öffnen eines Sargs berichtete, aus dem nichts gestohlen wurde.

Wie in allen meinen historischen Romanen habe ich auch in diesem versucht, so nah wie möglich an der Realität zu bleiben. Beschreibungen wie jene des Wetters, der politischen Rahmenbedingungen, der Kleidung et cetera sollten so wahrheitsgetreu wie möglich sein.

Im Jahr 1878 wurden zwei Attentate auf den deutschen Kaiser Wilhelm I. begangen: Am 11. Mai schoss der Klempnergeselle Max Hödel mit einem Revolver auf ihn verfehlte sein Ziel aber. Am 2. Juni versuchte Karl Eduard Nobiling mit einer Schrotflinte den alten Regenten zu ermorden. Auch diesen Anschlag überlebte Seine Majestät, wenn auch schwer verletzt. Die genauen Hintergründe der beiden Taten sind bis heute unklar. Damals vermutete man ein politisches Motiv, was Reichskanzler Otto von Bismarck half, das sogenannte »Gesetz gegen die gemeingefährlichen Bestrebungen der Sozialdemokratie« zu verabschieden.

Im Zuge dessen wurde am 28. November 1878 über Berlin der sogenannte »Kleine Belagerungszustand« ausgerufen. Er umfasste die Genehmigungsbedürftigkeit von

Veranstaltungen, das Verbot, Druckschriften zu verbreiten, ein Waffenverbot sowie die Möglichkeit, Personen, die die öffentliche Sicherheit gefährdeten, zu verhaften und auszuweisen. Bis 1888 wurden in Berlin 293 Verbannungen vorgenommen.

Der Krögel galt als eine der heruntergekommensten Gegenden Berlins. Darin lebte lange eine italienische Großfamilie, die Affen züchtete und diese an den Zirkus, das Varieté und reiche Tierliebhaber verkaufte. Die Anlage existierte in der hier beschriebenen Form noch bis ins Jahr 1937.

In der Zeit der Industrialisierung litt besonders die Arbeiterklasse unter Wohnungsmangel und den daraus resultierenden überhöhten Mieten. Häuserspekulanten schlugen aus der Not der Menschen Profit, indem sie sie für wenig Geld in ihren neu errichteten Gebäuden wohnen ließen. Dadurch, dass sie die Räume beheizten und durch den Kohlenstoffdioxid ihrer Atemluft brachten die sogenannten »Trockenwohner« den damals verwendeten Kalkmörtel schneller zum Aushärten. Sobald dies erfolgt war, wurden sie delogiert und die Wohnungen zu hohen Preisen vermietet.

Das Polizeipräsidium befand sich bis 1890 in dem verschachtelten und unübersichtlichen Gebäudekomplex am Molkenmarkt, dann zog es in einen Neubau am Alexanderplatz, der wegen seiner auffälligen Backsteinfassade »Rote Burg« genannt wurde.

Besonders wichtig war mir die detailgetreue Darstellung der Nationalgalerie. Hierbei waren alte Fotografien aus dem Architekturmuseum der TU Berlin sehr hilfreich, genau wie die Grundrisspläne und Beschreibungen aus verschiedenen alten Bauzeitschriften.

Albrecht Dürers »Selbstbildnis im Pelzrock« war meines Wissens nie in der Berliner Nationalgalerie ausgestellt, die anderen beschriebenen Werke (Johann Friedrich Drakes »Winzerin«, Karl Echtermeyers »Tanzender Faun« und Adalbert Begas' »Mutter mit Kind«) hingegen schon.

Auch die Beschreibungen des Friedhofs von St. Hedwig, jene des Anhalter Bahnhofs, Krolls Etablissement und der Anatomie entsprechen so weit wie möglich der Realität, genau wie jene der Königsmauer und des Kaiserlichen Palais.

Nicht nur reale Orte, auch reale Personen findet man in diesem Buch. Guido von Madai war 1879 amtierender Polizeipräsident, Max Jordan der Leiter der Nationalgalerie. Heinrich Schliemann war ein umstrittener Archäologe, der inspiriert von den Werken Homers in Kleinasien Grabungen durchführte und das vermeintliche Troja ausgrub.

Im Zuge der Industrialisierung wurde es für Geschäftsleute immer wichtiger, Auskünfte über Vertragspartner und Konkurrenten zu erhalten. Zu diesem Zweck wurden in Deutschland ab den 1860er-Jahren Detekteien gegründet. Meist waren es ehemalige Polizeibeamte, die sich in diesem neuen Beruf selbstständig machten, da sie Kenntnis von Verbrechensstrukturen und Ermittlungstaktiken hatten. Bald wurden diese Männer auch von Privatpersonen angeheuert, um Fälle von Ehebetrug und Ähnlichem aufzudecken.

Wein war nicht das einzige Lebensmittel, das damals gebeziehungsweise verfälscht wurde. Milch wurde verwässert oder entrahmt, gemahlene Gewürze mit allerhand billigen Stoffen gestreckt, genau wie Kakao, Zucker und Tee. Mehr darüber kann man in den alten Ausgaben des illustrierten Familienblatts »Die Gartenlaube« lesen, zum Beispiel unter https://www.deutsche-digitale-bibliothek.de Das Prinzip der Dochnahlisierung können Sie folgendem, 1873 erschienenen Buch entnehmen: *Die künstliche Weinbereitung und die naturgemäße Verbesserung und Vermehrung des Obst- und Traubenweins nach den neuesten, einfachsten und zuverlässigsten Methoden* von Friedrich Jakob Dochnahl sen.

Äußerst hilfreich für die Recherchen zu diesem Roman war außerdem die Digitale Landesbibliothek Berlin (https://digital.zlb.de). Hier konnte ich alte Adressbücher, historische Karten und Pläne sowie eine Vielzahl von Büchern, Zeitschriften und Bildern einsehen.

Weitere wertvolle Eindrücke und Beschreibungen konnte ich unter anderem den Werken von Bruno Preisendörfer *(Als Deutschland erstmals einig wurde)*, Jens Dobler (Hg.) *(Das Polizeipräsidium am Molkenmarkt)* und Robert Springer *(Berlin. Die Deutsche Kaiserstadt)* entnehmen.

Ich hoffe, Sie hatten beim Lesen genauso viel Freude wie ich beim Schreiben und sind gespannt auf die weiteren Abenteuer von Felix Blom und Mathilde Voss.

Herzlichst,
Ihre Alex Beer

Quellenangaben

Das Bild auf der nächsten Seite zeigt einen Blick in den zweiten Cornelius-Saal, in der Mitte die Sitzbank, fotografiert von Hermann Rückwardt (1845–1919)

Quelle: Architekturmuseum der TU Berlin. Inv. Nr. F 6921

Grundrisse der Nationalgalerie: Zeitschrift für Bauwesen. Ausgabe XIX, 1869

National-Galerie

Vom Gauner zum Meisterdetektiv – Felix Blom, das smarte Schlitzohr, wird Sie begeistern!

368 Seiten, ISBN 978-3-8090-2759-1

Berlin, 1878: Felix Blom wird nach drei Jahren Haft aus dem Gefängnis entlassen. Doch in Freiheit ist nichts mehr so, wie es mal war: Sein Hab und Gut gepfändet, seine Verlobte ist mit jemand Neuem liiert. Aber dann hat Blom eine geniale Idee: Warum sich nicht mit der neuen Nachbarin zusammentun, um an Geld und Arbeit zu kommen? Die ehemalige Prostituierte Mathilde führt eine Privatdetektei, allerdings sind die Aufträge rar. Ihr erster Fall führt die beiden gleich auf die Spur eines mysteriösen Mörders, der seinen Opfern Briefe mit der Botschaft zukommen lässt: »In wenigen Tagen wirst Du eine Leiche sein.« Als auch Blom eine solche Karte erhält, wird die Sache persönlich …

Lesen Sie mehr unter: **www.blanvalet.de**